守望家园的星空

孙陈建 著

文匯出版社

图书在版编目（CIP）数据

守望家园的星空 / 孙陈建著. — 上海 ：文汇出版社，2024. 1
ISBN 978-7-5496-4174-1

Ⅰ. ①守… Ⅱ. ①孙… Ⅲ. ①散文集-中国-当代 Ⅳ. ①I267

中国国家版本馆 CIP 数据核字（2023）第 228954 号

守望家园的星空

著　　者 / 孙陈建
责任编辑 / 熊　勇

出版发行 / **文汇出版社**
上海市威海路 755 号
（邮政编码 200041）
经　　销 / 全国新华书店
印刷装订 / 成都兴怡包装装潢有限公司
版　　次 / 2024 年 1 月第 1 版
印　　次 / 2024 年 1 月第 1 次印刷
开　　本 / 880×1230　1/32
字　　数 / 230 千
印　　张 / 10. 375

ISBN 978-7-5496-4174-1
定　　价 / 68. 00 元

自序

感恩家乡　书写家园

——在家园的星空下细品人生的况味

古往今来，国内国际，赞美家乡的文艺作品不胜枚举。单单在文学领域，大师名家书写家园的名篇不计其数。单看国内，无论是鲁迅，还是路遥、莫言等等，这些在中国现当代文学史上留下深深足迹的大家，品读他们的作品，总能读出他们童年时代家乡的模样。曹文轩在《草房子》的扉页上写过一句话：一个人其实永远也走不出他的童年。对于这句话，很多人深以为然——走不出自己的童年，也就是走不出生吾养吾的家乡。

美不美，家乡水；亲不亲，家乡人。家乡到底是什么？家乡，是生我养我育我的地方。家乡的范围可大可小，大的可以是一个省、一个市、一个县，小的可以是一个镇、一个村、一个组。对我们大多数人而言，常常把从小生活的县或镇作为我们的家乡。家乡里安居着亲爹亲娘，乐业着众亲良友，圈养着鸡鸭猪羊，生长着花鸟鱼虫、庄稼蔬果……外出求学抑或谋生创业的人啊，只要一有空暇闭上眼睛，家乡总会在梦境里重现，让人魂牵梦绕，久久回想。一旦家乡来人，倍觉欣喜亲切。老乡见老乡，两眼泪汪汪，唠不完的乡情，理不清的乡愁——有时候只有你离开了家乡，才会倍感家乡的美好。

年少时，常常在没有月亮的夜晚，喜欢仰望村子的上空，望见星光璀璨，冥想着祖辈给我们讲的天上神话和地上传奇；长大后，也曾驾车奔向大海边，在晨星照耀下看潮涨潮落，观日出东方。家园的星空是看不够的，也是难以参透的，那高高在上的神秘、苍茫和深邃，一望情深，不能自已，总给我深深的震撼，思绪常常被引向无限的宇宙。仰望家园的星空，让我深感自己的渺小和无力。

懵懂无知、血气方刚的我们，曾经多么渴盼走出家园、奋斗闯荡，祈愿能有朝一日衣锦还乡、反哺乡亲，纵使两鬓如霜，也愿叶落归根、埋骨家园。我们真的走不出自己的家乡！

我空间上离开家园的时间是短暂的，也就七八年的时光。空间上离开了家乡，心理上对家乡更加充满了无限的依恋和牵挂。我常常想，可否趁着年富力强，凭着满腔热血，为家乡父老干些力所能及的实事呢？

有一首民歌唱得好，歌名叫作《谁不说俺家乡好》：

青山紧相连，白云绕山间，梯田层层绿，歌声随风传。果树满山岗，麦浪闪金光，喜看丰收果，幸福万年长。

听着、哼着、唱着，若是在异国他乡，这首词美曲更美的经典民歌，让我情不自禁地沉浸在对家乡的深情回忆里。让我扪心自问：

谁不说俺家乡好？到底有谁在说俺家乡的好？俺的家乡若不为外人所知，哪怕是世外桃源，就算是人间天堂，又有谁能知道俺家乡的好？既然不知道俺家乡，那说她的好又从何说起呢？亲爱的同学，哪怕俺的家乡再好，也得宽恕外乡人不能说出她的好！

谁不说俺家乡好？俺家乡的好真的能让所有人都称好吗？试

问我们说了多少？又能说出多少？你不说，我不说，连我们自己的孩子都不说，又有谁来说她的好?!

2023 年春晚，一首由李杰作词作曲并领唱的《家园》深深打动了我：

清清的河水流啊，白云已远走。晴朗的天空照大地，我看太阳升起。

富饶的土地呀，花香飘万里，微风吹动着大地，烦恼已过去。

啊，我爱你！啊，我爱你！

深深的爱着你啊，美丽的土地，一代一代的人们，生活在这里。

啊，我爱你！啊，我爱你！

美丽的家乡我爱你，花香飘万里。

啊，我爱你！啊，我爱你！

这首简单至纯的歌谣，唱出了地球村人对家园的挚爱，如天籁之音征服了很多人。作为生于斯长于斯的游子，何以表达对家乡的满腔爱意呢？我想，我们每位受过一定教育的人都可以拿笔写出对家乡的印象，只要是将满满的真情诉诸笔端，不管怎么写，流淌出的一定是浓浓的爱意，独特而不俗。除了用歌声唱出家乡的美，也可以拿画笔画出家乡的美，还可以用摄像机拍出家乡的美……在很多种表达方式中，我们都可以尝试用文字表达出家乡的美和对家乡的爱。

在家国同构的传统文化浸润下，我们要大力倡导青少年朋友多多了解家乡，莫要等到有宾朋发问，才恨自己对家乡知之甚少，支支吾吾不知所云，满脸红云；我们要大力引导并指导青少年朋友多多研读家乡，多多夸赞自己的家乡，既要用嘴巴说出来，更要拿笔写下来，让自己对家乡的认识固化成真诚流淌的文章，让现代媒体无限可能地向外推介，让全球人都能知晓；我们要积极搭建平台，创造载体，为广大青少年知晓家乡、研读家乡、建言家乡开辟园地，提供保障。基于以上的认识，我愿抛砖引玉，为家园万物用心书写，记录深情。

在这本书中，试着对近百篇小短文进行了专题分类，让有缘读者在主题阅读中感悟，激发大家对童年、自然、亲情、教育、阅读等永恒的话题进行体察式的思考，从而也能踊跃地将对家乡的观察、记忆和思考诉诸笔端。

朋友们，我想说，你越是主动地了解家乡，观察家乡，记录家乡，宣传家乡，你就越能获得本真的成长和无穷的力量。你就会多多思量，我们的家园将如何发展，我们又该如何建设好我们的家乡。想必这样的人多了，建设家园的力量就会集聚得越多，家乡的美好愿景才会更有希望早点实现。如果我们每个人都来深爱自己的家园，无数个家园组成我们伟大的祖国，定然会愈加美丽富强。

回到人生话题上，我们每一个个体都有独特的人生，但我们不可能成为真正的完全独立的个体，我们受家乡的影响是无法改变的，只能是接受、感受并享受。为此，让童年的营养滋养一辈子是我们每个个体，或者是我们每个现在为人父母和将为人之父母的人，都应该好好思量的。我想用笔告诉您：

我们每个人真正的人生，都应该从理解家乡的美食、美景、美人等一切开始，理解得越早越多，我们对人生的况味就把握得愈加通透。

愿君与我同行！

目录

CONTENTS

>> 辑一　童心浅语

>> 辑二　拥抱自然

>> 辑三　感悟亲情

>> 辑四　教育寻梦

>> 辑五　根植如东

>> 辑六　乡村人物

>> 辑七　且赏且思

>> 辑八　悦读偶得

>> 辑九　往事悠悠

>> 辑十　汉中两年

守望家园的星空

辑一

童心浅语

Chapter 01

数鸟窝

我们的小车驶离了高速收费口，碾进了串镇连村的乡间公路。车道窄了不少，车流量明显增加，车速也只得减慢了很多，透过路两边的突兀凋零的树木，满眼是参差的民居——两层小楼占了大多数，偶或是三层高楼和瓦房茅屋，田地上麦苗长势喜人、油绿发亮，好一幅大自然地毯，给乡野的冬渲染出春的色彩。

“终于到了爸爸的老家啦！”我轻轻地松了一口气，提醒车后座上昏昏欲睡的孩子。

“噢，快到爷爷家了！噢，快见到奶奶了！”女儿刚才还睡眼蒙眬，鼾声欲起，猛然间，长途的疲劳消散殆尽，立马小马驹一样神气活现起来。

“还要多长久才见到爷爷家的老狗黑子母猫小黄？”

“在奶奶家可以吃鸡大腿吗？不会得禽流感吧？”

“爸爸要开车，不能分心，你安分点！”孩子妈妈敷衍着孩子“连环炮”式的发问。

“快看，路边树上挂着足球。”我指着一只硕大的鸟窝。

“怎么可能！是鸟窝耶！好大的鸟窝啊！”孩子显得更加兴奋了。

“妈妈，我们来数鸟窝吧！你数你那边的，我数我这边的，看谁数得多？”孩子推醒晕车中的妈妈。

我关掉音乐，留出耳朵听孩子数鸟窝。

“一、二、三……”

“九、十、十一……”

“快看，那棵树上有两个鸟窝！一大一小。”孩子妈妈几乎叫了起来。

“爸爸，开慢点，我来不及数！”

“哇！快看，快看，四只，这棵树上四只鸟窝，一个鸟的家族呢！神树啊！这是我看到的鸟窝最多的树了！”

“我数到五十九啦！妈妈数到六十四啦！总共是一百二十三啊！”

车子拐进了家门口，轻轻摁了声喇叭，老父母从瓦屋里应声而出，打开车门和后备厢，抱出孩子，取下行李。

从除夕到正月初三，孩子玩得特别欢，时间过得特别快。一会儿跟着爷爷，在屋东边的河边，挖了二十来个三角河蚌、一篮子的红皮荸荠和粉白慈姑，一会儿追着奶奶，拎着铲刀，在屋前油菜田里挖喜菜（荠菜）和香菜（芫荽），一会儿蹲在田头畦间摘豌头儿（豌豆苗的头），铲包扎得结结实实的大白菜。做累了，她用铲子挖泥潭，说是帮狗刨坑蓄天水喝，省得阿黄自己用爪子。

耍够了这些乡野活动，孩子不禁牵着我的手玩起“数鸟窝”的游戏来。爷爷家屋后有三个鸟窝，屋前唐奶奶家杉树上有两个鸟窝，河北边的马爷爷家桑树上有一个鸟窝。唐奶奶独身守寡四十多年，一年养一头肥猪送给城里的儿子；马爷爷老夫妻辞世才一周年，老屋大门紧闭着，墙根处枯草齐膝，要是二老在世，一定还会乐呵呵地端出糖果花生招待我们。

“为什么有的鸟窝有足球那般大，有的鸟窝只有我的拳头那样小呢？”

“为什么有的树上有鸟窝？有的树上没有呢？”

“为什么有的鸟窝密不透风，有的鸟窝可以看见缝隙呢？”

孩子的心思还沉浸在鸟窝里。这些看似简单的问题，还真是不好回答。

“乡下的鸟窝真多啊！怎么鸟窝里见不到鸟呢？出去找食了吗？还是去了南方？鸟儿们还记得自己的家吗？”孩子感慨着，担忧着，自问自答着。

初四是晴天，父母亲开始帮我们准备返城的食物。蔬菜有豌头、荸荠、慈姑、大白菜和菠菜，荤菜有香肠、猪排骨和白切羊肉，还有一袋新季的大米和赤豆、绿豆、红皮花生米。孩子认真地说：“奶奶，你这是让我们去开农家饭店啊！”一句话逗得大家哈哈大笑。

正月初五，从凌晨零时起，爆竹声在四乡八野此起彼伏、回声不绝，到了八九点进入了高潮。今天，我们的财神爷在万众的热烈拥戴下登天了，大地上勤劳的人们也将开始新的劳作了。我在被窝里想，今年的城里会不会因为禁燃禁放，少生出些雾霾来呢？

我们八九点起床后，一碗炒米茶、三块糯米糕下肚便觉得饱了。一包包行李已经被父母往车后厢放妥。

车子七拐八拐地从村路上了乡路，眨几眼的工夫，父母的身影在车后越来越远，老宅小得酷似一个加了盖儿的鸟窠了。

“妈妈，我们继续来数鸟窝吧！我数这边，你数那边，看谁数得多？”

“一、二、三……”

娘俩又兴致勃勃地数起了鸟窝。

我打开音响，专心驾驶着这辆铁皮鸟窝在中雨的马路上稳稳地前行。

“妈妈，是什么样的力量让鸟妈妈和爸爸们编织出这么大的鸟窝呢？一个如此精致而又温暖的鸟窝一定要衔成千上万的树枝和毛发吧？”

“真是令人惊叹的爱心工程！”

“爸爸，我们明年还回老家数鸟窝，好吗？”

“好，没问题。”

我们多像是鸟儿啊！我们从老窝里迁徙到城里，在城里盖新窝。我们的父母于是成了老家的守巢人。只有在秋冬初春时节，落叶纷纷，树成裸体，一丝不挂，我们才会感觉到鸟窝的存在；只有在抛却工作的烦扰，静心凝神，才能够感受到鸟窝的温暖。我们才会在春节长假里以“过大年”的名义回家光顾老鸟窝。

回城后的正月里，孩子也经常会在小区里、公园里的树上东瞅瞅、西瞧瞧，似乎还沉浸在老家数鸟窝的快乐中。若是发现了鸟窝，会欢喜上老半天。

我毫不隐瞒地把乡下孩子对鸟儿的虐待告诉孩子。当年，我们不少顽劣的乡下孩子喜欢爬树掏鸟蛋、抓小鸟，用木棍捅鸟窝，记得有位老先生拿白居易的诗句教育我们：“谁道群生性命微，一般骨肉一般皮；劝君莫打枝头鸟，子在巢中盼母归。”我们真切地感受到诗人盼望人类与自然和谐相处的美好愿望。时过境迁，在一千多年后的春节里，鸟儿们和她们用嘴巴编织出的伟大艺术品则带给我另一番感悟：

“劝君莫恋他乡好，劝君莫嫌返程累，四季守巢月月盼，母在老家望儿归，欲孝须趁亲犹在，得有闲暇快快回。”

二〇一四年二月

找春天

星期一，金鹰假日小队队长吴晔主动约我，希望我能参加他们开学后的第一个假日活动。

我询问是什么主题。

她笑着说："找春天。"

我说："这个主题不错。就不怕有我在受拘束？"

"哪能呢？"

"是大家的意思吗？"

"是的！"既然如此，我怎能让队员们失望，便愉快地答应了。

周日早晨，我匆匆赶到约好的地点，他们已在那儿等我。蜷缩小镇，确实很难发觉季节的变换。我们信步在郊野，春天的气息向我们扑面而来。孩子们也变得不安分起来，兔子般在我周围蹦来蹦去。他们这边看看，那边瞧瞧；这儿摸摸，那儿碰碰，还不时用鼻子作深呼吸状。伴随着孩子们的笑声、议论声，我的心情顿觉舒畅起来。

我们在一块绿草地上席而坐之，孩子们兴致正浓。

队长吴晔站起来讲话："队员们，现在我们置身在春天的画卷中，请大家谈谈你找到的春天在哪儿？"

"春天在麦田里，绿油油的，看上去多像绿地毯啊！"大头小子周海峰一板一眼地说。

“春天在油菜姑娘的头上，那金黄的花冠多像公主头上的发卡!”

“还有我们坐的草地、河边的垂柳、一切刚发出的嫩芽!”徐翔的发言像发连珠炮似的。

“你们都是用眼睛找到春天，我还用耳朵找到了春天呢!”大家都被丛强独到的发言吸引住了，眼睛齐刷刷地看着他，“听，燕子在唱歌；小河在哗哗地流动着；蜜蜂正嗡嗡地工作!”

“我还闻到了春天呢！青草夹着新翻的泥土的气息；一切开放的花散发的淡淡幽香……”曹王宇也不甘落后，忙接着说。

听着他们妙语连珠，口吐莲花，我仿佛也回到了童年，似乎看到一株株幼苗正在茁壮成长。

“老师，您找到了春天吗?”

“找到了!”我微笑着。

孩子们都瞪大眼睛望着我。

“是什么?”

“是——你们!”我故作矜持。

“是我们?”孩子们不解地望着我。

“春天最美丽的是什么呢？是花朵。你们正是祖国的花朵，民族的希望，在我的眼里，你们就是春天。”

孩子们恍然大悟，都笑了。他们的笑容真美，正是春风中绽放的花朵!

那天，孩子们兴奋极了。他们跟我说了很多很多的悄悄话。我被他们的真诚打动了，我觉得自己是一个幸福的老师。回来后，我在日记里写道：一个成功的老师应该是学生敢于亲近、乐于亲近的贴心人。唯有这样，你才能真正走进孩子们的内心世界，去了解他们，也才能为每一个个性不同的孩子的心门配上一把合适的钥匙。

一九九九年四月

夏夜剧场

很多智者在年老之时，往往会生发类似的感慨：人生的欢乐是在童年，童年的欢乐在夏天居多，而夏天的欢乐是在夜晚。

你可还记得，在骄阳黯然的傍晚，继而是热浪依旧的夏夜，我们身处农家村落，在夜色里流连，视天地为舞台，稍稍留心，开放双耳，睁开双眼，我们往往会有惊喜的发现。瞧，一个个夏夜的精灵陆续登场了。

杂技演员：壁虎

你有个威风凛凛的名字，但个头只能算是虎中的侏儒。对此，你颇有自知之明，总是在夜幕降临才肯抛头露面，而且是为觅食而不得已。你真是壁上的一头虎啊，你的威风在垂直的墙壁上显得那样的充分淋漓。你攀岩走壁，如履平地，让我们羡慕不已，暗生敬佩，在现代人发明了玻璃之后，你更显英雄本色，任凭玻璃是多么的光滑，你总是能从容地上下左右，即使立正稍息，只要你原地做一下卷舌运动，你的舌力所及也能卷食到可口的新鲜美餐，照样可以果腹养命。这就是技术蓝领的骄傲，尽管辛苦点，但因为有攀岩的绝活在脚，饮食无忧，生活倒也惬意自在。

集体舞者：蚊子

你身披黑裙，腿蹬黑丝袜，嘴里还不忘叼着一根细长的吸血管，这身行头与你的带着书生气美名实在是不相符。你们成千上万地在马路上集结，在小区里狂欢，没有伴奏，你们就自己哼着“嗡嗡”小曲，欢快地舞着舞着，全然不顾路上的行人，好像是在投入地参加一场恢宏的盛宴。你们的舞姿尽管没有多少新的花样，显得那样单调乏味，但你们的激情丝毫不减，你们的舞蹈似乎透露着一种悲壮、一种决绝，也许在今晚的集体舞表演之后就会天各一方、阴阳两界。运气好的蚊子已经饱餐几口新鲜的血浆，运气差的依然在忍受饥饿的煎熬，那也只能继续寻觅，再寻觅。天色渐浓，你们互道珍重，有的潜入人家，有的闯入猪圈……但往往是吉少凶多，因为会有吸蚊灯、灭蚊拍和高效蚊香等人类发明的利器候着你，弄不好就会断肠殒命。但为了生存，何惧之有？

合唱团员：青蛙

白天的人世间太吵了，你们也知道，四只脚的蛙怎么叫得过两只脚的人类呢？就算你们一起鼓噪，估计也很难有好的效果，除非给每只蛙别上一只移动麦克风。但你们是不愿意带着这样累赘的道具登场的，于是你们选择了在夜深人静之时，以团体的名义发声，像极了一个规模宏大、气势磅礴的合唱团，你们的合唱证明了自己的存在。你们的歌声让七八十岁的老农心里踏实，他们知道因为你们的守卫，庄稼避免了不少害虫侵袭的烦恼。但你们的合唱节目，往往也会诱发捕蛙人的兽性。这些精力充沛的猎杀高手们往往在白天睡觉，在黑夜里潜行，他们身背长枪般的手电筒，一摁按钮就会发出一束光柱，闪耀在你的脸上，你立刻眩晕，坐以待擒。整个合唱节目似乎没有因为少了一个声音而停止表演，而只是继续地呱呱着，好像要喊破嗓子一般。

飞行黑侠：蝙蝠

你在中国文化中是祈福的吉祥物，因为与幸福关联，千百年来人们保持着与你的亲近和友善。因为你只能在黑夜里盘旋滑翔，孩子们便对你多了份敬畏和联想。鸟儿入巢休息了，此时的领空为你开放。你的滑翔是那么优美，在空中划出了一个又一个美丽的圆弧。陆地上的诸如壁虎、青蛙这样的泥腿子，只能像我们凡夫俗子一样，仰望着你的精彩表演，渴盼着哪一天能像你一样飞翔那该多美。

光设计师：萤火虫

漆黑的夜啊，在没有光的乡野，若是有你的出现，夜行的人会感到那么一点温暖。而对顽童来说，你的闪亮，带给他们更多的是惊喜和好奇。夏夜的乡村剧场里，你就是神奇的灯光师，你让生物界的原生态表演充满了梦幻的色彩。尽管你的身体是那么的弱小，以至于你只能一闪一闪地亮，但因为集体的力量，在孩子们眼里，你们是光明的使者，你们汇聚成灯的海洋。小时候，伙伴们人手一只小玻璃瓶，人手一柄蒲扇，追逐着你，哪怕磕伤了皮肉也不喊疼，也绝不懊悔。经过几番扑打，把你们十来个兄弟请进瓶盖子上钻有一个小洞的瓶子里，再把你带回家里放在枕头旁。孩子们在橙黄光的闪耀下带着满足静静睡去，希望能做一个亮晶晶的梦。

……

此番美好的回忆让我们坚信：乡村是上天馈赠给人类万代最美好的礼物之一。

如今，城市广场上灯火通明，纳凉晚会的灯光亮彻全场，音响高亢嘹亮，不肯安静的人们表演着一个又一个的节目，高潮迭起，掌声不断；小区里、弄堂间，男女老少在音乐的伴奏下蹦跳起了广场舞，舞姿谈不上优美，但也尽情释放着生命的活力。

此时的乡下已经日渐老去，童年的夏夜风景可还安在？有谁愿意陪我去乡下，一起去村落里看看蚊子、壁虎、青蛙、蝙蝠、萤火虫们的原生态表演，这些精灵的曼妙演出能让现在的你我思量到什么吗？

二〇一五年八月

挖河蚌

这次元旦假，我们回到老家时，老父亲在河床上打着号子。我们循声奔到河边，他正脱掉棉袄，赤着双脚，担着簸箕在河底挖取淤泥——用来给土地增肥，同时给河床清淤。他见着我们，手脚没歇，只是朝我们呵呵地笑了几声说："今天抓紧把河泥挖好，地里庄稼有了肥，来年可以捉些鱼秧子养大鱼。你们别在河边吹西北风，还是回家暖和。"

孩子哪里肯听，干脆下了河床，在河岸边玩起了水，我也陪她跳进河床。

"爷爷，河里的鱼呢?"

"养在家里的水缸里，留给你回来煨汤喝呢!"

"快看，那里有大贝壳!"孩子手指着河底软泥里的一只河蚌叫道。

"那是蚌歪!"老人笑着说。

"是鹬蚌相争的河蚌，对吗? 太好了，我们来找吧?"

"好呀，你回去拿两把小铁锹来吧?"我心里想着，没有打水捕鱼，挖挖河蚌也是好玩的，免得孩子窝在房间里看电视伤眼睛。

"奶奶，拿小铁锹! 要两个啊!"小家伙一路小跑，一路喊着。

等她火速拿来铁锹，我们就开始在河边巡逻开来。河床尽管水位很浅，但淤泥还是潮湿的。

还没挖到一个河蚌，奶奶就在岸上喊："快回来换鞋子！别把皮鞋弄脏了，河泥粘在上面不好洗的。"

我也催孩子上岸换下鞋子，她哪里肯听？只见她猫着腰，瞪大眼，左手拎着竹篮子，通红的右手握紧小铁锹，在河床上扫荡开来。那个认真劲，看来今天不少河蚌会被她从冬眠中唤醒了。

爷爷笑呵呵地看着我们，问孙女："你知道河蚌躲在哪里呢？"

"知道，只要有洞的地方，河蚌就安稳地窝在下面。"

"你知道那洞有什么作用吗？"爷爷想要考考她。

"傻瓜，这还不知道啊，是河蚌留着呼吸的洞啊！"在她的细心寻找下，一个个河蚌被她挖出了淤泥，她大呼小叫着，显得自己很有能耐的样子。我在她身后充当起随从来。

在靠河岸河泥干得发白的地方，虽然也挖出了河蚌，但蚌壳已经暗黑了，河蚌的肉身已经不见了，成了空空的壳。她一脸疑惑地望着我，这是怎么回事呢？

"虽然它有两片护甲，但不能离开水，离水久了就被渴死了，肉身也就腐烂了。"我这样分析道。

"那为什么还有很多蚌在河底活了下来呢？"她打破砂锅问到底。

我想，这与它冬眠选择的地点有关系。有的河蚌冬眠的时候就选在河床的高位，等到了一定的低温冬眠之后，随着河水水位的下移，它就不能再移动了，只能活活渴死了。

"哦，明白了，河蚌的脚在冬眠后就不好走了。看来要想保命，最好还是勤快点，趁有水的时候，往河底走，在河底冬眠才是明智的啊！"真是机灵的娃，还能悟出道理呢！看来今天的鞋没白脏，挖蚌歪还挖出了感悟。

不消半个小时的工夫，我们就挖到了四五十个大大小小的蚌歪。

“我们不需要这么多吧？”孩子以征询的目光看着我。

“把大的留着烧两碗汤犒劳爷爷一下就行了！”我们挑选了十来个个儿大的装进竹篮里，把小的扔到淤泥深处，我们两个抬着竹篮“哎哟哎哟”地上了岸，放下篮子，回望河床上留下的两串一大一小的脚印，像给河床挂上了两副项链。

回到家里，孩子余兴未尽，拉着我在井边打水，她则用刷子把河蚌一个一个刷洗得光洁发亮。

其实在我看来，冬天在干河里挖蚌歪实在算不上是好玩的游戏，要是在夏天的河里摸蚌歪，那才叫惊险刺激呢！

二〇一四年十二月

知性佳人太阳雪

甲子马年缓缓起步，人们带着五彩缤纷的梦想和祝愿踏上新的征程。

年前年后，当孩子们七赶八赶地回到老家，团聚在父母身边，老人们就会说，干旱的农田现在需要来一场雨雪啊，你瞧瞧村里的河都露底开裂了！

正月初四立春，气温陡升，春风劲吹，暖潮涌动，孩子们对春雪的期盼化作了泡影，只能对着阴冷的天空发呆，巴望着 2014 年的第一场雪无论如何要尽快兑现。

初五初六开始降温降雨，温度计的汞柱在零摄氏度上下浮动，在吉日里扎堆的“中国式婚礼”依然会在祖国各地如期举行，亲朋好友们的浓浓祝福在发酵升腾。

正月十一，星期一，大多数人已经回到工作岗位，但中国的春运还在进行。旅人在路上，在车里，父母牵挂的心也“扑通扑通”地悬跳着。就在这个时候，大江南北飘起了初春的太阳雪。

这是一场难得一见的太阳雪。太阳高高挂，大雪纷纷落。你看，红通通的太阳在云中时隐时现，雪花似柳絮翻飞，飘逸洒脱，从容淡定，任凭高超的摄影师举着一流的单反相机，也难以捕捉阳光下短暂而晶莹的精灵，就在你摁下快门的刹那间，雪片已经钻入草丛树木间，化为春水……

人们往往比较熟悉太阳雨，都有过在阳光下同时沐浴阳光、感受雨滴、欣赏彩虹的体验。而太阳雪是那样别具一格，没有彩虹的陪伴，阳光、蓝天、白云和黑云像是躲在淡淡的轻纱后面，任一片一片晶莹的雪花从薄纱下轻轻飘落。太阳雪的数量不多，个头足有八九毫米那么大，却显得轻轻盈盈的。当她落在你的手心里，你须小心翼翼地屏住呼吸才能看清她的容颜，六边形的花瓣就是一朵晶莹剔透的水钻冰花，朵朵不同样。

太阳雪是善解人意的。她既没有阻挡旅人匆匆的脚步，耽搁“上班族”的既定行程，又给了久盼的孩子一个新春的惊喜。她在孩子们对雪近乎绝望的时候不请自来，同时也给了农人们夺取丰收的希望和信心。太阳雪飘落的时候，仰望她，她似夜空中无数的水晶星在闪烁。她驾着轻风优雅地向你飘来。她不需要你伸出热情的双手来迎接她，只喜欢你静静地向她行个注目礼。这时她会轻抚你的长发，亲昵地立到你的睫毛上，也会深情地吻你的双唇，让你感受她的纯洁，她的无瑕，她的清凉。你的心情也会因为她的亲吻而变得清凉、纯净起来。

太阳雪是激励向善的雪。白雪的来临会把我们的思想变得纯净无瑕，你我他的思想世界也会增加了一份对美好的祈盼和追求。你轻轻地呼吸，你的鼻尖的太阳雪顷刻会化作一珠水滴，结束她美丽的生命。那水珠伫立在你的面颊，让你看着她恋恋不舍地滑落于大地。不必对她心生怜惜，她带着崇高的使命，把阳光的种子带入了春泥，护花、壮苗，积蓄大地一年的芬芳。

太阳雪飘落到大地之上，好似做羽绒被的姑娘们不小心将大地上洒落了轻柔的羽绒。你轻轻走过，她就会跟随你的脚步，任你轻轻地把她带起，终又飘回大地。

啊，2014 年的第一场雪，而且是美丽无比的太阳雪！你的来临定然会给元宵节、情人节这东西方两个节日增添别样的浪漫!你是上天委派下凡的知性佳人，用自己微弱的身体，给冬画上美丽的句号，给东方马年的国人带来春的信息，也用你那弱小的身体滋润着江海的大地和江海的儿女。

二〇一四年二月

饥饿记忆

“奶奶，我想喝红糖茶！”

“妈妈，我还要吃一个！”

“爸爸，我也要跟你到人家去。”

……

二十世纪六七十年代，饥饿的感觉如影随形地纠缠着我们，这样乞求式的童言稚语，经常从我们兄弟姐妹的乳牙缝里蹦出来。奶奶常常对着膝下如此嘴馋的孙辈们唉声叹气，说我们陈家怎么一个个都是饿死鬼投的胎呢。

当时的乡下，乡里乡亲之间互相帮工是常有的事。因为是互相帮助，所以主家可以省掉一笔工钱的开支。但凡大人去帮工干活，孩子们就会获得随大人蹭饭的机会，主家大都会笑脸捧出花生瓜子，先安顿好孩子才去张罗正事。

对细伢子而言，蹭饭也常常会遇到考验，脸皮需要有足够地厚才能对付。考验倒不是来自主家，而是来自帮工的人中一两个善耍嘴皮子的主儿，他们总会没事找事地逗细伢子寻开心。

在你刚到主家的时候，他会俯下身来，故作亲切地问：“今天，你来做什么的?”你要是忸怩作态，脸红不语，他们会更加得意。在吃好饭之后，他们往往又会逗你辨别“好”的两个读音：“今天的菜好（念第三声）吃，还是你好（念第四声）吃?”回想起来，这个“好”字可能是我们第一个感受多音字的神奇。

小孩蹭饭的原因，大抵有两个：一是家中大人多在地里干活挣工分，小孩子在这里会齐可以一起作伴玩耍；还有一个，就是那时候的吃食实在过于匮乏，随大人到人家去，多少可以开开荤，毕竟主家请人干活，工钱不用付，割肉买鱼总归是不能少的。

经历几次考验之后，厚了脸皮，长了见识，壮了胆量，就可以放大嗓门喊："我是好吃宝，我是来帮人家'砌食槽'的。今天的菜好（第三声）吃，我也好（第四声）吃。"大家哄笑之后，挑事的倒也无话可说，不好意思再寻孩子的开心了。

记得那是上幼儿园前的四五岁光景，那次父亲带我到同村同组的陆姓人家，据说那个人曾经在国民党军队里当过机枪手，杀过鬼子，据说政府还有补助发放于他，直至他过世。那次可真是晦气，那时候不像现在可以打个电话呼朋引伴相约同往，去蹭饭的小屁孩就我一个，不免显得孤单。

大人们在打着号子热火朝天地干活，我实在是冷清无趣得很，溜达到主家的房间里，瞅瞅这个，摸摸那个，俨然是一个寻宝者，房间里不上锁的抽屉被我一一打开，一本厚厚的书吸引了我，打开一看，里面有一大沓花花绿绿、崭新齐整的纸。直觉告诉我，这肯定是好东西。我悄悄地选了几张不同样的揣进了裤袋。午饭的时候，饭桌上的鲫鱼、红烧猪肉、炖鸡蛋散发着诱人的香气，往日可口的滋味却变得索然无味，只想着早点吃好离开此地。

一回到家，我便把花花绿绿的纸拿出来给姐姐看，她一见就吓坏了，急切地问我是哪里来的？眨巴着眼睛，看她那个样子，我立马吓蒙了。

她火速报告了在晒场上翻稻草的妈妈。妈妈听后，顺手操起铁叉就朝我撵来，我在场地上打着转儿，第一次见这阵势，吓得边哭边跑。妈妈一边追，一边说："哪个叫你小小年纪学偷钱，我们家没你这号人。"顺路经过的邻居戴婶闻声赶来，在戴婶的拉劝下，妈妈责令我自己把钱送到那个人家。那个满脸胡茬的机枪手一点也没有责怪我，反而夸我是懂事的孩子，并留我吃好晚饭随爸爸一起回家。

稍微大些了，应该是上小学了吧。那时候，除了鱼和肉，最香的舌尖诱惑要算是水果了。农民虽然有地，但少有人家乐意栽上桃树、梨树等水果树。一是粮食奇缺，二是肥料稀缺。在肚子尚不能填饱的年代，水果还真算是奢侈品。因为庄稼人的算盘打得精精的，没有水果吃总不至于饿死人的。

也有人家在沟塘边种一两根未嫁接过的毛桃树，有了这样的树，我们的生活便有了盼头。在我们放学的必经之路上，在一个胡姓人家的屋后河边就长有一棵树冠很大的桃树。从桃花恣意怒放的春天，到桃子满树的初夏，我们天天都要向桃树行几个注目礼，目睹桃子一天天膨胀，一天天转色。在桃腮见红的那个星期，我们上课也在想，回家了也在惦记，口腔里的涎水像洪水泛滥，不可遏制。

终于，我们几个伙伴瞅着这户人家没人，便着手实施“偷桃计划”。我们选派一个胆子大的在堂屋的正门引逗土狗发出吠声，这样，路过的人只会以为孩子在逗狗取乐。其余人等潜入后院，爬树的爬树，接桃的接桃，不消两泡尿的工夫，我们就摘了足够饱腹的桃子。待摘桃的主力打一两声呼哨，我们就一溜烟来了个漂亮的撤退。

计划实施两次，我们往往会自觉收手。第一次主家往往不会发现桃子少了，第二次之后，主家一般会有所察觉，但也不能确定是哪家的馋嘴小子。

这样得来的桃子，我们是决然不敢带回家孝敬父母的，只能吃撑了肚子回家。我们在桑树林里找块空地，或者在桥洞里席地而坐，围坐一团，乐呵呵地享受着桃肉的甜美，一个个塞了个小肚子滴溜溜地圆。

回家也不似往日急着上桌，父母催促吃饭，只消说今天肚子进了风有点胀吃不下，便能轻松瞒过。但每天路过这户人家，除了毕恭毕敬地叫声“爷爷奶奶”外，其他也不能弥补什么，心头的愧疚感要随着桃叶的凋落才有所稀释，但来年肚里的馋虫又会把这种愧疚感吞噬殆尽。

几年前回老家，又从那条童年的小路走过，一切都已变了模样。那个被盗桃子的人家也已经住上了楼房。那棵曾经满足我们食欲的老桃树也已经叶枯根朽，不见了身影。想来被窃的主人家早已把失窃之事忘得一干二净了吧？

工作后的某一年，我们回乡面对盘碟满桌的美味，在慨叹当年窘况的时候，不禁把当年的偷食经历告诉了老父母。他们听后哈哈大笑，也把当年村民们因为饥饿偷食集体地瓜、玉米、黄豆的故事和盘托出。与我们不同的是，他们偷来的食物可以全家分享，我们只能瞒着他们躲在外面大快朵颐。

作家张爱玲说，“保有底线的欲望是幸福的”。我想，饥饿感就是作为一个人的最底线的欲望吧。在现在这个吃穿不愁、日常菜肴胜似过大年的时代，孩子们早已缺少了饥饿感，很少有孩子像我们当年那样，忍不住发出惹人生怜的乞食声了。

2013 年 11 月，中央颁布《党政机关厉行节约反对浪费条例》；2014 年 3 月，为贯彻落实该条例，深入推进反对食品浪费工作，中共中央办公厅、国务院办公厅印发了《关于厉行节约反对食品浪费的意见》，明确提出八点具体意见。阅读《条例》和《意见》，我不禁回想起童年的饥饿与偷窃来，潜伏内心的负罪感油然复活了。

在此之前，我常常在梦萦家乡、回味童年的幸福里，轻轻地叩问心扉：我们还需要找回当初的饥饿感吗？类似这样的因饥饿而产生的偷窃经历，早已成了我们苦涩而美好的童年追忆——至少让我们从小懂得珍惜粮食，体悟到了什么叫知足惜福。那么，现在的我们该如何教育孩子们珍惜粮食、反对浪费呢？

二〇一四年四月

童年乐事与糗事

年年逢六一，岁岁忆童年。童年如朝花，落地须夕拾。童年似流水，一去不复回。劝君惜童年，回忆比蜜甜——

捉呀捉蜜蜂

春的信使要算黄澄澄的油菜花，可爱的蜜蜂是护花的使者，带着隐形的喇叭吹着“嗡嗡”的号角，兢兢业业地做起了美好的甜蜜事业，全然不顾进进出出的烦劳，只为了酿蜜成浆，甜美他人，你不愧是孩子心目中的勤劳王。三五个顽童，左手一个瓶子，右手一根棍子，瞄上了村子里的一堵土墙，跟你捉起了迷藏，你对他们的无礼和残忍深感无奈，也许因为你的牺牲，给将来走出这片土地的孩子留下对乡土永久的念想。

拔呀拔茅针

清明节前雨霏霏。看，在向阳的河岸上，在纵横交错的沟渠旁，茅草吮吸着甘霖疯一般长。一丛丛，一块块，蔓延成了一片片。村里的小囡们手牵着手，在你的身边俯身再俯身，小手里的茅针逐渐抓成了捆。夕阳下，她们哼着歌谣，欢欢喜喜地回家，她们商量好要剥茅针送给爸妈，让他们也回想一下童年的往事，明天一起交流各自的爸妈咀嚼茅针的味道。

钓呀钓“骆驼”

你是虎甲虫的幼虫，因为背上有个驼峰样的小包，平原的孩子便送你一个沙漠之舟的美名。在打麦子的场地上，眼尖的娃娃们，会看见一个个针尖一般的洞眼，你就安详地待在里面，是养精蓄锐，等待有朝一日振翅高飞，展示出鞘翅目虎甲科飞虫的风采吗？倘若你受不了一根麦芒或者小葱的勾引，你也许会成为顽童们的战利品了。

烧坏钢精锅

小时候，放假在家或者放学之后帮家里生火烧饭那是常事。在某个冬日的星期天早晨，母亲上街买东西，吩咐我烧锅，蒸煮糯米，用作过年炒炒米。母亲放好水，安好蒸笼，我的任务就是放柴火烧了。冬天的早晨，坐在锅门口，烧着棉花秆柴火，脸上感觉暖和极了。一种帮大人做事的成功感油然而生。烧着烧着，感觉太暖和了，便到屋外踢踢毽子。眼见着太阳升得老高老高了，母亲还不回来，我还是边放柴火边玩，心情很开心。就在母亲回来的时候，我非常开心地出门迎接，满以为会得到母亲的表扬。母亲自顾着径奔厨房，突然她大叫起来：“不得了了，不得了了，锅子烧坏了。”这时，我的鼻子也嗅到了浓重呛人的焦味。母亲迅速地端开蒸笼，这才发现钢精锅已经被烧得没有了锅底（水烧干了的缘故），火苗正向上蹿呢！幸好母亲回来得及时，不然会把借的人家的蒸笼也烧坏了，还得做“赔匠”呢！

骑车摔断骨

我的运动智能比较差，比如说学骑自行车，还是在母亲的羞辱中才被迫学会的。邻居家的比我小得多的孩子也早就会“扫猫洞”了，而我还只会推车而行。终于，在四年级的初夏，我趁着叔叔家刚夯实的麦场上学习，苦练一个星期，终于学成。当时的感觉不亚于现在的孩子会玩电脑游戏。姨父知道我会骑车了，便送了一辆半新的长征牌轻型车给我。我那个开心啊。有了这辆车，我上学放学变得更加轻松快捷，像长了翅膀一样。在某天放学，因为粗心大意，在冲一个 U 字形的码头时，车龙头没握稳，一个跟头摔在了 U 字母的谷底，当时就有种喘不上气来的憋闷感，我以为这就是将要死的感觉，过了一会儿，终于透过气来，还是坚持把车骑回了家。吃过饭之后，便感觉胸口出奇地痛，本想瞒过家人，见实在瞒不去了只能如实相告。母亲连忙用自行车驮着我往医院赶，我坐在车上，只要车子一颠簸，我的胸口就会疼一下，我咬紧牙坚持着到了医院，医生给我配了几种药便回来了。其中有一种奇苦无比的有黑枣一般大的药丸子，母亲把它切开给我吃，苦得我把药丸都扔到了地上。真所谓“良药苦口利于治病”。这个药的效果出奇地好，只服用了几个，我的疼痛竟然消失了。

而立有三之年，在稍有闲暇的时候，回味梦一般的童年时光，也是一件舒畅心情的事情。如果可以再深刻地思考一下，或许还会得出人生的某种感悟，比如乐极生悲、玩物丧志等真理。

二〇一〇年六月

我是一朵小荷

我是一朵小荷，有着含苞待放的水嫩模样，在夜深人静的时候，悄悄钻出水面。

“呀，空气多么清新！”

夜幕上缀满无数颗宝石，熠熠闪亮。月牙儿姑娘从薄云里露出恬静安详的脸庞，鱼宝宝渐渐睡着了，河水慢慢沉淀下来，偶尔有个冒失鬼碰疼我的细脖子。

夜，真静啊！甚至还听得见露珠妹妹呼吸的声响。积蓄了一冬的能量，我显得朝气蓬勃，一丁点儿睡意也没有。

观望四周，五六位荷叶姐姐把我团团围住。嘿，不远的地方也有一朵正在开放的荷花。顿时，我的寂寞之情一扫而光。

望着他的身影，我压着嗓门：“哥哥！哥哥！”

“哥哥”关切地望着我：“啥事啊？”

“没啥。我想……我想跟你聊聊，好吗？”

“好啊！”他满口应承道，“聊什么呢？”

“瞧，天上的月亮和星星多美啊！”

“嗯，美！但那离我们太远太远了，要用光年来计量呢！其实呢，在我们身边就有着很多的美，因为眼力不够，我们没能发现！比如蜿蜒的小河、俊秀的鱼儿、妩媚的杨柳……多着呢！”

“那我们自己是不是也算美的呢？”

“那当然！在浩瀚的文学宝库里，赞美过我们的诗词美文不计其数呢！宋代诗人周敦颐写的《爱莲说》、现代散文家朱自清写的《荷塘月色》……如果以荷为主题办个讲座，就是说上三天三夜，怕也是说不完的！”

我惊叹于大哥的博学，眼界豁然开朗了。于是使劲地，我汲取着荷塘给予我的丰富养分。我要跟那位大哥一样，盼望着天快亮，盼望早一点在阳光下绽放，盼望为人们奉献出我的莲子和荷藕——那就是我最大的幸福！

一九九八年六月

辑二

拥抱自然

Chapter 02

追江赶海意气发

在长江入海口，有一个富饶的江海平原，它是生我养我的故乡。这里物产丰富，人杰地灵。江风使我们灵秀，海水使我们豪迈。这两篇文章记录的就是我跟长江黄海的第一次亲密接触——

初谙扬子江

几位同窗在“侃大山”时，说到闻名中外的扬子江就在附近，便有人提议去吹吹江上来风。

从市区骑车南行，大概五公里光景，就隐隐地觉察到有了股凉风。映入眼帘的是条丈把高的大坝，蜿蜒曲折，巨龙一般。车至坝下，我们三步并作两步，飞奔坝上。刹那间，我们仿佛走进另一个世界，不约而同地欢呼雀跃。多么壮阔啊！我们在宽广无垠的长江面前是那样渺小，犹如长江里的一粒水滴，一朵浪花。极目远眺，水天一色，看不到对岸，只见江中“绿舟”点点。因是下游，水势平坦，但浩渺的江面，照样能使人体味到长江磅礴的气势。风一阵接一阵，浪一重接一重。风自江上来，掺着水气。不像电扇扇的、空调里冒出来的那样做作，却是凉得自然，爽得磊落。

我们在江边觅了块绿地坐下来，享用了备好的食物后，有位海门同窗提议，到江中的小洲上去“历险”。大家手挽着手，排成一排。水凉得很，但不深。我们一高一低地向前试探着前进。尽管这样，卷到大腿的裤管还是湿了。每前进一步，我们的勇气就升高一丈。眼见着就要踏上小洲了，不知哪位先唱了句：“傲气面对万重浪……”这歌声立即感染了大家，一齐吼起了《男儿当自强》。那倒真有点“中流击水，浪遏飞舟”的气概。

人的感觉常常欺骗自己。远看这绿舟不过一叶小船，来到近前，才发现她大得看不到头。我们在沙洲上游弋，但不分散，岛上除了满地说不出名儿的野生植物，还有不计其数的蟛蜞。

回岸时，大家胆大多了。无须挽手，各自往回跋涉。这时的太阳已失去了来时的光彩，天边悄然升起朵朵云彩。江被劈开两半——半瑟半红，半明半暗。回眸时，复又望见一群蟛蜞——我们初识长江的小伙伴，忽而悟出，面对浩荡长江，我们不也是一群浅水中的小生灵吗？不经一番惊涛骇浪，能有勇气再见长江吗？

与大海的第一次约会

小的时候，地震频频。妈妈常常在半夜把我抱离温床。蒙眬中，听见聚在一起的村人谈论着：“海里的鲨鱼又在眨眼睛了。”打那时起，我想象中的海总带有几分神秘和魔力。

第一次看见海，是在上小学的时候，从宽宽的银幕上见识到的。幼小的心灵便被海的浩瀚深邃所吸引。我暗下决心，定要看看真正的大海。

十几年过去了，海在我心中仍然只是梦影。心醉神迷的时刻终于等到，在一个温暖的初夏，天空澄澈透明，我们一群始入花季的少年，怀一颗热爱文学的心灵，带着探求人生真谛的热情，相约骑单车北行数十里去看海。

结伴而行的好处便是可以忽略不少倦意。个把钟头下来，同伴们依旧是热情满怀，谈笑风生。渐渐地，我们便感觉有了阵阵凉意。有人说：海要到了。十几年的渴望马上就要实现，心中不免思量：我孜孜以求的真正的海是什么样的呢？

看见了，看见了，此刻的海轻轻地波动着，似一位温柔的母亲，如此宁静，如此安详，浪花轻轻地拍打着岸边的礁石，似乎在友好地欢迎我们这一群不速之客。

我们静静地站立着，生怕惊扰这一份宁静。远处海天相接，竟分不清哪儿是海，哪儿是天，仿佛海和天本来就是一个和谐的整体，几点白帆泊在一片蔚蓝中，海鸟上下盘旋飞翔。涨潮了，浪花“哗哗”地涌上来，我捧起朵朵浪花，晶莹的闪亮的珠儿从手心滑落重又回归海的怀抱。

我们围坐在一起，涛声伴着欢声笑语，一颗颗年轻的心欢快地跳动着。那一片蔚蓝，那一片纯净，荡涤我们心中的烦恼和阴影，使我们的心重又变得明净、快乐。在博大而深邃的大海包容下，我们的心胸无比宽广，再大的困难和痛苦都能等闲视之。

此刻，我真想做一个海的孩子，一生守着海……快乐时光总是很快就逝去。我们终究得离开海，内心企盼着在某年某月的某一天，再与她相逢。

离开海，海的影子仍时时在我心头缠绕。有一天，我终于释然了。比海更大的是天空，比天空更大的是人的心灵。只要心灵如海一样广博、深邃，能包容一切，能溶化一切，你便拥有真正的大海了。

那一晚，我梦见了大海，真正的大海。

一九九八年十二月

故乡的桑

早春三月，走在故乡的土地上，久违的桑树随处可见。看，斑驳的树皮包裹着岁月的年轮、见证着世间的沧桑——终于挺过了一个五十年不遇的严冬；枝干上，一粒粒被棕色叶鞘包裹着的叶芽已经萌发。

忍不住凑近桑树的身子，就像与久别重逢的故人来个温暖的拥抱。只需轻轻一嗅，尽管刚刚发芽，但桑叶的清香令我陶醉，这是一种真正的清香。不错的，就是这种极自然的清香，使我的心便开始悬浮了起来。闭上眼睛，我仿佛回到了童年，回到了散发着清香的桑树林中。清香，这种极自然的清香，勾起来了我浓浓的“桑思”。

在人们的印象里，她不及出身名门的楠木那样富贵，也不及一身红艳的石榴那番婀娜，也不似千里飘香的丹桂那般芳香。那她所拥有的是什么呢?

桑树是具有托叶的少数植物之一，而且托叶的存留时间较其他植物更长。桑叶的柄又细又长，因而只要用指甲轻轻一捏，随即脱落，十分便于蚕农们采摘。我们这群小家伙在午休或者“散学归来早”的傍晚也可以不费力气地帮助家里采摘桑叶。要是阳光较强的中午，将略呈卵形的桑叶对光而视，便会发现，多而细的叶脉将叶肉分成数不清的小块。在叶片的周围，有一圈“齿轮”，这也是桑叶的基本特征之一（有些不是卵形，而是向中部凹进去一些，那个凹进的弧就没有“齿轮”）。长辈们为我们能发现桑叶的独特而大表赞赏，从而大大激发了我们细心观察、勤奋劳动的兴趣。

回到家里，洗桑叶、切桑叶，再给蚕宝宝们盖上厚厚的一层绿丝被。要是在晚上，在煤油灯下做着功课，耳边还有蚕儿咀嚼桑叶的沙沙声，常常令人心静神宁，作业效率极高。

除了桑叶喂蚕，对当年的我们而言，桑树的最美妙的作用就是给我们提供甜美的零食——桑枣（鲁迅先生称之为“桑椹”）。桑枣的品质因桑树不同而迥异：胡桑是专长叶子的外地桑树品种，不成材，她的枣儿粒大水多，甜度高；本地桑树的树干是极好的家具木材，她的枣儿粒小耐嚼，嗜酸的人独爱。我们常常在放学的路上，三个一群、五个一伙地钻进胡桑林里饱餐桑枣，那可真算得上是一大享受了。蚕农们一点也不恼，常常会指点我们哪儿的枣儿多、哪儿的枣儿特别甜。我们几个常常吃得嘴唇发紫，牙齿发黑，天黑了才想起回家。母亲对我们说，吃了两百粒桑枣就会在肚子里长桑树，吓得我每次吃桑枣都得认真数一数。后来，学校搞勤工俭学，专收桑枣，据说可以酿酒，每人都有十余斤的任务。这下，我们更可以理直气壮地在桑树林里流连嬉戏了。

随着年龄的增长，跟伙伴们在桑林里抢吃桑枣已逐渐淡化为记忆，但随着学识的增加，对桑树的功用了解了不少。

桑嫩枝的韧皮纤维可以制造成坚韧的“桑皮纸”，根、茎、叶、花、果实均可入药，可谓浑身是宝，毫不逊色于“花相”——芍药。我们小时候常吃的“咳嗽停”糖浆中就有桑白皮这味药；本村陈姓医生有一个祖传秘方专治小孩眨眼，就是以霜桑叶冲沸水泡茶喝，两三天见效，四五天便可痊愈。本桑的材质相当硬，是江海平原少有的可以打制家具的好木材。解放初期，若是谁家有桑木打制的桌子、衣橱、凳子，等等，那也算是殷实人家了。在20世纪90年代，我结束了学业，即将成家之时，母亲为我送来用桑树做的书橱、书桌。即使搬了几次家，买进的家具常常连同房子一起出售给别家，唯独这两样一直跟着我到今天，来我家的人看到它们常常啧啧称赞。

桑树，在我国浩瀚的文学土壤上也有她的一席之地。不必说“把酒话桑麻”“枯桑知天风”，也不必说“鸡鸣桑树颠”“秦桑低绿枝”，单讲明代诗人解缙在《桑》中将她升华为尽心竭力、为国尽忠、为民尽瘁的奉献者：

一年两度伐枝柯，万木丛中苦最多。

为国为民皆是汝，却教桃李听笙歌。

而《诗经·小雅·小弁》中的“维桑与梓，必恭敬止”则以桑梓代称故乡，令身处异乡的游子每读到此处，止不住忆景伤怀，日夜思归。

桑树具有极强的生命力，门前屋后，河边路旁，无须你刻意培植，她总能茁壮成长。来小城工作后，我插扦了一株桑树盆景，由于只是置于盆中，一年才长高三四十厘米。想想童年时在家门前栽种的那棵，一年的光景便高出我许多。我为这株桑树伤神不已，但又不忍弃之，因为她的确为我增添了不少生活的情趣和勇气。每逢我们长假外出，全家的花草总会历经一次磨难——虽说没死，但叶子萎靡不振。一回家，只是浇水，桑树总能第一个“苏醒”。去年冬天连下大雪，未及时请花草们进屋，夜来香、天竺葵等相继“罹难”，但此时的桑树已经抽出新芽，真是“幸甚至哉”。

故乡的桑树哟，您不富贵但尊贵，您不婀娜但顽强，您不芳香但清纯，您的秉性与天下母亲是多么高度一致啊，恕我难以想到华美的词藻来表达对您的赞美与崇拜。我不禁滋生出扎根故土的想法，就做桑树林里一棵普通的桑。我愿意让蚕农采摘我的叶，我愿意让孩子们品尝我的果实。有一天，我若成材，我请求砍了我去做一个书橱或桌子，哪怕是凳子，也算是有一点价值在人间了。

二〇一五年五月

春光入盘

人世间谁不喜欢春？

若有，那他一定是不知春为何物的蠢货！

对生活在四季分明的温带地区的人们来说，春是多么地美好啊！在经历了漫长的冬之后，春总是不慌不忙地姗姗而来。它有它的节奏，它有它的章法。你催也催不来，你盼只能在梦里。

人们喜爱春，在春天出生的孩子，可以在名字里加个“春”字，春来、春燕、春花，等等；人们恣意享受春天，可以去踏青，去放飞风筝，去河畔钓鱼，去采摘柳条编花环……最妙的还是品尝到倾心的春味，把你的口腔搅和得垂涎四溢。现在人真是幸福，我们的味蕾可以最早感知到春的降临。这不，家里的厨房里闪耀起三道春光。

第一道：春韭。这是老家家门口长的。绿油油，根部带着红，没有一片枯叶。只要在水龙头冲冲，就显得更加水灵灵的了。摊一锅黄澄澄的鸡蛋皮，或者是切几块卤水豆腐，要么是韭菜炒蛋皮，要么是韭菜炒豆腐，不管是颜色，还是香味，都是那么地激发食欲，让你忍不住操起筷子夹上几口。最妙的是新春第一刀春韭是万万留着自己家里享用的，一家人团坐在一起，围着一盘子春韭，不一会儿工夫，这盘菜就会入口下肚了。孩子总会说，下顿还要吃韭菜！

第二道：春螺。这是老家旁边小河里的。父亲会在春阳高照的晌午，吃过午饭，就带着铁丝篓子和竹编篮子，穿上胶靴，在河边上开始打螺。这个活儿还是需要技术的。随着温度上升，螺们从河床里慢慢苏醒，沿着河底缓缓爬行。父亲的篓子上系着一根线，他奋力地将篓子抛向河心，等篓子沉入河底，再拉上岸来，一般都会有螺蛳扒拉上岸了。半天时间，竹篮子也会大半了。老人们会将螺蛳洗洗干净，洗去螺蛳身上的水藻，螺身的硬壳发出绿莹莹的光。再放在家里吐一两天的泥沙，然后就是清水煮挑出螺蛳肉，也可以用老虎钳剪去屁股红烧五香螺。这是两种常见的吃法。清水煮的螺蛳可以跟韭菜搭配，那是我们家乡的一道经典春菜，百吃不厌。

第三道：春鱼。这个名字一听就是那么的悦耳。它来自黄海，周身金黄，每年的春天就会巡游到此。有人形象地说，它是来参加油菜花会的一种海洋生灵。它的个头不大，身上有鳞，肉质极其鲜美，是南黄海馈赠给沿海渔民的春之大礼。每天慕名而来的上海和苏南游客云集如东、启东等沿海渔乡，一饱海鲜口福。最有福的还是当地的人们，当鲜美的春鱼要么清蒸，要么红烧，要么煲汤，吃着蒜瓣般的鱼肉，从头到尾吮吸个遍，真的会忘记其他的美食了。忙趁春汛品春鱼，不羡神仙做渔人。

当三道春光闪进了你家的厨房，端上了你家的瓷盘，还有什么忧愁耿耿于怀呢？若有春困，就是大快朵颐后的满足，那就在春阳下的阳台上小憩一会儿，说不定还会做个踏青的梦。

二〇二〇年三月

毛柿子树依然在

在新入住的小区里，我遇见了一棵树，瞅着眼熟，似曾相识，多方询问，果然是毛柿子树。

我得空在小区散步时，常常绕着毛柿子树走圈圈，看了又看，似乎寻见了失散多年的老友。

柿子树的主干笔直向上，侧枝呈伞状散开，椭圆的大叶子片片乌黑发亮，远远望去就是一位壮实稳健的小伙儿。我用手机从不同的角度拍下它的身姿，想着回家好细细观赏。

在一个悠闲的周日，我得空整理手机中的照片，在电脑上再次遇见了这位老友，把它设置成桌面背景。

这位老友已是二十多年没见了，它在我的心头一直占据着不小的位置。这几年，每到柿子成熟的深秋，“卖柿子啰，又红又甜的柿子哟”，大街小巷里传出此起彼伏的乡音。那是乡下大妈骑着脚踏车在叫卖呢，她们在后车座缚上竹筛，筛子里整齐地摆放着光溜溜、红通通的黄金柿。每当听到这样的叫卖声，我就更加念想起童年的美味浆果——毛柿子。

我出生在 20 世纪 70 年代，在那个食物勉强够吃的年代，要是有人施舍一两颗果糖也会开心好一阵子，水果可就是奢侈品了。若是哪家有一两株桃树、梨树，那就算是富裕人家了。幸运得很，有一年春天，父亲不知从哪里带回一棵毛柿子树苗，母亲把它栽种在茅屋前。

小树苗倔强得很，从不需要刻意地施肥，有时我用自己的热尿即兴地把它浇灌。有一次被母亲碰见，狠狠地挨了一顿批，理由是尿中的肥气会把柿子苗腌死，那样连毛柿子也别想吃了。

在我们一家老小盼望的眼神中，柿子树一天天一年年地长大了。它最大的特点在叶片的颜色上，绿得发黑，简直就是一个黑妹子。

有一年夏天，它的枝头开出了淡黄色的小花，母亲开心地说，今年有毛柿子吃了。

母亲的预言让我们姐弟俩兴奋不已，好像甜死人的柿子已经到了我们眼前。

柿子树一点也不急，它依然不紧不慢地晒太阳，经风雨，长个子，壮腰身，俨然出落成一个亭亭玉立、花枝招展的黑妮子。淡黄的花儿也不知道是什么时候谢了，代之的是一个个米粒大的小青果。

小孩子的耐心是不会太长久的，因为他们很快就会找到乐子来分散自己的关注力。尤其在漫长的暑假里，他们可以去亲戚家度假，可以约几个玩伴下河游泳、钓鱼捉虾、摸蚌捞蚬，还可以逮蟋蟀、斗天牛……两个月的暑假眨眼就到了尾巴尖上，于是忙着补作业。等作业差不多完了，秋季就开学了。

在开学后的星期日，母亲张罗着借回一个“步步高”（毛竹做的梯子），将它顺势架靠在柿子树的主干上。她试着爬上去，但见柿子树摇晃得厉害，毕竟是一棵才挂果的树，显然支撑不了母亲的重量。

我注意到，柿子已经有了我的拳头大了，浑身墨绿，长着绒毛，憨头憨脑的。我好奇地问母亲，柿子还没熟呢，怎么就要摘下来了呢。母亲笑着说，等熟了就没的你吃了。

母亲问我敢不敢爬梯子上树摘柿子。才上小学三四年级的我说实话，多少有点胆怯，但在母亲鼓励的眼神中，我口是心非：“这怕什么，看我的。”

于是，我双手扶梯，一步一步向上登爬着，等确定自己站稳了，再腾出手去摘柿子。果真是毛柿子，黑不溜秋的，刚一摸到就沾了一手的毛，带着一股野气，握在手里，硬邦邦、沉甸甸的。

姐姐双手扯开围裙，示意我将柿子扔进裙兜里。母亲双手死死地扶住梯子，确保梯子不侧滑。我们经过整整一天的合作，终于将满树的柿子摘了下来。哦，不对，妈妈让我在树顶上留下了两颗，说是留着“看树”来年才会结得更多。母亲的话是不容不信的，就这样，两枚柿子高高地挂在枝头。

望着树下一箩筐的毛柿子，母亲脸上满是笑容，她和姐姐打来一盆水，再将柿子一股脑地倒进水里，一个一个地擦洗，洗去身上的鸟屎和绒毛，再一个一个地排放在筛子上晾干。

趁着这几天秋阳高照，母亲取了三分之一切成了柿子片，说是用三五个太阳晒成柿子干，留给奶奶和外婆当零食吃。其余的，母亲一个个地在柿子蒂头处放一点点石灰粉，说用不了几天就有红柿子吃了。

在一个星期后放学回来，母亲拿出四五个柿子，通体红透，看着就好吃。我刚想一饱口福，母亲连忙制止，说要等吃好了晚饭才能吃它，空腹吃柿子肚子会疼。我和姐姐匆匆喝了一碗粥，便迫不及待地剥起柿子来。

双手轻轻捏着柿子，软软的手感，很舒服，怕是再多用点力，柿子瓤就会流出来。剥去一半的皮，将柿子跟嘴巴来个亲吻，嘴巴轻轻吮吸，柿子的果浆便进了口腔，与舌头打成一片，立刻甜甜的味道舒爽了全身，咽下一口再吸一口，你会感觉到有四五个核籽，也不一定要吐出来，含在嘴里，等果浆融进食管再吐出来也不迟。等柿子吃完了，嘴巴里已经有了七八粒核籽，一个一个地吐出来，排成一队，你会发现核籽是那样饱满。母亲说，留着做种子吧！

我心里想着，要是门前屋后种上一片柿子林，那该多好啊，我们家就有吃不完的柿子呢！

每天放学回来，母亲都会为我们准备一两个柿子。没过多少日子，母亲说，今年的柿子快光了。我有点不信，扒开竹篓子，拿出仅存的五个柿子，我才猛然想起父母亲可还一个没尝呢！我让母亲也尝一个，母亲坚持说小时候吃得多，早就吃腻了。

在每天吃着柿子的同时，我们目睹了树顶留种的两个柿子由绿转黄发红的过程，直到最后被鸟啄了去。我明白了，母亲为什么要采摘青果的缘故。

这棵柿子树陪我度过无忧的童年，让我的童年充满了甜甜的味道和温馨的记忆。

后来，我们家易地建房，那棵毛柿子树也随着老宅基地的退耕还田而被砍伐了。我们也就再也没有吃到浑身长毛、吃瓤吐核的毛柿子了。

那甜甜的独特味道经常在我的舌尖泛起，久违的遗憾也常常在心头涌起。要是当初移植那棵树，到今天一定长成一个绿巨人了吧？那样的话，我的馋嘴女儿也会品尝到带着核籽的毛柿子呢！

老母亲对我的假想不以为然，你们现在连没长毛的黄金柿子都吃油了嘴，怎么还会喜欢长毛带核的柿子呢？

也许母亲是对的，我们要的并不是对原味毛柿子的渴念，而仅仅是对童年的一种怀想吧？

女儿问亲戚家要了几颗毛柿子的核籽，说带回去可以种在小区的土地里，相信来年可以发出嫩绿的小苗，渐渐长成一棵蓬蓬大树，开出成百上千星星般的小黄花，结出满树的青柿子。

二〇一八年十二月

半个西瓜

“笃，笃笃——”熟悉的敲门节奏，不用瞄猫眼，准是对门新租户尹大姐。

“才切的新鲜西瓜，一家一半。”门才开了个缝，尹大姐银铃般的声音就飘进了屋。门完全打开，只见她双手托着红瓤黑籽的半个绿皮大西瓜，笑盈盈地站在门外。

“我们家有的啊，你贴上保鲜膜放冰箱明天照样好吃的啊！”我道出两点拒收的理由。

“你家的明天切，破了肚的西瓜，一放冰箱口味就差了。你不至于让我再带回去吧？”

巧嘴尹大姐说话总是这么得体。说到这个份上，真的是却之不恭了。

半个西瓜捧进了厨房，一尺长的水果刀咔嚓五六下，就分成了十几块小西瓜。

一家人围坐在桌前，分食着这半个西瓜。大家吧唧吧唧地享受着盛夏美食，桌上地上不时有黑瓜子蹦落下来。

女人说：“这个瓜好甜啊！新鲜得不得了！”

“冰箱一放口味就不同了。”老人说。

“是呀是呀！”孩子附和道，“我们家冰箱就有半个昨天的西瓜，说是今天吃的，看来要拖到明天，也不知道能不能吃了。”

这是今年尹大姐第三次送半个西瓜过来。

孩子问："那我家为什么没有把西瓜送给她家呢？"

是呀，我们怎么没有想到把半个西瓜送给她家呢？仔细分析下，大体有这样的顾虑：一来半个瓜不好意思送，二来切开了的瓜怕是送了人家也不要，三来邻居串门怕有打扰……

看来我们以后也真得向尹大姐学习了，再不用担心大西瓜吃不下去的问题了。邻里之间，互相交换着吃，岂不是每天都是吃的新鲜瓜吗？这半个西瓜传达了邻里亲情，分享的是信任和善意。

"妈妈，明天我去送半个西瓜吧！"孩子侧头说道。

以上是对我一年前旧邻尹姐的温馨回忆。尹姐的孩子已经到北京高校求学了，她也搬回去了，却给我们全家留下了暖心的回忆。

二〇一八年八月

老熟的芦稷

国庆假是比较长的，我们忙于朋友聚会、客户应酬，累得无暇回老家看望爸妈。就在假日结束前的一天早晨，我们还都沉浸在睡梦中，老妈打来电话，说孙女订种的甜芦稷熟了，问我们国庆假可还有空一起回家尝尝。电话刚挂，女儿便从床上一跃而起，咋呼着要立马回老家啃芦稷。说回就回吧，孩子要回老家看看，没有什么理由可以挡得住的。于是，我们调整了安排，一起登上公交车向老家进发。

在车上，女儿好奇地问：芦稷是不是也叫甘蔗？我说：不是，可以算是甘蔗的兄弟。甘蔗是大老粗，像练武的，芦稷是细腰身，像读书人，共同点是都很甜。其实在老百姓口中，芦稷有好多名字，诸如甜秆、甜芦稷、倒哨子，等等。少有人能分得清哪个是俗名，哪个是雅称。

车子驶出县城，我指着窗外越来越多的芦稷给女儿看，女儿叫道："多像小兵张嘎的红缨枪啊！"记得暑假刚开始时回老家，那时候芦稷穗子还是绿绿的，经过两个月的烈日炙烤，太阳的精华裹挟着糖分钻进了芦稷的骨子里去了。远远望去，火红的穗子可不就是红缨枪的枪头啊！可在我看来，在晨风的吹拂下，倒更像一位佝偻着腰身在地里劳作的老妇人。看着，想着，我仿佛回到了童年时代咀嚼芦稷的快乐时光。

在我能记事时起，我家是没有种植芦稷的习惯的。因为在惜土如金的父母眼里，他们只愿意种出粮食，要是种上芦稷，多多少少会拔去土里的养分，影响粮食的收成。对以勤俭持家闻名乡里的陈氏族人来说，这是有违祖训的。

到了芦稷成熟的季节，我们只能眼巴巴地看着别家的孩子双手抱着芦稷，津津有味地嚼着芦稷、咽着甜汁，吐着残渣。好心的邻居总会慷慨地砍上几根，呼喊我们姐弟俩扛回家去分享。我们分工合作，我撕扯叶子，姐姐拿柴刀把芦稷剁成段，我再认真地数节数，一人分一半。我的常常早些吃完，姐姐便会慷慨地匀出几节给我吃。我们常常会把最黑的芦稷穗子留着做种子，企望爸妈来年春上格外开恩，也同意我们种上一排芦稷。

随着分田到户政策的落实，农民的日子逐渐朗润起来。我们姐弟也都很懂事，作业完成后总会自觉地为家里分担农活，父母架不住我们的一再恳求，便也同意我们栽种些这甜味实足的稀罕物。

芦稷的下种，一般在每年的清明前后。我和姐姐在河边垦出一块空地育秧，随着气温的回升，不消两个星期，秧苗便可长到尺把高。这就可以进行移栽了。

芦稷对生长环境要求极低。它不需要占领整块的田地，一块零地也可，或者夹种在黄豆、花生、山芋沟等田间也行。但最好别种在棉花地里，因为馋嘴的棉铃虫会禁不住甜味的诱惑，一定会捷足钻进秆子里，先下口品尝甘汁。移栽后，若有空闲最好浇上两三回水，待它的叶子精神抖擞地舒展开，便可放手不管了。因为它不需要施尿粪和化肥，也不用喷洒农药，只要在烈日下就会自由自在地拔节了。

在平原上，芦稷的腰身尤显高挑，夹种在低矮的农作物里，显得鹤立鸡群，一个个如模特儿般摇摆着舞姿。芦稷吐穗后，就不怎么长个子了，而是一门心思地集聚甜分。这时候，我们便会在放学的路上留心观察，谁家的芦稷穗子先红了，大家估算着哪家的甜一点。我们肚子里嗜甜的馋虫便会苏醒过来。金秋时节，走在江海大地上，看啊，远远近近，芦稷们高举着暗红的穗缨，仿佛一支支火炬，照亮田间，也照亮了乡下少年对美好生活的憧憬。

终于在秋后做好功课的黄昏，得到父母的认可，我和姐姐便扛回两根芦稷尝尝。在剁成节段之后，只要动动自己的牙齿，三下五除二地将芦稷的皮子划开，甜嫩松脆的芦稷就在口中，轻轻地咬上一口，吮吸，再吮吸，甜丝丝，凉爽爽，清幽幽，甜而不腻，清淡优雅。夏意就在这芦稷的汁液间化成了美好的记忆。一首民间谜语这样写道："碧绿青竹小树高，满腹甜水灌半腰；八十公公干瞪眼，三岁孩童双手抱。"读来令人越发耐人寻味。毫不夸张地说，比起冷饮所滋润着脾胃脏腑还要惬意。有的粗汉子，可以直接把芦稷从头咬到脚，根本不需要用刀剁的。记得在20世纪90年代初，我带着一捆芦稷在国庆假日后返校，久居城里的同学竟然竞相抢食，同学的情谊在咀嚼芦稷的时候得到升华。

芦稷的种类大体有三种：一种是青衣芦稷，节段较长，产量高；一种是紫竿芦稷，节段很短，甜味独特；另一种集甘蔗和芦稷长处于一身，色泽青亮，其味甜美，堪称芦稷中的上品。除了日常吃法，还有一种更绝的，就是在晚秋后移栽芦稷，在芦稷成熟时，挑选上好的地段将芦稷压倒埋在泥里，上面垫上杂草，经过天寒地冻的考验，直到春节后挖出，清香依旧，真算是绝佳的清凉鲜品，人称冷露芦稷。

芦稷除了有甜汁供我们吮吸，其他部位也都有作用。芦稷的穗可以扎成扫地用的笤帚和刷锅洗碗的把儿，有心的老农会挑到街上去换几个零用钱以补贴家用。芦稷的叶子是牛羊喜欢吃的美味，籽可以用来做酒，或者磨细喂猪。聪明的孩子们，心灵手巧用芦稷茎片编织成尺见方的坐垫，屁股坐在上面感到一股股清凉舒服。也可以编织蝈蝈、蟋蟀、纺织娘等秋虫笼子，弄上去几对能鸣唱的秋虫，喂些番瓜、扁豆花，一边听秋虫奏乐，一边欣赏自己精湛的手艺，有时还和同伙比试比试高低，从中撷取乐趣。最为奇妙的是芦稷砍回来时，鲜嫩的芦稷身上有一层白霜一样的粉，你若在吃芦稷时稍不小心将手或者嘴划伤，不要紧，只要将芦稷身上的那层粉涂抹在伤口处，立马就能起到止血疗伤的奇效。

“到了，到了！”随着女儿的呼喊，汽车在村口的大桥下停了下来。女儿下车后一路跳跃着，我们在后面紧紧跟着。走进熟悉的村子，当年的往事历历在目。迎面走来的黄大爷、王老师，他们乐呵呵地跟我们打招呼，热情地邀我们去他们家坐坐。远远地，我们看见年迈的爸妈正在地里使劲地割着粗壮的芦稷，女儿扑向了老人和芦稷，爷爷在孙女的肩上放了一根，她像当年的我一样“嗨哟嗨哟”地扛上了什么宝贝。

大家齐动手，不一会儿，女儿便也抱起了芦稷嚼起来。她边吃边说：“奶奶，前几天我还看见好多人在街上买这个芦稷的呢！我不高兴买，知道奶奶种的更甜！”两位老人布满皱纹的脸听得笑开了花，乐呵呵地说道：“都歇了十几年不长它了，想不到今年长得这么好！今年特意长这个就是希望孙女多吃点，要是你觉得好吃，明年再多长些——可惜爷爷奶奶老了，牙齿不中用啰！”

就在我们收拾了些农产品准备回城的时候，屋前80多高龄的唐奶奶和屋后70多岁的张大爷像约好了似的，都拄着拐杖，各拎着一捆剥好的芦稷，有点难为情地说，请我们捎回同城而居的他们的儿孙们——唉，我们捎带的又岂止是一捆芦稷呢？

二〇一一年十二月

年长始觉蘘荷香

我的童年里，有两位亲善的奶奶：一位是自家奶奶，姓潘；另一位是自家爷爷的二弟的老婆，我们叫她二奶奶，姓朱。二奶奶没有生育，抱养了个女娃，可也没能留在家里，外嫁了出去。在二爷爷辞世、二奶奶孑然一身年事渐高时，亲友长辈找到我母亲，希望我们家能把二奶奶领养过去。母亲没有推辞，二奶奶就住进了我们家。

说自家奶奶好，是因为她特别喜欢我这个陈家长孙。她长年闲不住，干不了农活了就从早到晚地坐在小板凳上搓茅草绳，积累了几捆后，卖给杀猪斫肉的屠夫换点零花钱，总不忘给我买嘎嘣脆的脆饼；说二奶奶好，是因为她有一双大脚，没有裹足，长年照顾幼年多病的我，给我讲故事，陪我住医院。说来凑巧，性格迥异的两位奶奶，却有同一吃好，就是爱食蘘荷。到了夏末秋初季节，蘘荷成熟了，我看见她们在餐桌上大口地嚼食蘘荷。在我眼里，其味刺鼻，如草药一般，而她们能从容地享受其味，真是不可思议。

我好奇地问她们：“你们怎么不怕蘘荷的苦味道呢?”

“不苦啊，香着呢!”她们几乎异口同声地回答。

蘘荷是江海平原上的常见植物，“一岁一枯荣”，属于多年生草本植物。它不占良田，安然在屋后墙角生长。蘘荷的生命力顽强，似乎是百虫不侵，从不需要打药水。它的独立意识非常突出，土壤肥点贫点都能将就，只管栽下它，几乎就可以不管不问了。春天里，不知不觉地就长出绿油油的芽儿。随着气温的升高，蹿起了个子，一鼓作气地长到一米高。那肥厚的绿叶可以放在蒸笼里，做馒头包子蒿团的垫子。到了夏天，蘘荷的根部会钻出卵形果实，颜色有绛紫和浅绿两种。果实若不采摘，还会开出黄色的花。它们年复一年地默默生长，悄悄结果，慢慢枯萎。

我一年一年地长大了。两位奶奶一天天地老了，她们的牙齿一颗颗地掉了，前后几年相继离世。不知什么时候，父母亲也喜欢吃蘘荷了。他们边吃边说："蘘荷的味道真的不丑!"

蘘荷的吃法在我们家乡一般有两种，一是生炝，二是热炒。生炝是我们最喜欢的。将蘘荷或横切成沫，或纵切成丝，撒上盐花，过半个时辰，再用双手捏出其汁液，浇上菜籽油，或者芝麻油，放点酱油味精，一盘生炝蘘荷便做成了。这道朴素的菜可做喝粥的小菜，也可就饭。看着他们吃得津津有味，我也有了尝一尝的冲动。

我挑了一丝轻轻地放在舌尖上，顿觉一股异味，再嚼上两口，感到一丝丝甜，再嚼上几口，似乎有了香味，便连扒几口大米粥。

"怎么样？好吃吧？不骗你的!"母亲笑盈盈地瞅着我，"你以后会越来越喜欢吃呢!"

我点点头，又摇摇头，感觉还是吃不惯。

后来，我外出求学了三年，吃了三年的异乡菜肴。这三年的寒暑假自然还是要回家居住的，就这样与家乡聚聚别别的日子里，竟然开始喜欢上蘘荷的怪味了。母亲见我喜欢吃蘘荷了，便趁着冬天，对原来的植株进行了分棵栽培——在绕屋的河边增加了种植范围。

不知什么时候，有人来村里高价收购蘘荷了，说是出口到邻国，赚取外汇。后来听说蘘荷在外国人眼中，是极富营养的绿色有机食品，自身能抗百毒，人吃了对身体好处很多。因为成了出口俏货，蘘荷在我们的心目中地位大增。人的味蕾好像也有从众媚洋的心理，似乎是洋人说好的就真好，才真的是人间美味。

在工作后的一个培训班上，一位中医大师讲到孩子从小不爱吃蔬菜的缘故，大意是小孩子体内纯净，少有积毒，随着年岁见长，体内开始有所积累，才渐渐喜欢上吃蔬菜。现在看来，有些美味，是需要在一定的人生经历之后，才能慢慢品咂出它的真味的。

如今，两位奶奶已故去多年了，每当到了蘘荷成熟的季节，嚼食着盘中的美味，就止不住地想念她们。

二〇一七年十月

雪的约定

雪啊，你舞姿曼妙，你装点祖国河山平添妩媚，你让文人墨客诗情勃发，你让驴友们游兴激增，你变身雪人给人愉悦，你化成了水泡杯绿茶，让人久久回味——能给大多数人带来精神慰藉的雪啊，谁说不是人世间最为珍贵的神奇呢？

雪啊，你像一位不偏不袒的智者。不管是城里高大别墅，还是乡下低矮草屋，你总会均匀地飘落在屋顶窗前，给男女老少送上惊喜。对居住在江海平原上的人们来说，盼雪成了江海儿女的“心病”。在漫长的寒冬里，倘若能有一两场雪，那这个寒冬可真算是别有一番滋味了；如若从头到尾，连点雪花都不意思一下，那整个数九寒天是多么沮丧无趣啊。

2016 年是一个好年景，单在一月里，“三十年不遇”的寒潮就慷慨地带来了两场雪。第一场是雨夹雪，第二场雪还算是满意的，尽管不那么厚，但地上、车上、屋上有了那么一层，孩子对雪的渴念也就化解了不少。

又过了几天，在逐渐回暖的月底，一场没有预报的雪云悄然飘到江海平原的上空。在暮色漆黑的傍晚，雪儿们以团体操的形式从天而降。这是一场干雪，雪花硕大、密集，一会儿就给掘港披上了一层薄棉被。地上的积雪越来越厚，当小车驶进小区的时候，小区已经是一片雪国了。

我小心地驶入停车位，关好门窗，下车。站立在雪的世界里，看着身边四周厚厚的积雪，忍不住童心萌发，双手在车顶上捧起两三捧的雪，再稍微挤压，就弄出了足球般大的雪团。

当抱着雪团出现在家门口的时候，给我开门的女儿“啊”的一声，跳跃着接了过去，俨然比品尝大蛋糕还兴奋。

她把雪放进了一个大塑料盆里，拿来勺子、刨子和小刀，口里念念有词：“我要来做一个小雪人，放进冰箱里，明天再玩。”不一会儿的工夫，雪人的头和身子就成功合体了。她用手机拍下来，上传到微信上，晒晒她的作品，博得微友们纷纷点赞。

不知不觉，雪在她手里把玩了个把小时。她好像一点也不觉得累，还时不时抱着雪人到阳台上向外张望，生怕雪不打声招呼就停了。

飞舞着的雪景是惹人浮想联翩的，看雪的人似乎可以融身其中，飞向天空，继而又俯冲大地，享受跳伞的刺激；也可以畅想着，明天约上几个朋友，在小区里来一场雪仗，堆几个大雪人，让小区成为一个童话世界。

天不早了，我催促她早点上床，她说还有日记没写呢！她在写好了日记之后才意犹未尽地走进房间，跟我说“晚安”。

“爸爸，明天六点喊我起床，可以吗？”她在被子里大声喊。

“为什么这么早？”我闻声开门，站在门口。

“我们一起到小区里去玩雪。”

“嗯——”我有点犹豫，“那好吧，只要你起得来！你抓紧睡吧！”

“耶！”她伸出手做了个“V”字形，表示如愿以偿。她一会儿就睡了。

我打开她的日记本，她这样写道：

这个冬天的第二次雪下了，窗外大雪纷飞，十分美丽，雪花酷似一个个小精灵从天上落下来。我向窗外望了许久，默默地祈

诗：再下大点吧！在心中想象成一个白雪世界。我和小伙伴们在一起打雪仗，堆雪人，这该有多好啊！我忽然想起，上次堆雪人是在三年级的时候呢。睡觉前，我满怀着期待，渐渐进入了梦乡……

原来在孩子看来，没有积雪的“雨夹雪”是不算下过雪的。小孩子关于快乐地记忆是很深刻的，她竟然还记得四年前的堆雪人，而我都早已忘得一干二净。由此看来，童年的快乐对孩子而言是多么地难以磨灭啊！

早晨六点起床，我穿衣洗漱好，到阳台俯视，马路上已没有积雪了，只剩下屋顶上和小区的汽车顶上还有，看来昨夜的雪没有持续多久就歇工了，可能是体谅腊月里的人们有好多事情要忙，雪太大了就添麻烦了。

看着熟睡中的孩子，我犹豫要不要喊醒她，好兑现昨晚的约定。

还是让她继续睡吧！昨晚的兴奋已经让她够累了，生物钟也被推迟了。如果要是责怪我不守信，我怎么说呢？是撒谎说“喊了的，没喊得醒”。还是如实相告，想让你多睡会。我灵机一动，决定下楼去挖点雪回家。

我拎着水桶下楼，楼下已有三四位年轻的父母在用盆子盛雪，也许我们的心思是一样的。在一辆车顶上，不知谁写着“I LOVE YOU”，还配上一个娃娃笑脸，这让我的心情更加轻快起来。原来，雪还可以成为相爱的人们表达情感的媒介。

我兴冲冲地拎着满满一桶雪回了家。此时，女儿还在睡梦里。

当我欢畅地走在上班的路上，我想象着，孩子一觉醒来，她会不会为因为一桶雪而惊喜，就忘记父亲的不守约定？

在当晚，我回来较晚，孩子已经睡了。我轻轻翻开她的日记本：

早晨，我起床有些晚了，到卫生间竟然看到了一只大水桶里装满了雪。一问妈妈，才知道：原来是爸爸一大早到楼下铲的。他为了信守早晨6点和我一起下楼玩雪赏雪的承诺，又担心我睡不好，就自己下楼铲雪给我留着。我很快地吃完了早饭，但因为要在8点看海洲e课堂，所以不得不带着惊喜和遗憾去看讲座。在看的过程中，我时不时地问妈妈，雪有没有融化，实在不放心的情况下，才会悄悄地跑去看个究竟。这真是一个给我惊喜的美好早晨啊！

看完日记，我心释然，孩子果然被一桶雪的惊喜麻痹了。

哦，雪啊，你的老家是在遥远的北国吧？我们可不可以来个约定，每年的这个时候，你来江海平原走一趟吧，让江海大地上的孩子们也能多乐呵上几天。

你可一定要来啊，我们都在等你！

二〇一六年二月一日

辑三

感悟亲情

Chapter 03

嫁个爱母亲的男人

曾经听过这样一个故事——

女人问男人："如若我与你母亲同时掉进河里，你先救谁?"男人斩钉截铁般脱口而出："当然是你啦!"于是，女人便在男人脸上咬了咬，仿佛真的征服了一个男人，赢得了一颗真心。

听到这个故事，我想，如果回答先救母亲，会出现怎样的局面呢?如果将来的女友也问我这个问题，我该如何作答呢?

这几个年头，我迈着跟大多数人相同的步伐：毕业—工作—恋爱。我与她走过山花烂漫的五月岭，蹚过波光闪烁的六月河，顺理成章地迈进金秋的苹果园。

那个夜晚，秋月高洁，我与她依偎在苹果树下呢喃。

"军，我想问你个问题……"

这个问题，你们一猜就出来了。那可是个我还没想好的问题啊。

沉默。

还是沉默……

"凤儿，我可以选择沉默吗?"还是我先打破僵局。

"为什么?"她脸上并没有出现我料想的那个样子，还是那么温存。

我便跟她讲起我和我的母亲。母亲的娘家是富农，爷爷也是富农。在那个年代，富农的子女都很难嫁娶。外公与爷爷便以

“交盟亲”这个古老的方式成全了两对新人。母亲的弟弟娶了父亲的妹妹。这又叫“亲上加亲，永不变心”。这四人中，我母亲受难最多，父母二人均属虎，父亲比她大了整整十二岁。尽管这样，母亲仍然全心维持着整个家，抚养着姐姐和我。六七岁时，我患了严重的疾病，本地医院根本查不出病因，母亲流着眼泪抱着我四处求医，也许是她的诚心打动了上苍，我的身体竟逐渐恢复了，但家中筑下了高高的债台。尽管这样，父母还得省吃俭用供我们姐弟俩上学。可以这样说，没有母亲便没有我的一切。

她静静地听我讲述。月亮已升高了。皎洁的月光下，我分明看见她眼角噙着的泪花。

“军，我们结婚吧！”

“我……”我显得语无伦次。

“不愿意吗？军。”

“不，不，你为什么不责怪我呢？”

“我为什么要责怪你呢？你的真心坦白让我很高兴。看得出，你是一个真诚的、负责任的男人。是我不该问这样一个愚蠢的问题。妈妈多次告诉我：嫁要嫁个孝子。因为这样的男人会疼妻子，能闯事业。”

“嫁要嫁个孝子。”我自言自语，这难道也成了当代人的一条择偶新标准吗？

二〇〇七年十一月

西 瓜

20世纪70年代的乡下，西瓜还是稀罕物。有一次，巧遇邻家切瓜，邻家老人把两片薄薄的、红得诱人的西瓜递到我的手上。就是因为有了这一次的美好感受，我对西瓜怀上了痴痴的爱恋，一连几天晚上，做梦都抱着个又大又圆的墨绿墨绿的西瓜。

我的痴想与渴求终于在毫无心理准备的一天变成了现实。在暑假一个奇热无比的黄昏，父亲挑着一担西瓜从砖瓦厂下班归来。惊喜之余，我们从父亲口中得知，这西瓜是给砖瓦厂的抵债品。厂里把这批西瓜当作工资发给工人。虽然没几个人愿意接受这样的“奢侈品”，但老实的父亲架不住厂长的劝说，最后担了八个瓜回了家。妈妈的脸色不好看，父亲说，他可以把西瓜卖出去。然而，不知何故，八个西瓜被父亲趁着下班时间挑着走了几十里，最后还是一个不少地回到家中。这样一个结局似乎正合我和姐姐的心愿。母亲只得作罢，叹了口气说：“算了，歇两次买肉，让两伢过足西瓜瘾。”

我们反复斟酌确定“兄弟八个”的成熟度，翻着日历，计划享用20天。但在后来的实施中，我们只用了八天便吃完了七个西瓜。当仅剩下最后一个西瓜时，妈妈说，这个西瓜得等奶奶回来一起吃（每年暑假，奶奶总到女儿家小住几天）。妈妈向来是说话算数的人，我们都不敢反对，同时因为已有七个西瓜填了肚子，我们自然不好再说什么。为了使西瓜保鲜，我们把西瓜藏在一个水桶里，放在晒不到西山太阳的房间里。起初经常换水，后来便也失去了耐性。

可这一等就是近十天。在即将开学的某天清晨，我的姑父用自行车把奶奶送回来了。奶奶还没坐凳子，我便兴冲冲地跑向房间。当我把西瓜捧出来的时候，感觉分量轻了不少。待到阳光下一看，西瓜已经有了一个小洞，再用手晃了几下，还听见声响，同时一股异味冲鼻而来。我不禁喊道："瓜坏了！坏了！"奶奶埋怨妈妈为何不让孩子们先吃掉，弄成这个样子。我们便把妈妈的命令原原本本告诉了奶奶。

从那以后，奶奶跟妈妈之间的谈笑声更多了。

二〇一〇年七月

换鞋

电视报纸刚开始预告这场冷空气的来势凶猛，女人们便不约而同地翻箱倒柜，给全家老小备好御寒的装束。

妻子寻了一个晚上也没有给我找到双可脚的暖鞋，只找到一双表皮皲裂、鞋底欲断的老皮鞋。一番自责之后，她逼着我一定要去买双体面的新暖鞋，见我拖了一天仍然没有行动，便亲自出马，利用午休的空当帮我买了一双有生以来最上档次的暖鞋。

几天后，冷空气如期而至。我穿着羽绒服，蹬着新买的暖鞋，在小城里穿行，丝毫感觉不到冬的严寒，反而体会到一种体贴入微的温暖。

忙活了五天之后，想到已有两个多月没有回老家看看了，便向孩子妈请假，打算坐公共汽车回老家走走。六岁的女儿喊着也要跟随前往，我们以“外面太冷”为由断然拒绝了。临出门时，妻子提醒我要把那双寒碜的老皮鞋带回去。细心的她还找了件旧羊毛衫带给妈妈，这样老爸老妈就一人一样，一点也不厚此薄彼。九点钟的时候，我拎着簇新的鞋盒子和衣服袋登上了回家的班车。

窗外的景色越来越熟悉，老家越来越近了，乡野的树在大风中坚持做着侧身运动，河面已经冰上了。我想，要是女儿回来了，一定要吵着玩冰。

我在村口的大路上下了车，乡情乡景顿时扑面而来。大爷二娘、大姑小叔，一张张熟悉的面孔都漾着盈盈的笑。是呀，一年才回来几趟呀，当年挖猪草的调皮娃如今也成家立业了。他们在不停地慨叹着，说自己老了，不成用了，陈家的儿子有出息了，还记得带东西回家看看父母。听着这些话，我越来越不安起来。多少次，我以“路远孩子小”为由打灭了父母要我们带孩子回家看看的念头。妻子则说，二老想孩子也可以多来我们这儿走走嘛！

一顿丰盛的午饭后，我把那鞋那衫拿给爸妈，他们乐呵呵地接过，还不住地念叨着：“旧的好，旧的好。我们穿着舒坦。”妈妈转身从房间里拿出三双尺码不等的手工暖鞋，说知道你们工作忙，本想趁哪天闲了给你们送去，不想你回来了，正好带回去，可能还用得着。父亲在旁边补充着，这是你妈妈带了两个月的晚做成的。母亲嗔怪道，说这些干什么。母亲又说，就怕孙女的鞋不合脚，不过没事，做得偏大，今年不好穿明年就好穿了。

我接过鞋子，看看那双旧鞋，再看看三双新鞋，眼睛感觉有点湿。母亲好像看出我的心思，忙说，孩子，你回来就好，你们才进城也不容易，刚借贷买房，一切会慢慢好起来的。

趁着太阳稍稍偏西，母亲催促我上路。我左手拎着才挖的蔬菜，右手拎着烫好的鸡，肩上背着放了布鞋的挎包，迈着沉重的步子走在返城的路上。

二〇〇八年十一月

母亲荷

母亲出生在1950年荷花开满塘的农历六月，外公给她起了个很雅的名——“志莲”。

母亲娘家在冯庄，父亲住在栾庄，两村相邻，一北一南，隔河相望。他们被长辈以“交盟亲、亲加亲”形式拧在了一起。父亲娶了小他十二岁的我的母亲，母亲的哥娶了父亲的妹。到新家时间不长，母亲就成了夫家的主心骨。每有大事需要决断，奶奶和父亲常不约而同地说：“莲子，你说了算！”

母亲先是生养了我姐，七年之后生我的时候，已经三十好几。我出生成为陈家的长孙，为她在上辈老人那里挣足了脸面，但我不争气的病弱之躯，却让她泪水涟涟好几年。那几年，我常见她红肿着双眼，拖着疲倦的身子，往亲友邻舍筹款，在医院和田头奔波。目睹此等光景，幼小的我也会默默流泪。母亲抱紧我，安慰说：不要紧，会好的。

在我慢慢康复的日子里，母亲灰暗的脸逐渐舒展成一朵朗润的荷。医生终于同意出院了，我成了她的跟屁虫。她在田间一边干着繁重的农活，一边还要照看久病初愈、顽劣狂野的我。

记得夏日午后，出门还是晴空万里，眨眼间黑云压顶，电闪雷鸣，风声渐起。母亲赤脚涉入荷塘，选中最大的一盘荷叶，用力折取旋即上岸，用手撸掉荷柄上的黑刺，一把荷叶伞便递到我的手心。我乐呵呵地持着伞，在回家的路上撒着欢跑。一路上，母亲扯着嗓子喊，“慢点啊慢点啊”。晶莹的雨滴在荷叶上打转，像珍珠，像泪花……雨下大了，母亲追上我，伸手将荷叶反扣在我的头顶，我戴上荷叶帽的模样，真像个荷叶宝宝，我瞥见母亲笑得更灿烂了。

在每年荷花开始含苞的日子里，母亲会摘回家一朵，奉养在装满河水的空酒瓶中，安放在梳妆桌上，我们每天都要端详一番，数一数花瓣，找一找花蕊，闻一闻花香……我和姐姐感觉那样的生活像荷花一样圣洁美好。

记得一次散学归来，我吵闹着想讨几枚“铅角子”，好在明天学校搞活动时买五香瓜子和粉红雪糕解解馋。母亲左手拉着姐，右手牵着我，快步来到屋后的荷塘边，姐扶着我站在岸上，母亲挽起裤脚，一摇一晃地奔向河心几个最大的莲蓬。母亲摘下莲蓬抛向了我们，空中划过几道优美的弧线，我们的怀里很快抱上了十多个莲蓬。回到家中，母亲教我们撕开莲蓬，剥开莲子，粉嘟嘟的莲子呈现在眼前，将一粒轻轻放入口中，一股特有的清甜沁人心脾，真是人间少有的美食啊！

在入秋向冬的某日中午散学回家，一盘炒藕片端放在桌子中央。父亲说，这是母亲下河挖取的劳动成果。我们姐弟俩一筷子接着一筷子地夹着藕片下饭，不一会儿盘子露底，我的肚子则滚滚圆了。母亲微笑着说，河藕是个好东西，多吃点补补身子，有营养得不得了，河里还有的挖。我们后来才知道，下河挖藕既是体力活，又是技术活，就是男劳力挖上几枝藕，往往也会体乏无力了。

长大后，我远离了母亲身边，外出学习、工作、出差的日子里，每当看到荷叶满塘，荷花始开，就禁不住想起守在老家的母亲，想给她挂个电话，想问问她，屋后的荷花可曾开花？最近的腰板是不是也像荷叶那般挺直无恙？但凡路过荷乡金湖，总会抽身到卖场、到超市，买上几袋藕粉、几斤莲子和几瓶藕汁，等抽空送到母亲手中。母亲见了我们，总会快活得喜上眉梢，她踏踏实实地感觉到，儿女的心里还是有她的。

贫穷的生活，困苦的遭遇，备受歧视的富农家庭出身，和父亲不美满的婚姻……这些都没能给母亲以打击，母亲像一枝顽强挺拔的荷，风雨过后辉映着彩虹，倔强地显示了母性生命的活力和耐力。

母亲说，黄海万丈有底，人心二寸没边；她还说，不求他人回报，但求无愧于心。母亲没有上过一天的学，连自己的姓名“冯志莲”三个字都写不全，可母亲给了我们一生受用无穷的荷一般的品质，这就是善良、朴实、达观和奉献。

二〇一四年七月十八日

妈妈的睡相

小时候，我很少看见母亲的睡相。只记得母亲将我从睡梦中轻轻摇醒，要么是太阳高过了村东头的大楝树，唤我起床吃早饭，不然会耽误她刷洗一大锅的碗儿、瓢儿和盆儿；要么是前天晚上约好了，让她喊我早起到校参加活动——那时候没有闹钟，没有手机，只有一台安放在堂屋里半月拧紧一次发条的座钟，母亲成了专门服务我的温柔的人工“闹钟”——唉，这是多么地不平等啊。

我很想看看母亲的睡相。她像头不知疲倦的牛，一刻也闲不下来。她要么在地里跟父亲一起干活。不要说种豆、摘棉、割麦、锄草这样的基本农活，就是莳秧、背着药水桶打农药这样的有技术含量的男人干的活，她也毫不含糊。离开田地，就是回家，家里的家务活在等着她，烧饭、洗衣、服侍鸡鸭鹅猪狗羊，还有我们姐弟俩。等着她忙好了一切，天已经黑了，夜已经深了。我很想等妈妈睡觉了才睡，我常常是和衣半躺着就沉浸在了“呼噜庄”。一场好觉醒来时，窗户已经大亮，我的外衣已经脱了。母亲已经干活去了。

我为什么看不到母亲的睡相呢？因为我睡着了，母亲才睡；我醒了，母亲早就醒了。在幼小的我看来，大人是不需要睡觉的，于是我盼望尽快地长大，也可以像母亲一样，有更多的时间去玩自己玩不过瘾的游戏。当时为自己的想法欢欣鼓舞，现在看来是多么愚蠢啊。

我终于看到了一次母亲的睡相。那是我在医院住院的时候，大概是五六岁的光景。母亲家里走不开，请人将二奶奶接去在医院服侍我。一个夏日的下午，我在输液之后就睡着了。等我醒来的时候，发现母亲趴在我的床边睡着了。她睡得很香，额头上的皱纹像小蚯蚓清晰可见，鼻息很重，但很均匀，为了节省打理时间，母亲剪了短发，白发不知何时已经冒出来不少。再看看她的眼角，还湿湿的，莫不是她的泪？

我轻轻翻了一下身，母亲立刻抬起了头，是我惊醒了她。她看见我在看她，面露歉意，“这两天感觉怎么样？妈妈都没能来看你。”

“蛮好的。就是屁股打针都肿了。”

她坚持要目测一下我的屁股，轻轻抚摩了几下，安慰我：“坚持住，医生说你很懂事，再过几个星期就快好了。”

母亲再说什么我都记不得了。只记得她给我带了韭菜、鱼。等护士来查房结束，她又叮嘱了几句就回去了。她每次都是匆匆地来，急急地走，家里地里还有很多活要她一件一件地干，她的心头还压着为我看病欠下的好几户人家的债。

我回忆着母亲的睡相，天又黑了，不知不觉地进入了又一个梦乡。在梦里，我长得比妈妈高了，她的活儿我都会干，她乐呵呵地瞅着我干活，我让她早点回去，这些活就交给我吧。这样类似的梦，趁着我在医院里休养，做了一回又一回。

长大后，我一直想：为什么小时候的梦那么多，那么真切呢？有一天我顿悟，莫不是那时候孩子的游戏少，只能在梦里恣意驰骋，让想象的翅膀自由地翱翔，一旦进入梦境，堪比现在的看 3D 影片呢。多么奢侈的享受啊！

此后三十多年，我外出念书，又辗转多地工作，每次回家都如匆匆过客，家里的老狗都不认得我了。我做得最多的就是给母亲打电话，问得最多的就是“昨晚睡得好吧”，在得到肯定的答复之后，我的心才稍稍安下。

今年已经不用外出了，我心里想着，一定要回去好好陪陪老母亲，牵着她的手去门前屋后遛遛弯，给她做我们都喜欢吃的手擀面或者玉米粥，看着她熟睡了再离开。

二〇二一年九月

父亲住院

老父亲住院了。

在六十五岁第一次住院，用他的话说，这是在家里清福享尽了，年纪轻轻的，还跑到宾馆一样的套房里要人伺候着，真是罪过不轻哩。

在我和姐的印象中，父亲有着铁打的身子骨，从我们能记事以来，还真不记得他喝过药扎过针，小病小痛的，眉头皱也不皱一下，稍微忍一忍就挺过来了。

这次住院，也不是什么大病，是他的下巴袋里长了个块状瘤子，有一天大似一天的势头。母亲担心这个瘤子不好，说现在日子刚刚好过，还是去大医院看看。挂了主任医生的专家门诊，大夫建议切掉为好，我们决定听医生的话，说服老父亲住院进行手术。

父亲真的是老了，也许是晓得自己的身体健康关系着家人的幸福，一向犟脾气的他这次竟然顺从地听从安排，非常乐意地接受术前各项检查，勇敢地走进了手术室。

手术进行得非常顺利，不消一个小时，便出了手术室，拍拍躺在手术车上的老父亲，问他疼不疼，他说“一点不疼，就是有点麻”。大家听了，都笑了。

医院病患较多，床位紧张，父亲被安排在一个大病房，有六张床位，好在没有住满，空了两张床。我们担心人多嘈杂会让他睡不踏实，他却一个劲地说“人多好，不冷清，还能互相照应”。大夫说遭罪也就几个晚上，来这里的病人都是蛮自觉的，我们也就没再说什么。

手术当天，我决意留下来陪他。他在连续输了四瓶药水之后，才安神静气地睡去，不一会儿，呼噜声起，我顿时也感到了疲乏，顺势趴在床边，迷迷糊糊中，我仿佛回到童年，忆起跟父亲生活的点点滴滴。

我是父亲三十九岁时出生的，是陈家的长孙。父亲中年得子，对我宠爱有加。常常在父亲干活时，我顽皮地挑逗他，就是他生气了也不歇手，常常惹得他追着抓我，扬言要“给你作痒的屁股按摩按摩”，可是一旦揪到我，往往又落不下拳头，就在他犹豫之时，我会趁机溜之大吉。这就常常给母亲留下数落他的话柄，“你就是嘴上说得狠的，真的要甩拳头又手软了，男孩子被你这样惯着怎么得了”。

最后的结局是，父亲双手一摊，耸一耸肩，无奈地笑笑也就作罢。儿童是最善于察言观色的。几次三番后，我更加对父亲肆无忌惮起来，弄得太不像话了，只有母亲出面才能镇住我。

老父亲只念了两年私塾，十四岁就开始代表全家去上河工，这也为而今的脊柱侧弯埋下了病根。后来在本村的瓦匠头戴叔的手下打小工。随着镇上砖瓦厂的建成，他又成了砖瓦厂的制砖工人，有几年还拿回了镇上发的“优秀生产者”的烫金证书。

现在，他的背驼得似一张弓，也像一个小写的“n”，远远地，以为他在弯腰捡拾失物；离开老家来小城工作后，我隔三岔五地给家里打电话，他说的第一句话是：“军儿，你什么时候回家陪我喝喝小酒？东西都准备得现成的。”我在连续大声说好几个“好啊好啊”，他才放下听筒。唉，时间这个魔鬼，已将他摧残成名副其实的驼子和聋子了。

我伏在床尾不在意就睡着了，不知什么时候，父亲醒来，用脚推醒了我，催我赶快回去休息。

我本来就没打算回去，父亲刚手术，怎么放心留他一个人在医院呢？我向护士借来一床被褥，在父亲的邻床布置下来。我钻进被窝，头一靠枕头，就呼呼睡去。当人极度疲乏之时，睡眠是最好的解药。

第二天一早醒来，同病房的其他三个病友先后向我发难：一个说这辈子没听到这么会打呼的，一个说我的呼噜声在他耳边呼啸了一夜，还有一个说我的呼噜把整个病房都震动了。他们的言外之意就是，希望我明天不要睡在这里，他们实在吃不消我的呼噜。

老父亲连忙憨憨地打招呼，说都是遗传的原因，请大家原谅。他们也就没再吱声。

我的呼噜的确很厉害，从医学的角度算是一种鼾症。记得很多年前，父母带着姐姐去亲戚家赴宴了，留我在家看守。他们回来时，我已经进入深度睡眠状态，据说窗外都能听见呼噜声，任凭他们在屋外怎么呼喊，甚至急得拍门敲窗，惊来了左邻右舍，也无济于事。就在他们打算破门而入的时候，我起身小解，才将门打开。第二天，母亲戏谑道，哪有你这样看家的，要是有贼进来把东西搬光了，顺带把你卖了你都不懂。

这次父亲手术住院，我本想利用这几天好好陪陪他，让做儿子的心安些，怎奈众怒不可犯，怎么办呢？父亲好像看出我的心事，他说："我这个小手术算个啥，身体本来就好的，这里有吃有住比宾馆都好，你在这里就是多余，还是回家去为好。"

见父亲说得诚恳，我也就没再坚持，每天等输水完成，把他口头托付给病友，就回家睡安稳觉了。

第三天，病理报告出来了，显示为良性。父亲乐呵呵地说：

“我说的没事吧，把我好好的肉割掉了。”

随后的几天，我们白天到医院陪护，晚上拜托病友照顾。第五天，大夫刚给他拆了缝合线，他就嚷嚷着出了院，说住在这里不比坐牢惬意，还是早点回家的好，想喝点酒就来了酒。

回家的路上，他坐在车里好奇地张望着街景，开心得像个小孩子。

二〇一六年六月

父亲赴宴

父亲今年八十三，牙掉落了大半，背弯成了 n 状。

父亲属虎，出生于抗日战争正式爆发的第二年二月初。他上面还有哥和姐，后来又有了妹和弟。

爷爷在三十多岁就不知何病离开人世，奶奶含辛茹苦将父亲兄弟三个姐妹四个养大成人成家。父亲只读了两年私塾，就一头扎进了农田。

父亲经历过新中国成立前的困苦，也历经了新中国成立初的艰难，在人民公社时上了几次河工，兴办乡镇企业时报名做了制砖工。他要么起早从自留地赶往砖瓦厂，要么带晚从砖瓦厂赶回责任田。他是农民，也是工人。

在我长大念了小学，记得有一回语文老师布置写一篇作文，题目是《我和父亲比童年》。我等他一回家，屁股刚挨着板凳，就纠缠着问他的童年，他憨憨地笑："没啥没啥。"

"你小时候最深的印象是啥？最开心的事是啥？"这是我设计的小问题，便于父亲打开话匣子。

"印象最深的是没得吃，饿。最开心的是到人家吃饭。"

在我的印象里，父亲的饭量是很大的。现在年纪大了，但他的饭量还不比我小。母亲看着他吃饭，常常笑着说："你爸爸都是靠饭量养着身体呢。"

这些年，我们家的日子也越来越好了。我们回去总要带些他们喜欢吃的。冰箱里总是满满当当的。我让他们不能把冰箱当橱柜使，他们总是当面应承，背后依然不改。他们有他们的思考，做子女的也是勉强不得的。

最近两年，我到外省工作，很久才能回来一趟。

有一次回家，母亲告诉我："你爸年纪大了，村里邻居家有啥红白喜事，我都不敢让他去了。"

我满脸疑惑，母亲说："他好像是脑子犯糊涂，返老还童了。只要是有人家约了请客日期，他就会在当天省吃一两顿，只顾着去人家饱饱地吃上一两顿。有几次吃得撑了，回来不停地嗳气，难受得不行。可事后怎么说也不听。"

听到这里，我也暗暗忧虑。现在日子好过，不缺吃，不缺穿，老父亲何以糊涂到如此境地呢。

我当面询问父亲，母亲说的是不是属实。他直言道："没事的，现在吃得好，饿两顿没事的。"

我的心锥刺一般地疼。他以为我们担心他的饿，其实我们更担心他的饱。但冷静之后，转念一想，我还是理解了他，他是在童年给饿怕了。

我们有多少人能够走出童年的阴影呢？

二〇二一年十二月

为女儿吹发

为女儿吹发，是我最舒心的时候，比读名篇、比休年假、比品美食还要惬意，乃至有些欣欣然。

说不清是属于怎样的一种感觉，复杂又欢快。女儿一天天长大，秀发越发黑亮，犹如瀑布，想到这里，内心是欢快的。同时，也会感觉自己一天天衰老，跟她的母亲一样，头上不知不觉增加了银丝，情不自禁地老了，欲罢不能地老了。

想一想自己跟女儿一般大的时候，我们还是在乡村里过活，一脚踩着农田，一脚踏着校园，在渴念飞出农村的心境里苦读乐学。我们当年洗头发是很古朴的，要么用皂角树的荚，打碎了浸泡在井水里，用香皂就算是很奢侈了。冬天是很少洗发的，但在过年前还是要剪一剪、理一理的，那时没有电吹风，只能用毛巾进行物理吸干，头发也没有多少款型，看着清爽就好。父母只顾着在土里刨食，是没有心思和精力顾及我们头发的样子的，他们只要给我们几角钱，我们自己会结伴跳跃着往“剃头张”家里跑。

而今，我们终于长大、成家、育女，我的女儿有了跟我不同的经历，远离了土地农村，随着我们辗转在小村、古镇和县城，她的秀发有款有型，可以在不同的理发师手下设计自己可心的模样。只有在不愿走出家门，只想着洗发的冬日里，才会在书房里的椅子上安心地让我帮她吹发。

女儿的个子越来越秀拔了。起先是她的母亲帮她洗发，后来是自己学会了洗发，但吹发的光荣任务还是留给我。其实，我是个只管吹发的机器人，仅仅负责吹干发丝里的水分，至于扎辫子、收拾刘海啥的都不需要我的。

吹发是个简单活。我的手一向笨拙。梳子的利齿常常嵌进她的发根，扯得她大喊“哎呀”，我连忙住手，但还是会唤来她的母亲，几次责怪之后，我的吹发技艺才渐渐高明起来。

电吹风的风是可控的，可以调节成呼呼呼的暖风，也可以是凉丝丝的冷风，不管是暖风还是凉风，出风口都不能靠得太近，也不能太远，右手的梳子把握得也要合适，还要讲究两手的配合。女儿对我的吹发手艺也越来越满意了。

“爸爸，我上大学了，你还帮我吹发吗?”我笑笑，当是女儿对我的表扬。

为女儿吹发，总体感觉是幸福的，从不会觉得在浪费时间。一个呱呱坠地的生命在我们的陪伴下成长、成熟，出落成亭亭玉立的模样，让我们也更成熟、更老化，彼此之间形成了一种叫作亲情的依恋。但依恋不应是羁绊，她终究要走向独立自强，我们也终究会老朽，老成一种怀念和忘却。

二〇一八年六月

孝感父母，有谁不可？

“痴心父母古来多，孝顺儿孙谁见了？”当你读到《红楼梦》中跛足道人吟唱的《好了歌》时，你的心弦是不是被什么拨动了一下？当看到诸如“百岁老人死在家中无人知晓、儿女为了赡养父母对簿公堂”此类骇人听闻的报道时，人们不禁发问，子女们都去哪儿了？

“哀哀父母，生我劬劳。”（出自《诗经》）父母不但给予儿女无价的生命，而且甘为子女奉献青春，含辛茹苦地将子女抚育成人，付出了全身心的爱，而天下做子女的往往重演着“子欲养而亲不待”的遗憾。孝常常演绎成一种悲情，只能凭借宗教形式寄托哀思。然而，时光流去不可追，亲人已逝不能见，这种遗憾怎能弥补得了？

歌曲《常回家看看》一经传唱，经久不衰，为何？因为唱出了全国父母的心声，唱出了天下儿女的情怀。沉浸在优美的旋律之中，眼眶里常常会噙满泪水，恨不能长对翅膀飞回父母身边。但现实是，做子女被感动的多，马上行动的少，往往只是打个电话，嘱咐个三言两语。只有在逢年过节，才会拖家带口，拎着大包小包，礼节性地回到父母身边。殊不知，父母最需要的仅仅是常回家看看而已，而我们做子女的真的忙得满足不了父母的这一小小心愿吗？在大力弘扬社会主义核心价值观的今天，我们该如何孝敬父母？反观现今子女的孝言孝行，我想说：“孝感父母，有谁不可？孝感天下，我也能行！”

首先，明确孝的理念：尊老为宝，越多越好。

过去，苦于物力维艰、财力困乏，老人往往被视作家庭的包袱、社会的累赘和国家的负担。而今放眼世界，凡是国力强盛、生活幸福的国家，无不是寿星云集的所在；观察生活安康、家业兴旺的家庭，无不是老人高寿、健康怡然的人家。随着我国社会保障体系的进一步健全，人民生活水平显著提高，“家有老赛金宝”的观念也逐渐深入人心。作为中国长寿之乡的如东，高龄老人群体激增，俨然成为地方经济科学发展的生动体现，高龄老人不仅是家庭一宝，也是全社会的财富。可以说，高龄老人就是整个社会和谐进步、所在家庭幸福美满的形象代言人。

再者，树立孝的观点：孝非小事，关乎家国。

孝乃百行之首，百行之先，百行之本。对家庭而言，孝关乎家庭生活的和谐美满，关乎子孙后代的成才成功。《二十四孝》对九岁的黄香、八岁的吴猛和年仅六岁的陆绩特别褒奖，就在于社会普遍认为，小时候能孝，长大必是好人。对国家而言，历代君王大多高度重视孝的治国价值，素将“以孝治国”作为治国要道。“不爱其亲而爱他人者，谓之悖德。不敬其亲而敬他人者，谓之悖礼。”（出自《孝经》）“自古忠臣多孝子，君选贤臣举孝廉。”（出自《醒世恒言》）好官就要做到清明廉洁，亲民爱民，以身作则，办事公道。正史中所记“循吏”或“良吏”，还有中国历史上各行各业中的许多著名人物，绝大多数是有名的孝子。当前，从国家经济发展看，应将日趋加速的老龄化作为一次历史新机遇，全国上下大力倡导孝风、鼓励孝顺老人，把发展老龄产业作为推动经济社会发展的有力推手，作为当前我国三产服务业实现转型升级的切入口和增长点。

其三，注重孝的言行：嘘寒问暖，贵在平常。

尽“孝”须“顺”。“顺”有两层含义：一是孝的方法——子女要顺承父母心意；一是孝的结果——子女尽孝，其人生路会走得顺畅，因为“诸事不顺，皆因不孝”（出自《孝经》）。对待父母的尊重发乎于内心，外显于言行。首先，孝养父母之身。日常多关心父母的身体，照顾好父母饮食、起居。如果不在父母身边，电话打勤点，腿迈勤点，生活细节想周到点。第二，孝养父母之心。精神滋补远胜过物质补品。老人就是老小孩，精神需求尤为迫切，一句问候暖其心，一个拥抱胜千言。做子女的放慢挣钱的匆匆脚步，多回家看看，多陪陪老人，多与父母沟通。第三，孝养父母之志。在生活中、工作上，多听听父母的意见。只要父母是对的，一定随顺父母的意思。即使父母有错，子女也不宜顶撞，要恭敬应诺，再择机规劝。总之，对于父母之身、之心、之志的孝养，我们要真真切切地体现在老人生前的平常日子里，持之以恒地体现在与老人相处的点点滴滴中。

其四，提升孝的境界：完善自我，心怀天下。

“夫孝，始于事亲，中于事君，终于立身。”（出自《孝经》）老人最担心的是子女的健康成长和事业有成，也就是子女的“立身”问题。做子女的要尽自己的最大努力，深挖自身潜力，勤练身体，勤勉奋斗，勤俭持家，尽可能在身体、事业、家庭等方面不断完善，让老人知道子女生活幸福，工作稳定，让老人心宽无忧。

“银发浪潮”举世瞩目，中国老人世界最多。当前，我国已经进入人口老龄化快速发展阶段，2012 年底我国 60 周岁以上老年人口已达 1.94 亿，2020 年将达到 2.43 亿。

面对如此汹涌的“银发浪潮”，作为一个有社会责任感、有担当的现代人，我们在孝敬父母的同时，心中还要装着天下老人，关爱天下老人。你看，如东双甸的不少“小老人”，忘记自己的年龄，结对关爱“老老人”；如东、海门等地涌现出不少有识之士投资兴办养老机构，以“为天下父母尽孝，替天下儿女分忧”为服务宗旨，加大投入，全面提升老年人生活品质；不少不同年龄段的志愿者，发挥自身特长，纷纷走进社区，走进敬老院和空巢老人家庭，为他们带去健康医疗、文娱表演、聊天谈心等个别化服务。

朋友们，综观我们所处的时代，审视我们自身的条件，我们都有精力和能力更好地去践行孝之道了。我们应该告诉我们的心灵：孝感父母，我也能行，时不我待，非我为谁？让我们起而行之，从我做起，从现在做起，自觉争做孝顺好儿女！我们相信，随着国家对老龄工作的日益重视，理解老人、尊重老人、关爱老人、孝敬老人的和谐家园必将更加美好！

正所谓：孝风蔚然，家和业旺，中国梦圆，世界仰瞻！

二〇一七年九月

辑四

教育寻梦

Chapter 04

带着憧憬走向课堂

又是一个新学期开始，亲爱的朋友，你会对新学期怀有怎样的一种期待呢？你会带着怎样的心境走向课堂去面对求知若渴的孩子呢？

也许生活的许多不如意让你过早地告别激情燃烧的岁月，也许几十年来的职业生涯让你的教育信念渐渐模糊，也许你循循善诱般的苦口婆心跟你的教育效果相差悬殊，但是，亲爱的朋友，站在祖国崛起的关口，走上神圣的讲坛，我们还有什么理由不振作起来的呢？

还记得小学时学过的一篇《漂亮的孔雀》吗？可曾聆听过山谷的回响？孩子们拥有极其敏感的神经，他们能从你的一言一行读懂你的快乐与忧愁，洞察你细致入微的内心世界，他们便也会以最简单朴素的方式作出他们心灵的感应。

请调整好心态，带着我们为师者应有的美好憧憬走向他们吧！

带着憧憬走向课堂体现了一种豁达与从容。也许我们所从事的教师这个职业目前依然是清贫与寂寞的，但在我们内心，我们固执地认为中国的教育复兴时代必然来临。做一名虔诚的守望者，非我其谁？让我们迈着更加稳健的步子、面带更加灿烂的笑容，走向课堂吧！

带着憧憬走向课堂传达着一种睿智与执着。既然我们还是教苑的耕耘者，那么我们必定希冀获取硕果累累的金秋。让皮格马利翁效应在我们身边多多显灵吧！我们在播洒阳光的同时也在收获绿色的希望。“教育更像是农业”，我们应该拥有比农人更加充足的等待和耐心。

准备好了吗？朋友！让我们带着憧憬走向课堂吧！

准备一：带着憧憬走向课堂必须心怀民主的思想。

当我们走进这样一个“以人为本”的社会，我们感觉到了进步。对教育而言，教师也应以学生为本。时时处处以学生的感受、需要乃至终身发展，为我们工作的出发点和归宿点。把所谓的师道尊严抛置脑后，把人人平等的思想融入我们的教学生活。要做到这一点其实也不难，只要我们把学生当人看；要做到这一点，确实也不容易，几千年拜孔子都成了习惯，何况我们也是应试教育培养出来的教师，有多少人有勇气批判自己。即使有时候可以有此胸襟，但也有想不开的时候。我们必须下最大的决心与我们身上残存的封建思想道别。

准备二：带着憧憬走向课堂必须胸有美好的预设。

不要以为我们是教育的天才，也不要以为多年的经验可以一劳永逸。所有的成功都是有备而来。“凡事预则立，不预则废。”要想在课堂特定的情景里绽放美丽的花朵，必定要有师者美好的预设。美好的预设不一定得有翔实的书面设计，但一定要有自己鲜活的思考；不一定有精心的条条框框，但一定要有一个粗线条的架子。美好的预设需要经过实践的检验，美好的预设会因为自觉的反思而变得更加美好。

准备三：带着憧憬走向课堂必须眼装真诚的期待。

在这样一个似乎什么都可以速成的时代，教育是断然不可以的。孩子的成长需要多少日起日落，潮涨潮息，一切都应该在自然间修成正果。在技术主义大行其道的今天，我们要明白世界上还没有发现有一条万用定理能解决世界上所有的问题。每一个学生就是一个独特的个体，我们所讲的方法也许只有一半的人能懂；也许今天不懂，明天突然就豁然开朗。

亲爱的朋友，让我们带着憧憬走向课堂，那将会是另一番天地！

二〇〇六年二月

春天来了，给孩子们写首诗吧

县里举办了个诗会，主题是歌颂伟大的祖国伟大的党。我写了篇稿子寄了去，得了三等奖。九月三十日晚上，县电视台直播了颁奖晚会暨诗歌朗诵会。晚会上，我也朗诵了自己的作品。

国庆长假后，我进教室上早读课，发现孩子们很不安分，好像在议论着什么。我问他们怎么啦，孩子们抢着说："老师，前几天，我们在电视里看到你啦！"

有的说："老师，你朗诵得真好！"

有的说："老师写得也好！"

听到孩子们发自内心的表扬，我的脸红了。我微笑着说："别光说好听的，提提意见吧！"

孩子们都静下来，思考着。

一个女孩子站起来说："老师，你那天穿的衣服太朴素，应该鲜艳点。"

"为什么呢？"我侧下身做洗耳恭听状。

"因为党带领人民群众走上小康之路，生活条件好了，衣服当然要新潮些！"

我笑了，脱口而出："有道理！"

"老师，您能不能给我们全班同学写首诗呢？"这是位平日不爱讲话的同学。我注意到这位同学一改往日的"你"而称"您"，可见他的意见是经过深思熟虑的，并期望能得到我的重视。

他的意见得到大家的认同。他们都把热切的目光投向我。

“这是一个很好的建议，我一定试试。”我接着说，“不过，写好后你们可要帮我修改哟！”他们这才安心地读起书来。

两个星期过去了，我还没能了却孩子们的心愿。“如何体现是写给全班同学的”是我大费脑筋的问题。“全班同学，每一位同学……”我自言自语着。突然，灵感来了。我何不从名字入手，把他们的名字嵌入诗中。因为名字本身就是一首短诗，寄托着长辈们对他们的殷殷厚望。

我把全班56人的名字进行罗列，删去重复的、意义不大的，根据留下的字确定了主题。不到一小时，便写成了题为《春之诗——献给初一（2）班全体同学》的诗作。这首诗每句四字，偶句押韵，便于诵读。

我把这首诗念给全班同学听。第一遍，他们个个喜笑颜开；第二遍，他们听得认真极了，努力在寻找他们的名字。刚念完最后四句：“一日成功，名震云霄；努力同学，青史流芳”，全班响起热烈的掌声。

孩子们要求抄下这首诗。我在黑板上写，他们在本子上抄。我看见他们在诗题下面端端正正地写上“作者　孙陈建”五个字。一个星期后，班长告诉我，班上的同学差不多人人会背这首诗。

渐渐地，我发现孩子们好像长大了许多。同学之间的纠纷少了，互相帮助的多了；上课举手的多了，怕写作业的少了；连打扫卫生也更积极了。在我的语文课上，孩子们更是生龙活虎，他们迷上了读书，迷上了作文，有的还写起诗来。他们的习作有的发表在上海的《儿童时代》、有的刊登在北京的《儿童文学》，还有位同学获得全国征文比赛特等奖。我真的不敢相信，一首短诗竟能产生如此奇妙的效果。教育的契机真是无处不在啊！

二〇〇四年二月

一支珍贵的教鞭

小时候，我常老相地把小伙伴们组织起来，排练起“老师上课”的闹剧。教鞭便是其中必不可少的道具之一，常常随手拿来，哪怕就是一根老树枝也挥舞得十分得意。

师范毕业，班主任送我一支钢笔，拔开笔帽，拈住笔尖一拉，一支长约 50 厘米的教鞭顿时呈现在眼前。不锈钢的质地，很结实。老师希望我能带着这支教鞭把课越上越好，上到市里去，上到省城去。

登上讲台，我怀着初为人师的喜悦，在课堂上激情飞扬，挥舞着教鞭带领着孩子们在求知的道路上阔步前进。我有信心把自己的学生教成最出色的学生。

工作了两个月，热情渐渐冷却。原来，我所教的班是个没人要的“烂摊子”。考试成绩差不说，还经常有高徒找麻烦。我开始有些心灰意冷：这就是我教出来的学生？

校长找我谈心，说让我接这个班是对我的充分信任。同事开导我：你应该有股威力震住这帮“淘气包”。

于是，我又挥舞着教棒开始了我的“威力行动”。课上，我绷紧着脸，瞪大三角眼，在挥动教棒的同时伴有厉声的训斥。一旦发现有人开小差，常常用教鞭猛击讲台，于是全班愕然，寂静无声。渐渐地，我发现孩子们少了往日的微笑，课堂上死气沉沉、了无生气。

终于有一天，那支不锈钢教鞭在我的摧残下四分五裂了……孩子们似乎看出了我有些心疼，但他们眼中分明流露着惊恐、不安。

不知不觉，已到期末。一场组织严密的考试为我和孩子们的斗争画了一个很不圆满的休止符号。考试成绩糟糕得让我难以面对……

那天，我茫然了……

我忧心忡忡地在办公室里往孩子们的成绩单上誊写期末寄语。

“老师，我能进来吗?”一个男孩子的声音。

我抬头一看，是淘气包小宇。这小家伙来干什么？我向他点了点头，算是应允。

“老师，这个，送给您!”说着，递上一根胳臂长的玻璃棒。

“老师，还有我写给您的信。”我还没有来得及跟他多说几句，他就一股烟似的跑了。

我打开信封，信纸叠成了“青蛙”状，小心翼翼地拆开“青蛙”，摩平信纸，我认真地看起来。原来，他是来跟我道别的。他明年就要随父母转学了。他说送支教鞭给我，祝我能成为一位出色的好老师。这是封怎样的信啊！字写得很有力，信纸被笔尖戳破了两个小洞。错别字不少，还有六个字是用拼音代替的。但看得出，他是用心来写的，因为每句话都扣动着我的心弦。

信中写道：“老师，虽然您只教了我一个学期，但您是我最难忘的老师。开学初，您尊重我们、信任我们！给了我们积极向上的动力。大家都说，这学期遇到了一位与众不同的好老师！可不晓得为什么，好景不长，您变了，脾气变得非常躁，大家都以为您肯定遇到什么伤心事，大家都不怪您。那天，您的那根银光闪闪的教鞭坏了，同学们都很难过，商量着给您买支新的。他们不敢送，我送来了……”

读着读着，我的双眼模糊了。我轻轻抚摩着这支教鞭，像玉一样光滑，像冰一样清洁。里面还嵌有七色彩绸，像彩虹，像孩子们快乐的童年。多美啊！这教鞭不正像孩子们美好而又易碎的童心吗？孩子们是在暗示我：他们喜欢有爱心、有耐心的我啊！

这支珍贵的教鞭挂在了书房醒目的地方，让它天天提醒着我、鞭策着我。

二〇〇五年七月

长大后，我终于明白

育人的无痕境界是创设让学生自己体验、探索、顿悟的氛围，是对人灵魂的感召；育人的无痕境界需要为师者高超的艺术而非技术，需要对学生的生活观微知著，引发学生触类旁通，是融入生活的德育，在无痕的境界中让学生豁然开朗。育人的无痕境界带给学生的是一种享受，在享受中浸润，在享受中悟理，在享受中成长。

——题记

在当时的我眼里，那是个山清水秀的所在。“水”是养殖鱼虾的人工大水塘，“山”则是因挖塘养鱼而堆积成的大土包。那所小学后有水，东有山，我在那里学习了六年。那儿确是我梦想开始的地方。有人说那里新中国成立前建有寺庙，有人说那儿曾是荒野，这些我都没有考证。我可以肯定的是，那所学校是以一位革命烈士命名的，叫宗奎小学。

我离开那所学校已有十五个年头，也听说那所学校因乡镇撤并而迁了新址，但我时常产生回去看看的冲动。学校的状貌已渐渐模糊，但在那里学习发生的事情还记忆犹新——

数九寒天开校门

学校倒不大，可围墙、大门一应俱全。当念到四年级时，我们有了个新任务——每人开一个星期的学校大门。

记得第一次轮到我时，已到了数九寒冬。当从校长手里接过钥匙时，我暗下决心，不管怎样，一定不能让同学在校门外等。

当晚，我让妈妈早晨五点叫我。哪知，妈妈因晚上带晚为我打毛衣而睡过了头。当我睁开惺忪的睡眼，眼前一片大亮。我脑子“嗡”的一声，猛地从床铺上弹了起来。胡乱穿好衣服，抓起书包狂奔十五里。还没进学校，远远地就听到琅琅的书声。

我气喘吁吁地跑到校门口，老校长好像已等候多时，微笑着看着我，好像在问：“今天怎么啦？”分明毫无责怪之意。我满脸愧色，低下了头……

校长抚摩着我的后脑勺，轻轻地说了句：“明天早点！”便挥挥手示意我快去早读。

在那以后的学习、生活中，我做任何事情都能做到守时如山。再不敢浪费自己的时间，更不敢浪费别人的时间。

全校轮流去打铃

那时的学校尚没有电铃，不过海碗大的铜铃还是个必备物。校舍有两排，前排是六间教室，后排是老师办公室和宿舍，还有师生合用的厕所。那个铃铛就挂在老师办公室门前。

每当上课下课，那铃铛便会准时敲响。在我们听来，那绝对是一首美妙的曲子。于是，有些时候，胆大点的顽童会趁上厕所的间隙偷偷地拉一下铃绳，铃儿便会发出“当”的一声清脆而短促的响声。尤其到了中午，铃声常常断断续续地传来。

当然，这些瞒不了宿校的校长——一个头发花白、和蔼风趣的长者。在乡亲们的心目中，他可是一位知识渊博的学者。虽然他看到了几次，但他从不厉声呵斥我们。

在某一个周一的升旗仪式上，他宣布了一个决定：让全校学生轮流来敲“晨读铃”和“散学铃”。这一下，全校学生都有了一个盼头——能早日光明正大地去打铃。到那日，全校师生都听我的：清晨，全校同学在我的铃声中开始早读；傍晚，全校同学在我的铃声下回家。那是多威风的事啊！

我清楚地记得轮到我时恰逢周一，老师在上周六（那时还是单休日）散学前就通知了我。我兴奋得希望没有星期天，这奇怪想法可是从来没有的！

熬过了周日，盼到了天亮，我胡乱扒了三口泡饭，拎起书包往学校小跑。在校门口等了一会儿工夫，开门的同学也来了。到教室放下书包，我便到铃铛下面等时间。

远远地，便看见老校长正打着“太极”，见我来了，便收了拳，乐呵呵地跟我聊学习、谈生活，好像我们已是老朋友。在敲铃前几分钟，他又教我如何敲。当我敲响铃铛的那一刻，我感觉到有股神圣感。因为我知道全校师生在我的铃声中开始了新的一天。

当我回到教室，同学们正认真地早读。我的心再一次溢满了暖流。我觉得从来没有哪一个早读如此认真过。那一天的课，我也觉得特别的好懂；那一天的课间，我也玩得特别的舒坦。眨眼便到了放晚学的时刻，我敲响了欢快的散学铃，微笑着跟老校长挥手告别！

回家的作业我写得特别认真，一口气便做完了。妈妈用赞赏的目光抚摸着我——暖暖的、甜甜的。

那一天，我体验到了信任、惜时、勤学带给我的快感。这样的感受直到今天还深深刻在我的记忆里。

渐渐地，乱打铃的现象销声匿迹了。

喊操壮了咱的胆

那时的“电”可不常有。起先，好像是一个星期来两天，后来是一天隔一天地来。不管怎样，学校一直保留了一个传统——早晨出操由学生在司令台喊口令。开始，我们以为校长古板，想节约几个钱。后来我们就不这么认为了。

这一“功课”从三年级就开始学习。体育老师先在课堂上让我们练习，分批轮流去喊操。一学期下来，每人至少能喊两次。

当你站在司令台上，目睹着全校两百来人在你的口令声中做着整齐的动作，自豪之情充溢着你的全身。

还记得幼大班时，我有一个机会去镇上比赛，可我胆小得连自行车都不敢坐。这件事至今都是父母亲的笑料。

渐渐地，我的胆子大起来了，那时我还以为自己长大了呢！现在想来，还真得感谢我那可敬的老校长。后来，经常有镇上的督学来听课。我瞥见那位不苟言笑的长者听得直点头。

后来老师告诉我们，那些督学说，想不到乡下伢子胆子真不小，跟镇上的孩子差不多。我们听后，学习的野心膨胀到了极点。

插秧田里快乐多

学校有几块不大的田，但一年四季都被安排得井然有序。有的播小麦，有的插水秧，有的长蔬菜瓜果，田地的周围还栽上胡桑。

我们的课表上每周都有一节劳动课。这堂课的老师从不固定，内容也是丰富多彩。春天可以捧麦、养蚕，秋天去拾稻穗、夏天去捉虫……在我印象中，同学们对这节课一直都是兴趣盎然。我印象最深的要数学插秧。

一到五六月间，秧苗便在秧床里一天天地绿了起来。我们个个就盼望着插秧。先是高年级的大哥哥大姐姐们在老师的带领下刨地、碎土、挑水、灌溉。随着家里的秧已在田中伸起了腰，同学们便把余下来的秧苗带到学校。

学校把各个班的任务交给班主任。班主任手把手地教给大家怎样插。我们欢呼雀跃地围在老师的身边，那股认真劲儿就甭提了。在我的相册里，至今还保存着这样一幅黑白照片：我们有的手挽着手，有的在卷裤脚，有的已开始插秧，有的在做着鬼脸……虽然大家的动作不一，但人人脸上写满兴奋与喜悦。

通过这样的劳动实践，我们不仅学会了插秧这一技能，更重要的是我们从小获得一种劳动的体验，懂得了劳动中才有真正的快乐的道理。

劳动结束后，学校为我们安排了一顿在当时颇为丰盛的午餐。当然，这午餐也是由熟悉烹饪的大哥大姐们烧制的。这样，再一次让我们品尝到了劳动的滋味。

在体验中享受阳光，在滋润中享受雨露，在轻舞中享受春风，大自然不显山、不露水，在无痕的意境中让一切变得那样和谐。如果大自然是一位育人的师者，那该多好！她没有布道的口若悬河，没有训导的正襟危坐。她在无痕的影响中，把一切塑造得妥帖、自然。现在想来，当年的老校长不正是大自然的化身吗？

如今，当看到不少学校建筑豪奢，绝大多数学校都有一本本装祯精美、考虑周全的《××学校学生守则》，上面明文规定了洋洋洒洒百条“严禁”“不许”，我不禁为现今的学生而感到悲哀，我仿佛看到一个个发展中的人正被驯兽师们控制着。这使我忍不住回想起我童年的快乐家园——宗奎小学，想起那位姓陈的老校长，现在想来他实在是位难得的乡村教育家啊！他让我们在不知不觉中学会了守时，知道了责任，树立了自信，品尝到劳动的快乐。这是一种多么难得的教育智慧啊，我们现在的教育不正需要这样无痕的育人境界吗？

二〇〇五年十月

教育智慧在转念之间生成

中午，孩子们在教室里静静地休息，我在办公室批改作业。突然，班长急匆匆地来报告。原来是曹宇同学从家里带来一副新奇的扑克，大家都争着要看，班长怎么阻止也无济于事，安静的午休纪律遭到严重破坏，班级被扣分已是在所难免。

怎么办？把“肇事者”拉过来教训一通，再没收“作案工具”。我静下心来转念一想，还是先调查一下再说。对班级突发的事情更需要冷静处理，我决定先让班长把曹宇请到办公室来询问一下再说。

原来，曹宇的妈妈从北京带回了一副印有北京旅游景点的扑克。于是，他特意带到班上来想让同学们看看，可没想到同学们的热情特别高，所以就……

我可以理解祖祖辈辈身居农村的孩子对城市，尤其对首都北京的渴望与向往。看着这个面带愧色的孩子，我灵机一动，我何不把这副扑克带进课堂，让孩子们光明正大地开开眼。对，今天就来一堂没有准备的自由课。

我在头脑里稍微理了理思路，拿着扑克走进了课堂。我先请曹宇每人发一张扑克。同学们不知道我葫芦里卖的什么药，个个面露惊异的神色眼巴巴地看着我，等我发话。

我先请同学们仔细观察手上的扑克牌，并在小组内互相描述给对方听。机警的孩子们见我解除了警报，顿时群情激昂。他们个个像身临其境的导游，兴致勃勃地介绍起来。说老实话，自从进入新课改以来，我们经常有这样的小组交流，可孩子们还真没有哪次有今天如此地投入呢！接着，孩子们又进行全班交流，连平时很少发言的许文瑶同学也“破天荒”地站起来介绍起长城来。

为了把讨论引向深入，我在黑板上写道：“由一副扑克想到——”同学们个个心领神会，举手如林。有的说：由这副扑克想到要动员全家到北京去旅游；有的想到现在要好好学习，将来到北京去念大学；还有的说将来可以到北京去工作；有一个同学想到：2008年奥运会在北京举行，北京一定展现中华民族的文化魅力，让世界刮目相看……此情此景，我分明听见理想的种子在孩子们心田发芽的声音。这一堂课，同学们在快乐的情绪中不知不觉地度过了。

想想真是后怕啊，要是我一听到班长的报告，就采取武断行动，那么今天全班同学又怎会有如此丰富的收获呢？最多只是在头脑中留下这样的教训：扑克不应带到教室里来。我为自己的冷静感到得意，这难道就是人们常说的教育智慧吗？

在当晚的日记本上，我写下这句话——

“课程资源就在我们身边，教育的契机无处不在，关键就看你能不能做一个拥有教育智慧的人！”

二〇〇五年十二月

一对教师夫妻的温馨四季

常常有亲戚、朋友问我相同的问题：做教师苦吗？我想用这样一个方式来做个回答。同时，谨将此文献给曾经是教师、正做着教师和将成为教师的人们。

——题记

春之诗：脚蹬单车把家还

三月中旬，早春的气息开始在校园里弥漫。对于季节的变换，小孩子的敏感让成人望尘莫及。女儿吵着要回乡下看奶奶，这样的理由我们无法驳回，于是决定在这个周日倾巢出动——回老家看看。

在交通工具的选择上，妻子说乘摩托，我则主张喊辆“面的”，女儿说干脆骑自行车吧。骑自行车，多么浪漫的事啊！尽管妻有些不情愿，可在女儿面前她总不想流露出自己的一丝懒惰。就这样，我跟妻子各骑一辆自行车，女儿坐在我的车杠上，小手扶着车龙头。女儿兴致极高，一路上指指点点，说说笑笑。大约一半行程下来，我已是汗流浃背，妻子被甩在后面很远。我把上衣的拉链拉开，妻子干脆下车推行。女儿一边喊着“妈妈加油”，一边表扬着“爸爸真厉害”。在这个开心果的鞭策下，我们终于挨到了村口的那座大桥上。站在大桥上，女儿远远地指着奶奶家那一排红砖青瓦的平房。我们的疲劳消释大半，一顿猛骑，四个轱辘滚到了家门口。

家里的花狗好像忘记了我们，“汪汪汪”地叫个不休。妈妈出门呵斥着，老父亲乐呵呵地迎出来。他们满脸惊愕，异口同声地问道：“今天是怎么回的？”女儿嚷嚷着：“骑自行车回来的。”老人家表示出不信，招呼着休息、喝茶。一杯茶下肚，骑车的疲劳消失大半。女儿拉着我的手去田间散步，妻子陪母亲挎着篮子去田间垄头挖荠菜，老父亲拿出渔网准备捕鱼，全家一个个都忙活开了。

乡村田野里的气息格外清新，令人心旷神怡。女儿像快乐的小鸟在田埂上跳跃着。乡下的一切对她来说是那样新鲜。她一会儿学着小羊咩咩地叫，还认真地拔出新鲜的草叶捧给小羊吃；一会儿又举着风筝放，当风筝终于上天了，她的心情更是阳光一片。妻子拿着小铁铲，面对一棵棵野荠菜也好似发现了金矿，两眼放光。母亲一直呵呵地笑，孩子们都能回来看看是使她心情开朗的主要原因。当我们在田头走够了，她们的荠菜也漫出了篮边，老父亲喊着我一起撒网捕鱼。

鱼塘很小，原是小河沟，是父亲经过前年一个冬天的清理才有了塘的样子，鱼儿才养了一年。这次是第一次捕鱼。先是下网，接着绕池塘击水吓鱼，然后才好拉网。随着网儿拉离水面，水面顿时不平静起来。父亲迅捷地把网拉离水面，女儿指着数着，当网全部拉离水面，她数到了十六，她兴奋地叫着“十六条十六条大大的鱼啊”。鱼儿虽然不大，但都很壮。接下来，我跟父亲理网，母亲打水洗鱼，女儿蹲在旁边看着流血的鱼儿问它疼不疼。

中午，全家喝上了一碗白如牛奶的鲜鱼汤，女儿直喊“好喝好喝”，乐得爷爷奶奶脸上笑开了花。

四点钟的时候，太阳渐渐西斜。女儿在我们的催促下极不情愿地坐上自行车。爸妈把早就准备好的油米蔬菜打好包缚在后车架上。我们三个满载而归。

夏之韵：坐在家里游漓江

孩子们放暑假了，女儿也放暑假了。利用这样一段时间出门旅行是再合适不过了。可跟旅行社出门吧，对我们来说真的难以承受，去年全家出去了八天，两个人一个月的工资都没了。

随着高考中考相继结束，分数虽没公布，但也已尘埃落定。学校提供几条线路供大家选择，女儿吵着要出去开开眼界。怎么办呢？为了家庭经济不至于崩溃，我和妻子商量的结果是：今年不出去了。可又怎么向女儿交代呢？我突发奇想，旅游不就是走走看看吗？虽然我们不能实地走，但我们还是可以看的呀。我到新华书店的影像品柜台，抱回了七八张我们这次中意的旅游线路的观光碟片。妻子还特意从超市买回女儿爱吃的零食。我们坐在客厅里边吃边“游”。

客厅里的电视太小，播放效果不明显。女儿建议去买台液晶大彩电。我们听了也有同感。第二天下午，文峰大世界的师傅便把彩电安装到位。这一下，效果果然出来了。那画面、那音质、嘿，比自然的还漂亮。我们在家喝着绿茶，嗑着瓜子，唠着趣话，真的很惬意。

当对门的奔奔一家回来的时候，我们的“看片旅游”也已经结束了。女儿跟奔奔一交流，嘿，看的景点差不多，可女儿知道的比奔奔还要多。他们旅途劳顿，只顾走马观花，哪有心思去细细观赏。这样一来，女儿为我的决策而竖起大拇指。更主要的是家里多出了一台足可装点门面的液晶大彩电。

秋之果：比比谁的贺卡多

今年 9 月 10 日，我度过了第 11 个教师节，她则是第 7 个。在迎接教师节的日子里，学校传达室的贺卡像小山似的。当然我们俩的信箱也被塞得满满的。老婆异想天开，说今年比比谁收到的贺卡多，多的人就是少的人的导师。这下，我可不敢大意了，把收到的贺卡都按接收时间一一收藏好。女儿也知道了我们的竞赛，经常像妈妈的探子一样打听我的情况。

到了九月底，我们终于可以亮牌了。可是出现了一个没有预料到的情况，还有 9 张贺卡的寄送者都曾经是我们的学生，写的收信人是我们俩。可这九张贺卡归在她的名下，在这样的情况下，她比我多收了三张，她成了我的“导师”。女儿得知结果，拍手叫好，称这是“谁说女子不如男”在我家的绝妙例证，边说还边哼起这首经典戏曲。

可这位“导师”得了便宜又卖乖，这不，又嘀咕开了，瞧这些孩子，不是都倡导建设节约型社会嘛，这不知要浪费多少木材啊？我忙安慰她，也不算浪费，我们可以用这些贺卡来布置女儿的房间，或者给她折纸什么的。她怒目圆睁，这怎么可以，学生的一片心意岂能如此糟蹋，我得永久珍藏。

冬之歌：不请自来学生宴

腊月二十四，寒假的第一天。上午刚起床，接到一个学生的电话，说下午有十来个学生到我家会合。好说歹说不许我们准备什么，至于吃食，他们一人带一份就是满满一桌了。

下午三点钟，我们刚把家庭卫生打扫完毕，学生们陆续摁响了门铃。客厅里渐渐坐满了熟悉的面孔。大家团坐在一起，嗑着瓜子，嚼着甘蔗，回味着中学时代的往事，畅谈着各自大学里的趣事、见闻，师生之谊、同窗之情在这个小小的空间里蒸腾、发酵。作为老师的我们，面对此情此景，让人好生感慨。当年懵懂稚嫩的中学生，如今出落成亭亭玉立的少女、生龙活虎的小伙子。没多久，人齐了，大家各自拿出准备的熟菜或者半熟菜，对自己烹饪手艺颇为自信的都争着要去显一番身手。趁着这个空当，有同学帮我们加入了他们的网上同学录，我则在电脑里找出他们没有洗出来的照片，让他们一睹当年青春的风采。不消半小时，上了满满一桌热气腾腾的菜，还有人带来橙汁、红酒。大家在饭桌上继续聊着，一个个是那样彬彬有礼，好像有说不完的话。个把小时过去了，大家酒足饭饱，又有人抢着去洗碗筷。真是人多力量大，一会儿厨房里就恢复如初。眼见着天色不早，有的同学回家有个把小时的行程，我便哄他们早回。大家虽有点不舍，但有了明年再聚的约定，倒也能欢喜地散去。

当孩子们一个个地离去，整个家里又清静了下来。妻幸福地说："今天品尝到的就是做老师的幸福啊！"我附和着："谁说不是呢？"

二〇〇八年八月

一堂有意义的“播种课”

——记我的一次语文课程资源的开发

苏教版七年级上册第五单元的主题是“关注科学”，八年级上册安排了“高新科技”这个主题单元。这两个单元教学目标的头一条，就应该是“学习科学家的科学思想、科学精神和科学方法，学习他们的创新精神；了解一些科学知识”。这样一个多维目标怎样去达成呢？当然，我们可以通过对《斜塔上的实验》《事物的正确答案不止一个》《宇宙里有些什么》《梦溪笔谈》等文本的研读去实现头一条教学目标。但一路学下来，感觉还很不够。为此，我又搜集了不少科技时文，印发给学生拓宽视野，可从学习效果上看，学生对科学的激情似乎依然没有得到唤醒。

审读《新课程标准》，翻阅各类语文教育期刊，我感觉语文教学专家和广大教师对人文素养以及语文基本能力的培养的研究心得颇多，而关于如何培养学生的科学素养所述甚少。我们都知道，良好的科学素养对现代中学生来说，又是亟待补充的营养。为此，苏教版七（上）和八（上）分别安排了“关注科学”与“高新科技”这两个主题单元。但我感觉这对我们广大的农村学生来说还远远不够。怎么办呢？

就在我冥思苦想之际，我意外地听说本班顾嵩楠同学的舅舅高峰教授从美国回乡探亲。真是天赐良机啊！我的灵感来了——把高峰博士请进我们的课堂。但我又有些犹豫，因为我听说高教授此次回国的行程安排得很紧，不但要跟阔别数年的父母、家人以及同窗好友会面，还要应邀赴浙大等几所高校讲学，参加家乡政府举办的联谊会。如此繁忙的行程，我怎敢节外生枝呢？我踌躇再三，为了学生，我还是决定“自私”一回。

我先组织同学讨论如何给高教授写邀请信，然后每人写一封，再挑出一封大家最满意的进行集体修改，直到大家满意为止。这封洋溢着全班同学热情的信被顾嵩楠带回。这之后也就没有了消息。

我们以为高教授不会来了。就在我们万分失望之际，在一个下午的自习课上，我正在分发课外报刊，顾嵩楠站起来告诉我，她的舅舅来了。我扭头向窗外一看，一个中年男子正在向我微笑。我的内心一阵激动，说话都有点语无伦次。我一个箭步跨过去，连忙把他请进教室向孩子们介绍，教室里顿时响起了异常热烈的掌声，孩子们的眼睛都发起光来了。一个同学连忙跑到办公室搬来一把椅子，高教授落座后便正式开始了一场科学家与少年的对话，我也坐在学生中间侧耳聆听。

高教授从自己的童年讲到现在，从人生道路的选择讲到目前的课题研究，讲到中美宇航技术的合作，讲到自己的家庭教育。语言是那样淳朴流畅，感情是那样真挚坦诚。不知不觉，两堂课的时间过去了，已经到了放学的时候，但孩子们热情不减，纷纷抢着举手发问。有问：“我国目前的宇航水平在国际上处在什么样的水平？”有问：“您在美国工作学习得开心吗？”还有问：“您是怎样走上科学研究的道路的？在您的成长过程中谁对您的影响最大？”想不到孩子们的提问水平真具有专业记者的味道。高教授一直微笑着作答，直到孩子们满意为止。

第二天的语文课上，孩子们也像我一样沉浸在兴奋之中。我顺势让孩子们写下此次活动的感受。一节课的时间还没到，孩子们纷纷完成了作业，比平常作文的速度快很多，而且从他们的神态可以看出，他们对自己的作文都很满意。我把全班同学的作文通览了一遍，感觉每篇文章都洋溢着真情。文章体裁多样，有写给高教授的一封信，有写的是一则校园新闻，有写自己对成功的思考的……我转念一想，何不把这些作文装订成册留作纪念，还可以把它作为孩子们的礼物送给高教授。说干就干，等我把这个设想告诉孩子们，他们一致表示赞同。同时提出，大家要互相修改以提高文章的质量，顿时教室里传出激烈的争论声，大家在真诚地讨论着。又经过一堂课的电脑输入，我再把所有文章分类排序，打印出一稿，再请大家互相校对。当看着自己的文章成了铅字，又想到高教授都能读到自己的文章，其内心的成功感是可想而知的。

最后，我们还来了一次作文集的名称大征集，最后《播下科学的种子》以高票通过被定为这本作文集的名字。名字取得多好啊！当我从前翻到最后，我分明听到科学的种子在孩子们心田里拔节的声音。我不禁陶醉在做语文老师的幸福之中。

二〇〇六年十二月

新课程改革与如东地方文化

我——如东教育战线一名普通的兵。1996年参加工作，走过了八年的风雨从教路，已然成了一名老兵。

每当我走出如东、迈出南通，一种难以掩饰的豪情使得我脚步轻盈，越发年轻。这种感情不仅来自我们如东连年辉煌的高考佳绩，还来自我们有着敢为人先的浓厚的科研氛围。我们每年都可以驾着“金帆”畅游“黄海”，我们每月都能够在《沿海教育》“教海探航”——我们不断地呼吸着教海吹来的清新的风。

在这春风吹拂下，新课程改革已由雷声阵阵化作春雨点点，我们如东万名教师正在接受它的洗礼、感受它的滋润。这场及时雨，对我们来说是一件好事，但我们内心也有一丝担忧：因为这次改革可以说是新中国教育史上的一次革命。它的内涵已不是学历证书与资格证书所能包蕴。我们如若不能经受住这场凤凰涅槃般的磨炼，恐怕也就难为人师、愧为人师了。因此，我们应自觉地洗心换脑、改造旧我；大胆实践、探寻新路；让旧我死亡，促新我诞生。

还记得，那段初为人师的岁月。我们带着坚定的教育信念起航。实践中，我们为自己干着教书匠的活儿而苦恼，替丧失学习兴趣的孩子而焦虑，我们的视野模糊了。我们渐渐迷失了方向，忘却了梦想。我们驶进了一个不知名的浅水湾——希望之舟搁浅了。我们无奈，我们消沉，我们在等待——

我们等来了新课程改革强劲的东风，滚滚的春潮在华夏大地已然掀起。我们强烈地感觉到中华民族教育的复兴时代已伴随着世纪之门的开启而悄然来临。

潮已涨，风正劲，我们的希望之舟再次悬帆，准备起航。在这即将起锚之际，我们又不禁害怕起来——怕再次迷失方向，怕没有胆量闯过暗礁险滩，怕落伍的驾船技术难以抵抗新形势下的惊涛骇浪，怕没有可供休整、加油的港湾……

在这进退两难之际，我从没停止过审慎地思考。双休假日，蹬一辆单车，去海边听潮吹风；教后得暇，翻翻《县志》，感受家乡丰厚的文化底蕴。冥冥中，愚钝的我却也感触颇多。静思凝想，感触有六——

感触一：新课改需要海的胸襟与气魄。

黄海也许算不得海中的美男子，但它绝对是海中的伟丈夫。仅我们如东境内的 106 公里长的黄金海岸、7 万公顷的滩涂足见它的辽阔，能停靠 20 万吨级的远洋巨轮说明它的深邃，更因为它的“有容乃大”，才能盛产文蛤、鳗鱼、条斑紫菜、沙蚕这样的“南黄海四珍”。

每年暑假，我们几个同年从教的老友总会相约骑单车去看海听潮。在海的面前，我们很小；在海的怀中，我们的心胸更宽广。海风吹散了我们的烦恼，海潮唤起我们战胜困境的斗志。

我们的新课改不也需要海的胸襟与气魄吗？

当我们在新课改实践中遇到疑难、发生偏差，我们多么需要课改专家给我们海一样的关爱与指导；当我们的学生在新课程的学习中表现出郁闷、不适时，他们不也需要我们给他们海一般的呵护与拥抱。

然而，当我们在新课改中表现出顽固不化、保守复古的言行时，我们也需要科研专家、行政领导以海一样雷厉风行的气魄来一次“当头棒喝”。

感触二：新课改需要“围垦精神”。

很遗憾，我没有经历过1969年那场艰苦卓绝的“海战”，但我从驼背父亲的朴实的话语中，从一张“万条扁担挑河工”的黑白照片上获得了一点感性认识。

翻开《江苏县邑风物丛书·如东卷》，陈震先生在《海战》中写道：“历史上的范公堤抵御了海潮的内灌，庇护了先人的安宁生活，其功自不可没；而今围海造田，则是站起来的如东人向沧海进攻的壮举，这是远胜前人、造福后代的盛事，此功更为卓绝！”

这是对围垦造田的切实评价。这就不难理解我们的父辈一谈起这段经历自豪之情就溢于言表了。在他们的身子骨里，时时处处都透露出一种认准目标、众志成城的精神。我把这种精神称为“围垦精神”。

新课程改革是我们面临的一次前所未有的挑战。既有全新的教育理念需要我们内化，还有繁重的实践任务需要我们去完成。“老皇历”在于我们已成为所谓的经验，可谓根深蒂固；本来就已烦琐的教学任务，加上新课改实践，我们只得负重奋进。

欲想在新课程实践中能攀花折果，我们不全力以赴也就只能“望梅止渴”，但光流口水又怎能填饱肚子？我们唯有继续发扬“围垦精神”，打几场漂亮的“海战”，新课程改革的成功才大有希望！

感触三：新课改要有号子相伴。

如东人善于打号子是出了名的。男的会打，女的也不甘示弱。男人打的号子震天响，女人打的号子地发颤。有道是：号子声声劲头足，劲头足了好干活。人们在号子声中不知疲倦地干了不少苦差事，闯过无数难关。

我没能听到十万民工齐打号的壮音，但可以肯定，那定是宇宙间美妙的绝响！

在新课改到来之时，我们不应过多地徘徊。有一点胆怯可以理解，如果因为害怕而故步自封，裹足不前，那就太可笑了。

我们相信，我们如东有足够多的课改专家可以给我们、给如东课改以正确、科学地引领！

我们没有理由不打起号子上路，因为号子声是我们如东教师乐观自信的表达，是我们彼此合作、激励的暗语。在号子声中，练就一双慧眼，不断地发现，不停地总结。没有最好，只有更好。因为我们每取得的一点成绩都仅仅是在向真理靠近一步。

感触四：新课堂应如“海上迪斯科”。

浑黄的海，湛蓝的天，金色的滩涂望不到边。身临此幅迷人的图画，你定会产生跳上一曲“海上迪斯科”的冲动。

当你如醉如痴地晃肩扭胯，载歌载舞，特别是脚丫子里钻出了一只只色彩斑斓的小生灵——文蛤时，内心的喜悦又怎能抑制得了？如今，“海上迪斯科”已成为我们如东的一个特色旅游项目，正吸引着来自五洲四洋的国内外友人。我不禁要问，它的魅力何在?!

不难发现，如果我们把踩文蛤的过程看作获取知识、提升能力的过程，那么“海上迪斯科”不正体现了“自主、合作、探究”的新课程理念！它们之间真可谓异曲同工啊！

试想，如果我们设计的课堂，孩子们也有着踩文蛤这样的兴趣，还愁他们学不到知识、用不好技能吗？

该放手时须放手，让孩子们在知识的海洋里去尽情地踩文蛤吧！他们踩到的一个胜过你送他的十个。但我们也绝不是上岸不管，我们可以跟他们一起踩，我们还应该对天气有个科学的预测！

感触五：新教法是一曲“空中交响乐”。

回想我们的童年，风筝带给我们太多的快乐！“儿童散学归来早，忙趁东风放纸鸢。”这就不奇怪如东有着“风筝之乡”的美称了。

当风筝从我们手中飞起，成功后喜悦的感觉充溢着我们整个心灵。如果把学生比作一只风筝，那么我们教师就仅仅是一根结实的长线吗？在不少人看来，风筝不能没有线的牵引。这个，倒也不假。但我们教师还应是风，是风与线结合体。要是没了风，风筝只能是失去生命的装饰物，又怎能实现遨游蓝天，与燕共舞的理想呢？所以，我愿意是永不止步的风，好让我的学生能随时随地实践飞翔的梦。

我想，我们还应该是能大能小的风。因为有的风筝志存高远，小风只能使它丧失斗志、颓唐失落，非要一股强劲的飓风不可；有的风筝体弱心脆，遇上大风只能被掀翻坠地，这样的风筝只能先吹吹杨柳风。

如果风、筝、线能建立起和谐的合作关系，如果每一只风筝都能遇上合适的风，到那时，我们如东教坛定能奏出一曲绝美的“空中交响乐”，让全国为之迷醉！

感触六：新课改需要一杯天水茶。

我们是喝着天水茶长大的。在纯净水、矿泉水大行其道的今天，却也有不少人偏爱天水茶。倒不是图省几个钱，图的是一种“淡泊明志，宁静致远”的心境。

在这场自上而下的新课程改革浪潮中，我们都是一条普通的小鱼儿。但我们也还有属于自己的大脑，我们也应该有着属于自己的航线，而不能放弃自主，随波逐流。马列主义虽好，但也要跟中国的国情相结合。可以肯定，新课改是好的，但它也一定要与本地学生、教师的教学实际相结合。

在新课改的实践过程中，我们可以多喝几杯天水茶，以冷静头脑。也有一些人，认为“新课改”是顶好帽子，而自己头小戴不了去打肿头戴。前些时，不是有过这样的报道：中央教科所的研究员去某国家级实验区听了不少的假课。

在新课改实践中，我们一定要实事求是，敢于暴露实际问题，只有这样，才有利于问题的有效解决。

比喻是蹩脚的，象征是苍白的，唯有我们的实践才是最有说服力的。

怎能忘记，八年前，我抱着“为家乡的教育事业奉献一生”的决心学成归来。在我看来，如此“壮举”是对家乡的一次反哺。回眸我的八年从教历程，我的内心充满了感激——因为当我在新课改来临之际徘徊不前时，家乡丰厚的文化积淀给了我无穷的启示，使我的教育理想再次扬帆远航！

让我们拥有海的胸襟与气魄，发扬“围垦精神”，打起号子出发吧！让孩子们跳起“海上迪斯科”，唱响“空中交响乐”吧！不过，年轻的战友，心烦意乱时别忘了沏杯天水茶！

二○○四年十二月

校园里的树

校园里是必须得有树的，高高的，矮矮的，擅长开花的，用力结果的，这里一片，那边一簇，站在高楼上俯瞰，整座校园满眼都是郁郁葱葱的……无法想象，一座没有树，或者树不够多的校园，还能叫校园吗？

校园里的树是不同于别处的，它比原始森林里的树更有人气，比城市的街道树多了灵气，它更多的有着一种将成国之栋梁的浩然之气。也许因为如此，很多人都愿意亲近校园，愿意在校园的林荫小道上信步，愿意氤氲在这种天地正气里，用目光抚摸每一棵默默无语的树，冥冥中，仿佛就融入了树的家园。

校园里的树应该是品种繁多的，这些形态迥异的树啊，可以让孩子们领略到大自然的丰富博大。这里有土生土长的树，也应该有外来的繁育品种。可以有专门开花的树，也可以有擅长结果的树，还有一门心思成材的树……每棵树不管品质，都应该戴上胸卡，用不同的文字书写上它的芳名和简介。在校园里，每一株树都跟学生们一样平等，一样接受阳光和雨露。孩子们度过了一个学年，树们的年轮也画了一圈。

校园里的树是不用砍伐的，也不一定修剪，只需要给它一个扎根的地儿，任其恣意地舒展根须和筋骨，大地是它母亲般的怀抱，天空是它父亲般的胸膛，它应该是独一无二的个体，也正因为它的个性不同，所以它不需要去跟别的树攀比，它只需要独自一个劲地吸吮大地的养分，向上冲着蓝天，幸福地成长。

校园里的树是需要孩子们关爱的。校园里的树应该多于孩子们的人数的。一个孩子起码可以结对一棵树，与之亲近，为之浇水、施肥、防虫，要让孩子们体验到树的成长有他的功劳着呢。如果是结果的树，运气好的树遇上会养护的孩子，再加上好的年景，果实大量地成熟了，学校里的师生们可以来一个品果大会呢。这样得来的果实，是一辈子都记得的甜蜜。这样的结对，即使孩子们离开了学校，总有一天孩子们还会像鸟儿一样飞回来，飞到当年的树下，抚摸之，拍张合影，带走念想。

校园里的树肯定有四季常青的，也肯定有秋冬落叶的。在落叶簌簌的时节里，可以在树下祈福，时间易逝，珍惜，珍惜。把落叶用扫把聚集起来，抱在树的根部，愿落叶对根的情意更加突出——就算是腐烂变质也可以对树滋养过冬，静待来年春回大地。

啊，十年树木，百年树人。

校园里总少不了树，校园里的树通人性呢！

啊，那些孩子一样的树啊，树一样的孩子；那些树一样的老师，老师一样的树。

愿做校园里的一棵树。若能开花，很好；若能结果，更好；若能成材，有朝一日，可以做成孩子的课桌椅和老师手中的教鞭，那就最好不过了。

真想做一棵校园里的树，天天成长，天天向上，不惧风雨，自力更生。有着参天的梦想，但也不生急躁，保持住分分秒秒的努力，坚守着日积月累的执着，即使不能成材，也是无怨无悔，自由自在。

二〇二一年三月

忍住不去看你

孩子要去海边实践基地了。

她这是第一次离开我们，且一别就是六整天。对这一行程的到来，她已经挂在嘴上半个多月了。

中午十二点半，我把她按时送到学校，十多辆大巴车在学校门前的大道上首尾相连，甚是壮观。

在女儿的班级整装上车时，她突然握紧我的手，嗫嚅道："我现在有点不那么想去了。"这是孩子的恋家情绪吧？

我笑笑，拍拍她的肩。我了解她，这样的感觉只会一闪而过，她会很快沉浸在结伴同行的愉悦中的。

车子发动，父母们向着车窗挥手告别，车队很快消失在大家的视野里。

送走了孩子，我身心顿感轻松——这个星期不用按点接送孩子了。但才过了半个小时，就抑制不住地想她了。忍不住进入班级 QQ 群，此时的班级群格外热闹，家长们关切地询问着情况，带队老师很是善解人意，不停地发照片。每发一组照片，就会在群里掀起一轮讨论热潮：被子是不是嫌薄？孩子是不是吃得饱？……大概到了子夜时分，群内才渐渐安静。

出发当天，女儿发来三条短信，第一条说"到了，短信告诉你们，别担心”；第二条两个字“到了”；第三条是“吃好了晚饭，打好了水，累死了，接下来还要参加活动”。

第二天，我们发去三条短信，女儿只回复一条短信——“开心啊”。

第三天，她只是给妈妈打了电话，说是钓了四条金鱼，还说给我们买了礼物。

孩子才离家两天时，不少父母就开始讨论着要不要去实践基地看看孩子。女儿同学的妈妈问我们是不是也一起去？她妈几经犹疑，我想了又想，还是下定了不去的决心。我们给孩子发了短信，问要不要去看她，她回复“不用，只有没长大的孩子才要家长去看呢”！

第四天，又有家长去看孩子了，她们把孩子的照片发到了群里，我们开始强烈地思念孩子了，其实有时候，我们做父母的远没有孩子坚强，不是孩子需要我们，恰是我们离不开孩子。

五个漫漫的长夜，五个迟迟的黎明，终于等到了孩子在基地的最后一天。妻子一早就去市场买了孩子爱吃的食物，中午接连给我打了四个电话，催促我赶紧回家带她一起去学校接孩子。

终于看到分别六天的孩子，牵着孩子的双手，上下左右一阵看，孩子的嘴唇都干了，脸上也多了几个红肿的疙瘩。孩子兴奋地上了车，她拿出给妈妈买的贝壳手链，还说给我买了金鱼，说让我在看书之余可以看看金鱼，让眼睛多多休息。

我问孩子：“爸妈没去看你，你会责怪爸妈吗？”孩子一脸不解地说：“这有什么好责怪的呢？”

妻子追问：“那你说，‘假设我们去看你’和‘没去看你’哪个好呢？”

女儿说："都好的。不过你们去看我的话，我会分心的。你们还会耽误工作。"

谢谢你，我的孩子，我们忍住不去看你，看来是正确的。孩子的成长有时候需要我们做父母的洒脱一点，放把手才行。

二〇二一年十月

徜徉在女儿的校园

任何情形之下，孩子的校园是小城最美的所在——春夏之交的校园更是小城胜景了。

在南黄海之滨，古镇掘港关西桥南，如泰运河与掘苴河交汇的东岸，有这么一所年轻的校园。无论是教学楼群，还是塑胶操场，都氤氲着鲜明的时代气息。从关西桥上远远地望去，校园建筑以橘红色为主色调，周围密植着四季常绿的香樟、山茶等，橘红和绿色都是青春色，充满着激情，孕育着希望，这两种颜色的搭配对处在青春期的孩子而言，洋溢着激励的意味。不知道可有人统计，这里曾经走进了多少顽童，培养过多少学子，又迎回了多少游子？

通过学校入口处的电动门，踏上光洁条砖铺就的广场，两旁高大茂盛的榉树静默成林，教学楼以母亲张开怀抱的姿态向你拥来，此时你的脚步会不由自主地轻盈起来。

迈入圆拱形的大门，登上石阶，紧跨几步就置身于教学楼的大厅，“学会超越，追求卓越”八个字赫然映入眼帘，深入走廊相连的教学楼群，你会感到自己仿佛走进了传说中的迷宫。是呀，科学知识的殿堂就应该是迷宫的模样。这样的设计，是不是在告诉学生，或者师者，只有胸怀世界，心揣梦想，凝神治学，用心领悟，方能摸索出一条自己的路，找到属于自己的一片天。

走廊两壁有序地挂着图画和文字，这样的墙是会说话的。国内外历代先贤感召孩子们奋发向上，学校和老师的荣誉成就催促孩子们积极进取，身边同窗的事迹风采释放着榜样的力量……不经意地走过数百米长廊，就到了校园的南端，你会惊喜地发现，一条大河在校园南边静静地流淌，两岸垂柳婀娜，水面春波荡漾，奔向大海的方向，满目葱郁的人民公园与学校隔河相望，一座宝塔在绿荫中现出塔尖……无论远观、俯瞰，还是置身其间，这里都是美丽的风景带。

一个地方，你若仅去过一次，你的眼睛也许会欺骗你，如若多次前往探看，那种美好的第一印象要么幻灭，要么就根深蒂固下来，女儿的校园正是属于后者。

如果隔段时间不去校园走走，我就会怅然若失。哪怕进去走上一圈也好啊，看一眼吐芽的植物，瞅一瞅校园里的孩子，也会立刻精神抖擞起来。只要稍有闲暇，我就会徜徉其间，甚至流连忘返了。

纵然是多次身临，也常常会收获惊喜：校门左侧的知农园里，记录着农时变化，演绎着季节更替；教学楼中间别具匠心的“象棋”和“钢琴”建筑，让人参悟什么叫“休闲”和“高雅”……除了这些，可以听到琅琅书声，嘹亮歌声，还有高亢的口号声；还可以观察到一张张青春的笑脸和不老的容颜，有脸廓初显的小男子汉，有亭亭玉立的小女生，还有鹤发童颜、神采奕奕的老教师。在教室里，在操场上，在石径旁，在实验室，在书香长廊……孩子们的快乐身影或在其间闪烁，或静坐其间……目之所及，哪里都是风景。

很喜欢在这样美的校园里徜徉，我似乎回到了年少好时光。走着想着，依稀记起，那时在乡下农村初中，一个年级甲乙两个班，每个班不到五十人。每天蹬车十里，一路铃声作伴，沐浴着朝阳，在校长威严的目光中，颤巍巍地融入校园。学完了一天的课程，我们又三五成群，呼朋引伴，在一路欢笑声中追着夕阳回家。

中考前，我听从父母老师的建议，选择了自己钟爱的师范学校，外出学习三年，回到家乡小镇上，在教育园地里默默耕耘了11个春秋，曾想着“得天下英才而教育之”，也希望有一天可以“桃李满天下”，在退休之后，可以悠闲地遍访四海学子……然而终究未能守住初心，每每师范同学或是当年学生聚会时，总难免心生寂寥，为自己的改变慨叹不已。

而今，越来越多的有识之士深切地认识到，教育普惠民生，关乎国家未来。教师理应是民族的脊梁、人类的良心，理应赢得国家、社会和人民的尊重，校园理应建成地球村最美最安全的院落。

在春节接待返乡的学子时，他们纷纷表达了对老校园的依恋，新校园即使再美，也难以重温当年求学的印记。谁说不是呢？校园承载着孩子们最纯最美的乡愁。朝夕相处多年的校园，在每一个学子心目中是母亲的模样，她可以发胖，可以变老，可以整容，但决不能轻易搬家。因为飞出去的学子说不定会在几十年后衣锦还乡，而母校是其必定重游的地方——但愿女儿的校园可以成为小城恒久的风景。

在这样美的季节，徜徉在女儿的校园，如果可以，真想再做一回语文老师，我会导引一年级新生们，踏访学校的每一间居室，每一个角落，让他们有主人回家的感觉，让他们慢慢领悟到，这里是生活三年的地方，是升腾梦想的乐园，也是勤学苦练的沙场。回到课堂，我会引导孩子们写好入学的第一篇作文，题目就叫《我的初中校园》。在三年后的毕业前夕，我会请孩子们留下一篇《致我的初中母校》——我将会聆听到孩子们怎样的心声？

春夏之交，徜徉在女儿的校园，除了满满的幸福，何故滋生了如此多的杂念，莫不是受到校园的熏陶，春心悄然萌动？

二〇一六年五月

我的教育梦想八则

教育，是永恒的话题，她从远古走来，推动着人类文明向前发展。可以断言，地球村里的祖祖辈辈都曾做过或正做着与己相关的教育梦。我们的先人们做过念私塾中皇榜的梦，父辈们做过上初中学理化的梦，作为 70 后的我们做过考中专跳龙门的梦，现而今的孩子们做着高校梦或者是出国深造梦。

我接受全日制教育的时间不长，在教师岗位上待的时间不短，虽说离开教育已逾六年，但总感觉自己对教育依然保持着热忱满腔。在全国上下畅谈中国梦的春天里，我也来做一做教育梦吧。

教育的内涵何其丰富，教育梦想的内容就理应丰富多彩了。

关于家庭教育

教育家把教育分成家庭教育、学校教育和社会教育。家庭是每个生命体接受教育的起始站点，家庭教育的重要性不言而喻。古话说“养不教，父之过”，这里“父”是不能狭隘地理解为父亲的，而应是父辈或长辈。父辈们的教育不正是家庭教育的应有内涵吗？但实际生活中，不管是国家层面，还是我们个人自身，都对其存有忽略。不少做父母的是不是常常这样想：“家里表现不好，还有学校的老师呢。”做父母的将孩子托付给学校、转交给老师，这就造成家庭教育的缺位。整个家庭中，做父母的，做爷爷奶奶的，无一不是孩子的老师，家庭的长辈们无一不对孩子的成长产生影响，而且有的影响会如影随形，伴随终身。

我们的青年到了法定年龄，国家就可以给相爱男女颁发结婚证书予以法律认可。不少青年男女组建了家庭，却不知道如何做父母。实施优质的家庭教育对孩子个体和国家整体人口素质的提升是最起点的保证。我想，国家民政、计生、教育等部门是否可以在领取结婚证书后对其进行免费的父母课堂培训。

做父母的年轻人要自觉学习怎样做父母，在目前形势下，不要等待，更不要怀疑，坚持身教胜过言教，争取与孩子共成长。如此这般，站在国家的高度看，有利于“学习型社会”的建构；对每个家庭而言，也是消除青年男女做父母前的彷徨和忧虑，切实提高孩子的综合素养。希望家庭教育受到国家和国人应有的重视——这是我的第一个梦。

关于学校教育

先说说校长吧。校长是学校的灵魂，一所好学校的背后是一个好校长艰辛地付出和执着地奉献。在目前国家投入需要进一步加大的背景下，要做一个好校长是件多么不容易的事情。很惭愧，我没有做过校长，缺少对校长角色的体验，我只是看过苏霍姆林斯基和陶行知的著作。我想，要想做好一所学校的校长，就一定要好好读读苏霍姆林斯基和陶行知等世界知名校长的文章，无论是对教育的激情，还是对教育的理性思考，这些教育家身上都有我们一辈子学不完的宝贵财富。校长首先应是好教师，他不应该离开自己的课堂，他可以不是特级教师，但他应该去追求做一名特级教师。在此基础上，如果他愿意带领一所学校的同学和老师去实现共同的愿景，那他可以成为校长候选人之一。校长理所当然地应该是老师和学生的贴心人。他能知道教师需要什么，他要竭力为教师的发展提供及时的必需的服务。他也能知道学生需要什么，无论是物质的，还是精神的，他可以为学生的成长积蓄向上的力量，他可以用自己的魅力感染孩子的心灵。为此，我认为，一个好校长必须有三心：公心、事业心、爱心。公心对待教师，爱心对待学生，用事业心拥抱教育。如果有了这“三心”，校长的非行政影响力将会给校长执行教育理念起到事半功倍的神效。让学生、老师和家长都认可的名校长多起来，这是我的第二个梦。

再来说老师吧，“师者，所以传道、授业、解惑也”。理应是天底下最光辉的职业，这样的论断，主要是从教师的精神境界看的，附议者甚多。但与之相匹配的应该是什么呢？教师应是天底下最令人眼热的职业，通俗点讲，就是天底下收入最高的职业。与收入最高相称的是什么呢？我们的教师资格证应为天下第一证，我们的教师这个行当应该是人人向往，精英荟萃，而不应是“一有机会就默默走开”。我相信，教师的收入会有提高的那一天，只是个迟早的问题，但愿来得再快些。教师实际收入倍增——这是我的第三个梦。

随着教师收入的倍增，全社会对教师的期望就会越来越高。一个好的教师应该有着坚定的教育理想和信念，把职业当事业，满心热爱教师这个职业，真心热爱每一个孩子，以积极的态度投入工作，多做不怕累，多想不嫌烦；以精益求精的态度来提升自己的教学技艺，磨炼活力课堂和魅力课堂，务求 40 分钟效益最大化；以追求卓越的精神来做终身学习的楷模，读万卷书不止，多实践勤反思，在写作和研究中走向专业，从而实现自身的价值，做一个推动教育事业的人。教师不再是教书匠，而是教育大师，这是我的第四个梦。

再来谈谈学校。有些农家孩子在腊月里会看见拉网捕鱼的场景，随着拉网的逐渐合拢，鱼儿纷纷浮出水面，急躁不安，扑腾跳跃，因为鱼儿感到了缺氧，感到了恐惧。试想鱼塘面积不变，鱼苗的数量是不是决定供氧量呢？很难想象，在这样密集的水里可以自由成长。为此，我想到了学校的规模，学校应该多大为好？其实，国外和国内关于学校规模已经有了不少研究成果，希望国家层面再能对学校规模有个科学权威的界定，并通过立法予以确定。学校规模科学适度——这是我的第五个梦。

学校里除了有好老师，还应有藏书丰富、常年开放的图书馆，老师在图书馆备课，孩子们在图书馆流连，应有树木茂盛、四季有花的环境，应有400米标准田径场，应有最安全的建筑，像汶川地震中岿然不动的最牛教学楼——彭州市白鹿镇中学，很好地诠释了“学校可以不豪华，但必须是最安全的地方”这个真理。安全有保证、设施最齐全、四季美如画的校园，最好还有可供师生耕种的三五亩田地，这是我的第六个梦。

关于课程和教材。饮食安全是生存的根本，食育是德育、智育、体育和美育的基础，我们应切实从娃娃抓起，让健康饮食的科学理念在青少年的心田扎根，让孩子们吃出好身材、好牙齿、好眼睛。交通事故已成为危害我国公共安全的首要因素，建议教材编写机构将交通安全的知识和实践纳入幼儿园和小学的思品和社会课程，让幼儿从入园第一天就开始接受交通安全教育，让小学生经过六年教育，可以独自行走在大街小巷，成为父母放心的交通人。相关部门和组织每年评选十大典型交通安全案例，汇编成书发到中小学生手中。将食育课程和交通安全常识纳入中小学课程，这是我的第七个梦。

关于社会教育

我理解的社会教育，应该是全社会每个人、每个单位和组织共同可以参与的教育。我们每一位家长都可以为社会教育出力，可以走进课堂，向孩子们介绍自己的工作；可以把孩子们领进乡村、工厂和商场，向孩子们展示社会的方方面面，让孩子们可以对农业、工业和三产服务业有比较感性的了解和认识。相信孩子们尽早地读一读社会大学，我们才可以培养出更多有用的栋梁之材。

我不晓得社区教育算不算社会教育的范畴，不管算与不算，随着经济社会的发展，社区教育已经到了给予高度重视的时候，社区教育如果搞得好，对学校教育、成人教育乃至我们倡导的终身教育和学习型社会建设，都是很好的而且是非常必要的补充。社会教育实现普及化优质化发展，这是我的第八个梦。

今天，我勇敢地对教育畅谈了自己的梦想。也许有的梦想已然实现，因为我坐井观天而并不知晓，相信大家是会原谅我的浅薄与无知的。

我们深信，有了梦想，才会有直面现实的勇气，才会涵养超越苦痛的精气神，才会下定披荆斩棘的决心。随着中国的艰难崛起，是到了我们大家去为中国梦的实现而付诸行动的时候了——也许用尽一生也无法实现自己的教育梦想，但我们努力过，奋斗过，无怨亦无悔。——诸君意下如何？

二〇一三年十一月

辑五

根植如东

Chapter 05

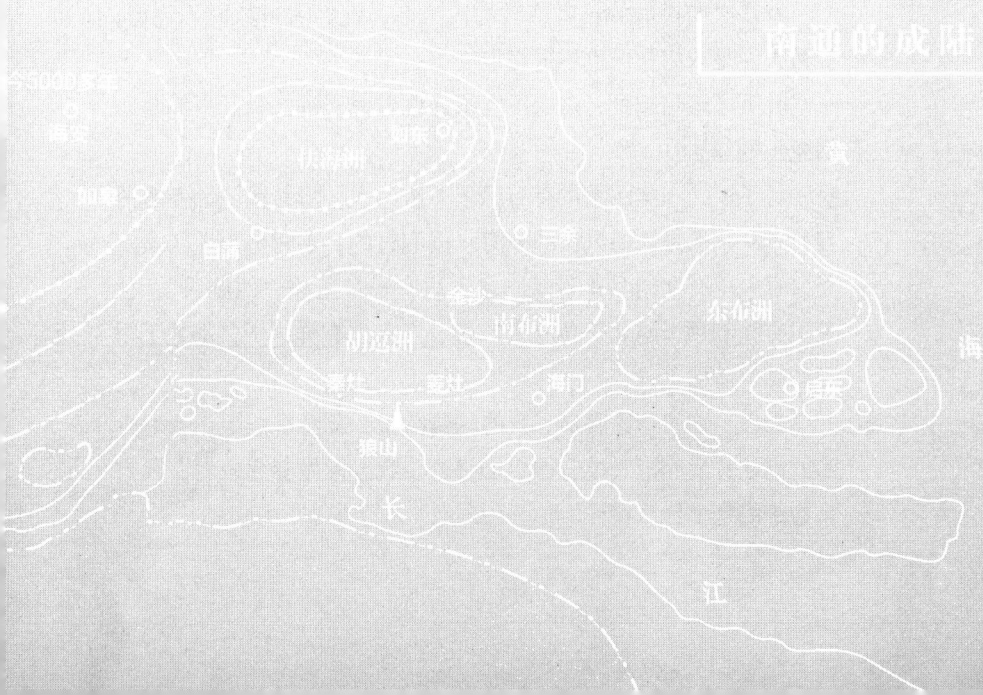

家住南黄海

我出生在江苏如东一个叫栾庄的小村子。

在我的记忆里，10岁之前，同村发小一般都是在小村子里转魂，用“足不出村”来形容倒也恰如其分。如果要说出远门，那就是十里外的双甸街，最远的也就是二十里外的岔河街了。这出门的经历也是极少的，沿途所见，往往是一道道渠沟，一块块水塘，一条条小河，满眼是一幅幅平原水乡风景画。

听村里一位陈姓塾师讲，我们其实应该算是海边儿女——我们的东边和北边都是大海。

我多次向村里的长者请教海的大名，他们大多数说不晓得，少数人说是东海，但也不很肯定。

我听了暗暗起劲，东海里岂不是住着龙王吗？我们真的是东海龙王的邻居？

村子里，一年四季都有海船上下来的人，蹬着辆锈蚀不堪的自行车——那是被海风吹的被海水浸泡过的，走村串户地叫卖海货。春天里有文蛤和小春鱼，夏天里有长带鱼和“西施舌”，秋天里有腌制晒干的“茅草叶子”鱼，冬天里有鲜蛏干，都是上得了酒席的珍稀美味。

当然，这些珍馐满足了我的味蕾欲望，却没有能阻止我对大海的向往，反而把我挑逗得更加强烈。我经常做梦想象着，我家东边的海是个什么模样？

大概是小学三四年级吧，我第一次坐公共汽车，随葛老师去县城掘港参加一个比赛。出发前几天，我就兴奋得难以入眠！有天晚上，我睡醒了，还打着手电筒跑去地里，问放水灌田的父亲："掘港是座大海港吗？那里肯定有大海吧！"

"那里好像有，好像没有，1981 年冬天出奇地冷，我在东凌海边上河工，手脚都冻麻了，总共 6 万多河工呢。"父亲回答得含混，就像没有回答一样，但我认定掘港此行一定可以会一会大海。

比赛结束后，我问老师可不可以去看大海？老师笑了："这里是掘港，大海离这里还远着呢！"

"有多远呢？"我显得失望极了。

"向东到东凌可以看到，向北到长沙也可以看到，但要走几十里路呢！"

初中时，我读到了鲁彦的《听海》、峻青的《海滨仲夏夜》、杨朔的《雪浪花》，这一篇篇美文唤醒了我对大海的向往。我好想在一个月明星稀的夏夜，驾一叶渔舟，在大海上枕着波涛，仰望星空，侧耳谛听，看看我的慧耳能否听到丰富的声响。但这样的好机会一直没有光临。

外出学习了三年，倒是多次看到了长江。我们三五成群地在长江边吼歌，野炊，逮蟛蜞，观赏长江夕照美景。一人一瓶啤酒就能醺醺如醉了。

参加工作了，一个春光明媚的休息天，我们三个同龄人相约骑车去看海。我们从古镇出发向北，不消一个小时光景，渐渐地，风力增大，鼻腔里有了股强烈的海腥味，我们跨上了一道蜿蜒盘旋的巨龙般的捍海大堤，大海顿时像一幅巨幅长卷展现在我们面前。

"大海，我们来啦！我们来啦！"我们对着大海手舞足蹈地欢呼着、跳跃着。

此时恰逢涨潮，海鸥欢唱群舞，渔船赶趟进港，赶小海的人肩扛手拎，在海浪的驱逐下纷纷上岸。

这一次与大海的亲密接触，我们像懵懂的孩子，远远地望着，深深地呼吸着大海的气息，静静地想着。我们在大海面前，感觉就像是极其渺小，小得可以忽略的微生物。

又过了五六年，我们有了辆摩托车，骑着它，驮着一家三口，随时可以去海边恣意地兜风、玩耍。这时，有头脑的生意人在海滨开发了不少旅游项目，其中“海上迪斯科”已经蜚声海内外了。

若想跳一跳“海上迪斯科”，就要把握好当天的潮汛。我们选择在落潮时，随熟悉海性的海巴子，有时会遇上金发碧眼的国际友人，坐上海子牛牵引的木轮车下海，若要赶时间也可以坐拖拉机，往下再走十几里的铁板沙滩，才到了可以踩文蛤的潮间带海域。尽管海水退去，但那里还有不少沟沟壑壑的浅水，水里有一摸一大把的黄泥螺，有着不知名的小鱼儿，还有横行无忌的小螃蟹。我们在铁板沙上跳着闹着，一只只带着花纹的贝壳从脚丫里冒出来，文雅地挠你的痒痒，那种惊喜无法用语言表达出来。我们带着战利品上岸，感觉自己真的成了地地道道的海边人了。

随着朋友圈的扩大，只要是外地朋友来如东，我们就成了义务地导，带他们去跳“海上迪斯科”成了他们如东此行必须完成的项目。在那时，我们仿佛成了海的主人。

去年夏天，我有了自己的小车。第一次把车开回家，便载着两位老人一起去看看身边相距并不远的大海。

一位在大海边生活了半个多世纪的老人，竟然没有亲眼看见大海，你信吗？一位十七八岁就参加围海造田的老人，当再次看见大海时，第一次看见他眼含泪花，一定是回忆起当年在海边奋战的艰苦岁月吧？

我们从洋口渔港经海防公路转到洋口港，踏过黄海大桥，走上承载着希望的阳光岛。那天的阳光格外耀眼，我们在离岛上岸时回望，整座阳光岛闪耀着金色的光芒。

一路上，母亲赞不绝口：“外面的变化真的是不得了啊不得了，这个海啊真的是大得不得了，坐在家里随你怎么想，也想不到的啊！”

老父亲说：“孩子，过几年，你再带我来看看大海啊！”

其实，我们身边的这个海，它的真名叫黄海。如东 106 公里的这一段处在黄海的南端，所以常常有人把它唤作南黄海。

二〇一五年十一月

你可知家乡是如东

南依长江，东傍黄海，东南吹来大上海的风——这是对中国江苏如东坐落的诗意描述。

从地图上看，这座海滨港城东西长、南北短，平坦如佛家巨掌。查阅《如东县志》得知，巨掌幅员 2009 平方公里，滩涂 104 万亩，海岸线 86 公里。有远客问及“如东”之名的由来，除了告知有“如皋东乡”的简称一说，还有两个美丽的传说：其一，此地原为海中沙洲，渐与内陆连接，先民觅得此处滨海福地，遂取“福如东海”中间两字以名之；还有一说，先人们发现此地是块会长的宝地，年年都向东淤长，便鼓励后生“撸起袖子加油干”，继续向东去、往东闯，不断开发新的黄金滩涂，所以用“如东！如东！”作为当年开发滩涂的行动口号。

千百年来，这块神奇的绿洲孕育了一个个精灵，续写着一个个传奇，给当地人惊喜，让全世界惊叹，诸君请看——

文蛤贝

你是南黄海万亩大滩涂上的王。你的王道不是因为你坚硬的壳，而是你柔软的肉身。你纤柔的身子蕴含着旺盛的生命力，征服了这片广袤的浅海滩，成了这片海域的主角之一。

你独特的美早就被文人墨客载入文稿。宋朝诗人梅尧臣写道："车螯与月蛤，寄自海陵郡。"明代李时珍云："海中诸蛤之有利于人者，统称蛤蜊，白壳紫唇，或壳上有花纹故称文蛤或花蛤。"据载，青睐你的皇帝至少有两个：一个是清朝乾隆皇帝，他下江南时，在姑苏城品尝到你的鲜美，他的味蕾大受刺激，欣然御封你为"天下第一鲜"；另一个是隋炀帝。唐朝段成式《酉阳杂俎》记载的一则"蛤像"趣闻："相传隋帝嗜蛤，所食甚多，忽有一蛤，击之不破，帝异之，置于几上，夜放光芒，及明，肉自脱，中有一佛二菩萨像。帝悲悔，誓不食蛤。因于寺内建蛤像。"

生物学家把你归为腮纲兼蛤纲的海产贝类，你的外衣就是两片扇状的玉石，五彩斑斓，环纹迥异，涂了釉质一般，无须人工雕饰，就是天然的艺术品。

你生活在浅海盐度较低的滩涂上，喜食藻类和浮游生物，长大后慢慢向潮下带迁移，平时像淑女一般矜持，并不经常露出沙面，冬季则潜入沙底二三十厘米处，留个气孔通气即可安然越冬。每年的六七月，你们的精子和卵子细胞在海水中邂逅，继而孵化成幼蛤，在二十多天后进入沙底栖息，再过两三年时间，方长大成年。如东沿海的铁板沙丰饶肥沃，就是你的幸福家园，你成了这里海产品中的圣品，占中国出口总量的三分之一。

在广阔无垠的黄海滩上，随着潮水的落去，赶海人有的肩扛着铁刨子，有的手拎着网兜，雀跃着奔向大海。他们将铁刨子倚在肩上，麻利地拖着后退，凭着沙中传出的声感，将你迅疾勾入网兜。游客则是用双脚欢快地跳起了"海上迪斯科"，将海滩上的沙泥踩软后，你就会忍不住露出沙面，同游人一起感受晃悠悠的美妙体验。人们踩着、说着、笑着、唱着、闹着，一句句原生态的渔歌号子，久久地在沙滩上回荡。现如今，"海上迪斯科"这一世界独有的旅游项目，融观赏、运动、风味于一体，吸引了一批又一批海内外宾朋，他们的舞姿和笑语成为南黄海大滩涂上一道亮丽的风景。

你的肉质口感鲜嫩，入口鲜而不俗，百食而不厌。营养学家说，你含有人体必需的钙、磷、氨基酸，有开胃、催乳、健身之效；中医师称，你还有清热、化痰、利湿、散结等功能。千百年来，如东本土美食家以你为食材不断探索，流传下来很多令人咋舌的食法：作为主菜，以旺火速炒，或以铁板烫熟；作为配菜，调色提味，煲汤增稠；或佐料腌制，生炝生吃，下酒下饭；或斩成肉泥，煎成丝瓜小饼。近年来，有厂家将你开发成粉剂精品，冠名为“天下第一鲜”，蜚声海内外。

最令人瞠目结舌的是生炝文蛤和制作文蛤酱。生炝文蛤的过程是这样的：先将你的肉身洗净，撒上盐花，再洗净，佐以烧酒、麻油、酱油、醋、姜末和白糖，便做成了一道上好的下酒菜，闭上眼睛吞上几只，慢慢咀嚼，顿觉鲜爽，有相见恨晚之感；制作文蛤酱那更是一绝，将新鲜的你装进玻璃罐，放上盐、姜、葱、酒等佐料，将罐口封上，搁置于阴凉通风处，过上一段时间，揭开封盖，香味扑鼻，令人垂涎欲滴，蘸上一筷子，可以连扒三口饭。如此珍馐可作馈赠亲友的用心之礼，或作为喜食海鲜的汉子外出工作期间的极品下饭菜。

海产品创意专家顾明先生，几十年倾心文蛤、黄沙泥螺等产品的研发，将系列产品做成了蕴含着浓厚乡愁的礼包，让南黄海的海鲜圣品传遍天下；华子裕先生几十年收藏你的外壳，如痴如醉，共集得天然珍贝数万枚，成立了文蛤贝艺术馆，走进馆内，就是走进了令人浮想联翩的艺术世界，让人不禁感喟大自然的鬼斧神工！

海子牛

在如东先民的眼里，你是一骑神兽，肩负着“辟我草莱”的使命而来。

你有着大气的名字——海子牛。你的血统高贵，亚洲野水牛是你的祖先，与四川德昌水牛、云南德宏水牛等合称为中国五大优等水牛。早在公元前4000年就被驯化，成为如东沿海渔民盐民战天斗地的亲密战友。

你的传奇早就在史书上有过记载。唐代日本和尚圆仁率领弟子访问掘港，他在《入唐求法巡礼行记》写道：掘港庭沿海村用牛拉船。《两淮盐法志》也描写了你在清朝嘉庆年间拖船运盐的场景。

你双角圆张，背部微凹，肩部高拱，四肢粗壮，四蹄宽大，一副驰骋江海、任君来往的派头。你可知道，你已经成了画家、摄影家创作色与光的首选模特。

数千年来，你任劳任怨、气定神闲地为渔民接港运货。一车海货足有两三千斤，你身子前倾，轭架深陷，大有“力拔山兮气盖世”的英雄气概。听老渔民讲，你的识途能力绝不逊色于良马，赶海人尽管在车上吼着渔歌拉着号子，任你在滩涂上稳稳当当行走，总归可以回到出发地。

你的嗅觉异常灵敏，在浩瀚的滩涂上，总能找寻到存有淡水的“甜水塘”，可以直接饮用解渴。小憩之时，你们三五成群，或立，或驮，或卧，或停，或行，或嬉戏浪花，或欢快哞叫，或驻足遥望海天一色，或侧耳倾听天籁之音……这时的你们如同一群欢乐的海娃，其闲适之情不亚于“风吹草低见牛羊”的况味。清代诗人杨廷在《海上乘车牛口占》写道：“微醉登牛车，云容忽晴晦。海滩不见人，夕阳上牛背。”

南黄海滩涂，水草丰茂，是你繁衍生长的天然牧场。海风，吹得沙尽始见金；海浪，洗尽铅华成天然；海气，浩然天地见伟岸……正是这浩渺无边的大海孕育了你的朴实沉稳、宽厚大度、剽悍健美，你成了南黄海的伟丈夫。

让我们奔向南黄海吧，去领略你的风采。坐牛车，赶小海，与你为伴，与海为邻，感海滩之辽远，发思古之幽情，工作疲劳和旅途劳顿刹那间烟消云散，你引领我们向大海进发，与此同时，我们对南黄海的遐思开始发酵升腾。

在掘港人民路与范堤路交会的地方，一座青铜牛雕雄立其上，环角宽背，厚臀圆蹄，头南尾北，一副“弗待扬鞭自奋蹄”的姿势。你是雕塑家的神来之作，成了港城如东的城市标志性雕塑。人们用这种古朴的方式表达对你的念念不忘，永励来者。

也许是受你的精神感召，新中国成立后，如东出了两位塑造牛之精神的艺术家，一位是画牛高手徐善华，得徐悲鸿先生真传，他毕生醉心画牛，搜集了全国各地的牛画作品一百多幅汇编出版，还有一位木雕大师刘承林，创作多件海子牛作品多次获得大奖。他们的作品成为记录牛之神韵的好教材，激励着如东后人奋蹄赶路，勇往向前。

狼山鸡

数百年前，你还颐养在扶海洲头，芳名不为人知。百余年前，某日狼山脚下，泊来一艘英国商船。你作为上等食材被掳上船，船长问你名号，炊事员遥指狼山，信口应答“狼山鸡”。随后，你漂洋过海去了英伦，与当地鸡恋爱生子，育有“黑色奥品顿鸡”。澳大利亚人又从中选育蛋鸡，取名“澳洲黑”。从此，你威名远扬，成为享誉全球的十大名鸡之一。

“鸡鸡斗，斗鸡鸡，黑鸡斗得飞蓬蓬，白鸡斗得蓬蓬飞。”这是幼时长辈们教过我们的儿歌。至今还记得，要么在鸡舍前，或者在鸡群中，我们一群蓬头稚子手舞足蹈地重复表演着儿歌。歌词浅显生动，却道出了高贵鸡族的威武、擅斗和色泽特征。其实，你的老家是在如东岔河、马塘、丰利、掘港一带，当地人称你“岔河大鸡”或“马塘黑鸡”。你一点也不在乎名号，因为不管叫啥名，都改变不了你骨壮肌健的傲然形象。

世人眼里，你是那样纯洁，要么一身洁白无瑕，要么通体乌黑发亮，戴上鲜红的官帽，蹬上乌色的铁靴，踱起步来，真有君临天下之感。所以，你一踏上欧洲，就立马征服了欧洲的豪爵贵族，在英国家禽展览会上，一举斩获金牌，为家乡如东赢得世界级殊荣。

有人问，为什么你的体格如此强壮？你会骄傲地回答，因为这片土地对我不薄。如东气候温和，四季分明，土壤肥沃，粮草充足，虫类和矿物质海产品异常丰富，这些都为你长成鸡中的伟丈夫，提供了得天独厚的物质基础。

有人说你是鸡中的熊猫，除了喻义你的稀有珍贵，更是道出了你的黑白毛色之特点。金岳霖先生以爱鸡闻名，头一次养的爱宠就是你。2013 年第 14 期《读者》有文章记载，金老从北京庙会上买来一对黑狼山鸡。在他的精心呵护下，没多久公鸡长到了 9 斤 4 两，母鸡也超过了 9 斤。冬天来了，金老担心两位宝贝受冻，看到书上说喂鱼肝油可以御寒，他就用灌墨水笔的管子灌了两位一管子鱼肝油。结果，这两只宝贝很快殒命在窝里，金老懊恼了好几天吃不好饭。

凡夫俗子一般只是用嘴巴记得你，用味蕾感激你，因为你的肉质鲜美，香味可口。你的肉体之身每个部分都是一道菜肴，鸡腿、鸡翅、鸡爪、鸡皮、鸡肠等无一不是美味，可以风干，或者蒸煮，或者腌制，都可成为上品。可你从没有指责过人类，毕竟是固有一死的，你或许知道，你的牺牲能最大限度地实现自身价值，就是鸡毛也是别有用处的，漂亮点的做毽子，一般的做掸子，都是家用少不了的玩意。

十几年前，如东一位叫陈福斌的汉子，在洋口镇建起了你的家园——狼山鸡保种场，为你种族的纯洁性和延续性作了很多开创性的探索，你的身子骨更加强健了。如今，中央电视台来了，很多主流报刊大记者来了，你的翅膀更硬了，形象更美了，似乎涅槃成了凤凰，正在跃跃飞向了全世界。

勺嘴鹬

听专家说，你的兄弟姐妹在地球上总共不超过500只，是全球性极危鸟类。你是珍稀的，也是孤独的。

江苏如东的小洋口湿地被你视作天堂之所、觅食胜地。每年的春秋两季，你都会如约而至，在这里迁徙休憩。广阔的滩涂间带上有着丰富的底栖动物和小型鱼类，为你们换羽和继续飞行提供了必需的能量。

你是小型鸻鹬类鸟类中的一员，黑腹滨鹬、红颈滨鹬、环颈鸻是你的近亲，要在万亩滩涂上确认你的身份是不容易的。2009年秋，一位名叫董文晓的观鸟爱好者在如东第一次发现了你。当年25岁的董文晓在小洋口湿地例行调查，这已是他扎根此处的第二年。像往常一样，他每天在湿地观察水鸟三四个小时，并用自带的摄影装备拍摄群鸟过境的场景。在仔细对比照片时，他惊喜地发现了在这里栖息换羽的你！这个消息迅疾通过现代传媒向全世界发布，如东小洋口逐渐成了世界观鸟胜地。你成了大熊猫一般珍贵的明星鸟。

镜头里的你憨态可掬，平时身着白色羽衣，上有褐色、灰色的花纹，繁殖季则会换上一身红褐色的新衣。你是典型的“低头族”，行走时常低垂着头，用汤匙形状的嘴在水下或烂泥里来回扫动觅食，时不时发出尖细的鸣叫。

你身形娇小，即便成年了，体形也不超过 16 厘米，还不及我们成人的手掌大，然而就是这样一副看似弱小的翅膀，却能不辞万里之遥，按时回家，真不愧是“鹏程万里”的飞行家。

每年的春秋时节，全世界观鸟爱好者云集如东小洋口地区。鸟类专家研究发现，除了你，历经江苏沿海滩涂的其他种类水鸟还有成千上万只，所以说，小洋口湿地是世界观鸟胜地之一，这里是目前中国生态环境最好的滨海湿地，滩涂面积宽广、饵料丰富，是名副其实的野鸟天堂。你的大驾光临证实了你的智慧和敏锐！这里是你永远的家园！

如今，你的美姿不仅闪烁在黄海渔民的眼睛里，还扑进了鸟学家的高倍望远镜和摄像机里，还飞进了孩子们的艺术课堂上。如东少年宫的孩子们在潘斌老师的指导下，创作了巨幅水墨画装裱在大厅里，掘港小学的陈淼老师把画你的课程列为学校的特色课程。欣赏着那一幅幅以你为主角的栩栩如生的作品，我们感到，你已然在孩子们的心空翱翔。

抹香鲸

2016 年 2 月 14 日，情人节，你俩结伴搁浅在了如东南黄海岸。是贪玩了呢，还是贪食这里的美味？当渔民发现你们的时候，你们已玉殒而香未消。这个消息不胫而走，人们奔走呼告，纷纷赶来一睹你的芳容，来者无不惊叹大海的造化，感叹你的神奇，诗人们的才情因此发酵，欲罢不能，纷纷作诗吟咏，留下了一首首绝世佳作。

你是体形最大的齿鲸，外貌真令人称奇，再有想象力的人类也无法凭空描绘你的容貌。你的外形大致呈长方体，你有着动物界中最大的脑，占身体的三分之一。奇妙的是，你有两个鼻孔，却只有左侧鼻孔畅通呼吸，右侧鼻孔天生阻塞，使你在浮出水面呼吸时，总是身躯偏右，水雾柱以约45°角向左前方喷出。你的下颌短小且狭窄，似棒状，长度要比头部的上颌短，很不相称。你的下颌虽小但骨骼结实且强有力。下颌颌面上生有数颗圆锥体牙齿，环绕下颌20多厘米长。你的上颌则不生牙齿，只有被下颌牙齿刺出的一个个圆锥形的小洞。你的尾似鱼，还有水平尾鳍，游泳就靠它挥动。你的体长可达18米，体重超过50吨。

你的潜水能力超强，是潜水最深、潜水时间最长的哺乳动物，深潜可达2200米，在水下可以待两个小时之久。你的泳迹遍布全球各大洋，游历圈子远远大于人类，广泛分布于全世界不结冰的海域，由赤道一直到两极的不结冰的海域都发现过你们的踪迹。你喜欢群居，往往由少数雄鲸和大群雌鲸、仔鲸结成数十头以上，甚至二三百头的大群，每年为了生计南北洄游，游泳速度每小时可达十几海里。有意思的是，你喜欢浮在水面上睡觉，睡眠很沉，常在水面上静浮几个小时。巨轮夜间在海上停航，静静地漂流中，有水手常常发现你在船的侧方酣然入梦。

你的皮下脂肪很厚，平均厚达13~18厘米，等于身上披着一层脂肪被，形成了一层天然的绝热屏障，这是你在自然进化过程中，逐渐形成的保持体温的法宝。

你的超大体形决定了你要消耗很多的能量，每天要消耗相当于体重3%至3.5%重量的食物，大型乌贼、章鱼是你的最爱。因为你对乌贼的偏食，可你消化不了乌贼的鹦嘴，它们逐渐在你的小肠里形成一种黏稠的灰色或微黑色腊状物质，这就是“龙涎香”的来源。它储存在结肠和直肠内，内含25%的龙涎素，刚取出时臭味难闻，存放一段时间逐渐发香，胜过麝香。它是使香水保持芬芳的最好固定剂，也是名贵的中药，有化痰、散结、利气、活血之功效，但得之不易，偶尔发现重50~100公斤的一块，便会价值连城。

2017年3月18日上午，“沙沙”的两具标本在如东县香鲸馆首次亮相，当天便吸引1000余人前往参观。据悉，香鲸馆内存放的“沙沙”皮质标本长15.3米、宽4.2米、高4米，重1500多公斤，骨骼标本长14.6米，重近1000公斤。一个生命可以演绎两份传奇，以新的模样存活于世，达到不朽。这是何等的荣耀啊！

有人说，因为有了港口码头，你才得以顺利上岸，要不然会被原地掩埋。你若在天有灵，会不会感谢洋口港的建设者呢？不管你是怎么想的，我们如东儿女是要好好感谢你的，因为你以独特的方式实现了你的新价值——我们可以经常看见你，从而更加敬畏海洋，研究海洋，建设海洋，感恩海洋！

可爱的生灵啊，你们是这方土地上诞生的骄傲，你可知有多少仁人志士为你痴迷？——多想与你们在这美丽的海滨家园厮守，一辈子，一代代！

美丽的精灵啊，你们可知家乡是如东？你们，南黄海滋养出的奇妙精灵；我们，江海平原上生衍不息的如东人，希望可以与你们共同守望，守望这片辽阔的大海和肥沃的平原，一起见证家乡如东健步走向灿烂辉煌的明天！

二〇一七年六月

妈是女将，爸是男将

谨将此文献给为国家和地方一切正义事业作出牺牲、贡献和努力的如东儿女。

——题记

“你家男将今天忙什么去了?”

“你家女将在外做什么?”

这是在如东沿海农村，男女日常见面打招呼的常用问话。“男将”“女将”这两个词，常常在他们交流时脱口而出，非常自然，没有半点做作。这里的“男将”和“女将”，在现在看来，其实就是“男人”和“女人”的同义词，直接替换过来丝毫不影响实质意思的表达。

常言道：习惯成自然。兴许你会问，什么样的人才可尊称为“男将”“女将”呢?

青年作家低眉在《纸上的故乡》中写道：“‘男将’多能下海补贴家用，‘女将’卖货兼种田。”以我发现，但凡可以称“将”的，一般是中青年人，是上有老下有小的家庭支柱，男的是“男将”，女的就是“女将”。小时候，在热播《杨家将》的时候，我曾暗暗窃喜，我们如东的每个细伢儿岂不都是“将门之后”?因为咱妈是女将，咱爸是男将。

我为这小小的顿悟兴奋不已，但也让我百思不解、颇费思量。也许你会跟我一样好奇，忍不住继续追问，这样的语言习惯是怎么形成的呢？

花木兰替父从军，穆桂英代夫挂帅，如此女中豪杰被称为“将军”，倒也实至名归，无可争议。如东历史上，绝大多数家庭要么煮海为盐，要么出海打鱼，要么世代务农，若能盖上一台青砖小瓦围有院墙的房子已属不易，怎么男女青年还可位列“将”门呢？

若您有闲暇，我愿意陪你翻开史册，慢溯如东历史长河。据史书记载，现今的如东大地起先是海中一卵形沙洲，古称“扶海洲”，大约在西周年间（约公元前1066至公元前771年）浮出海面，于唐朝初建，宋朝发展，明清繁荣，历经战火，绵延至今。

在扶海洲逐渐淤涨成为陆地的漫长年代中，早先从淮夷、百越（江浙一带）、华夏（中原地区）等地移居到大陆东海岸线上的扬泰岗地居民，驾着小船，来到扶海洲撒网捕鱼；公元前200年前后（西汉初年），领广陵郡（扬州）的吴王刘濞，“招致天下亡命，东煮海水为盐”，扶海洲迎来第一批盐丁；随着扶海洲的不断扩展淤高，各个历史时期到扬泰地区的移民，有的被官府所逼，有的为生活所迫，有的直接迁徙，陆陆续续地迁居扶海洲，在其中，出现了不少垦牧者——农民。所有这些渔民、盐民、农民，都是扶海洲上的先民，是如东大地的开拓者。我们可以遥想两千多年前的扶海洲头，一群群光腚的海仔在沙滩捕猎，三五成群的赤身裸体的盐丁在生火烧盐，还有三三两两衣衫褴褛的农民在“辟我草莱”（意为披荆斩棘，开发荒滩），他们日出而作，日落而息，为了生存甘受千辛万苦。

公元382年（东晋时期）左右，扶海洲与大陆连接，被列入皋东版图。隋唐时期，盐业生产日益兴旺。宋代，始修筑范公堤，开凿盐场间的串场河。明清时代，徽商带着茶烟锅席、晋商带着酱醋槽坊，江南商人带着茶食京货，赣商带着瓷漆竹木……各路客商云集扶海洲，创造财富，繁荣经济，赢得“小扬州”之美誉。

历史不光记载繁荣与兴盛，也记录着磨难与苦痛。你或许要问，如东在这前后三千年的发展中，居住人口由稀到稠，社会经济从无到有，其间经历了怎样的风风雨雨？抛开内部矛盾不谈，我想用六个字概括先民们迁居此地的千年奋斗历程，即“斗天灾”和“抗倭患”。据《如东县志》记载，自公元 435 年至 1920 年近 1500 年间，如东境内发生地震、大潮、洪涝、久旱、蝗鼠等重大灾害 125 次，平均每 10 年遭遇一次，其他中小灾害则不计其数。

天灾固然应该记取，外患更不能遗忘。据史书记载：“掘港东南北三面环海，古为倭寇首犯之地。”唐朝时掘港即有驻军，宋时建营寨习水军，明时“备倭营”，筑土堡，设东西二营，置“烟墩”，清时设立水师，有海上舰队，在东凌、环港建有瞭望台和海岸炮台。至今，查看沿海地图，野营角、护营河、洗马池、杨将军墓、烟墩桥、何家灶等明显带着战火硝烟的地名纷纷涌入眼帘，引发你对当年驻军设防、战火纷飞的遐思。

据翁士豪先生所著的《日出南黄海》云：“抗击倭寇是扶海洲人斗争的一部分。倭寇是十四世纪至十六世纪日本走私商人与海盗勾结，在中国沿海实施走私、抢劫的集团。海盗多为日本武士、浪人，尚武彪悍，凶顽至极。”《如东县志》记载最早的抗倭斗争，发生在明嘉靖十六年（1537），其后在 1554 年、1557 年、1559 年、1573 年，均有抗倭记载，先后涌现出缪滂、缪庭楠、阎士奇、郜秀、马慎、杨缙、王良、吕雄、刘景韶、姜寿、邱陞、檀武臣等一批骁勇抗倭武将。此后，一直到清朝末年，掘港营都有兵勇镇守。由此可知，定居扶海洲的人们经过漫长的持久抗战，已然形成“全民皆为兵将，官民共御倭寇”的优良传统。于是，“男将”“女将”的称谓便口口相传至今。这既是对历史的传承，也是对反侵略的铭记吧？

中国传统观念下，“女主内，男主外”。在如东沿海，连持家的女人家都被称作“将”了，你们该做何感想？透过这个称谓，你可曾体会到，历经数百年、反复无常的外患侵略给一个地方的黎民带来多么深刻的伤痛？你可曾联想到，扶海洲上发生过多少惊心动魄的殊死激战？你可曾体察到，有多少无辜的百姓惨遭杀戮？

回想“男女皆为将”的年代，成千上万的如东儿女前赴后继，自强不息，展现了何等的担当，他们用青春和生命谱写了一曲曲慷慨激昂的生命之歌、爱国之歌和奉献之歌！

让我们把目光转向现代吧！如东是革命老区，现在登录在册、有名有姓的先烈合计有 4959 名，还有一些没有登记在册的。全县革命烈士总数在 5000 以上，其中新中国成立前 4400 多名，新中国成立后 400 多名，还有近百人牺牲时间不明。红军时期（1937 年 7 月 7 日之前），有革命先烈 10 名。其中有 1922 年加入中国共产党、通如地区最早的党员，在湖南平江惨案中被国民党杀害的吴亚鲁，有年仅 22 岁、时任如皋市委书记的吴亚苏。抗日战争时期（1937 年 7 月到 1945 年 9 月），为抗日胜利献出宝贵生命的革命烈士 928 名，其中著名的有王浩、顾尊三、白桐本、吴景安等。解放战争时期，有烈士 3513 名，其中英勇就义的女烈士 39 名，有叶邦瑾、顾秀贞、杨勤英、倪金凤等，最年轻的吴芳 13 岁参加革命，15 岁英勇就义。新中国成立后，我县为解放边境国土、剿匪保边、抗美援朝、对越自卫反击而牺牲的烈士达 213 人。透过这些沉重的数字，我们该作何感想？我想，这块红色土地的人民为新中国的诞生和建设作出了重大的贡献，也已经成为如东大地的宝贵精神财富，必将永远感召后人。

新中国成立至今，如东的“男将女将”们依然风采不减当年。在军界，如东籍被授予少将以上军衔的将军达到 12 人，其中中将2人；县内组建于1967年的环港女炮排，爱军精武、屡建新功，敢于创业、勤劳致富，扶老助困，促进和谐。在政界、商界、学界、文艺界等领域，活跃着以李金华、徐守盛、薛济萍、俞邃、蔡美峰、王冬龄、胡国华、陈猛、季琦、钱亚洲等为代表的杰出如东儿女的身影。在如东境内，从新中国成立到现在，全县历届市级以上劳模500余人，他们有工人、农民、教师、医护人员、技术骨干、管理人员和优秀干部，他们在各自岗位上忘我劳动、积极奉献，是如东经济社会发展的推动者和带头人。

读过了史册中的“男将女将”，再看我们身边的“男将女将”，他们尽管默默无闻，但他们身上无不传承着“将”之丰韵，无论是忧国为民，还是持家创业，他们不甘人后，敢于担当，把餐桌打理得色香味俱全，把房子建设得亮亮堂堂，把老人照顾得和美幸福，把子女一个个抚育成才，把如东建设得美丽芬芳……

出生于新中国成立前的老一辈家乡父老正逐渐老去，他们的“男将”“女将”的头衔正在黯淡，渐渐无人提起，算是光荣退役了吧？取而代之的是“男老人家”“女老人家”这样的亲切尊称，尽管如此，他们中仍有不少以六七十岁的高龄，依然在地里劳作，依旧面朝黄土背朝天地挥汗如雨，干着土里刨食的营生。他们把“将”的丰韵植入骨髓，永励后人。

现而今，作为60、70、80后的中青年人大都走出海滨村庄，走向集镇和城市，不再下海，无须务农，但新时期“男将女将”的担当义不容辞、不减反增，那么，扪心自问，我们何以将如东建设成美丽城市、幸福家园？

在纪念抗日战争胜利70周年的日子里，写作此文，以示纪念、感怀。

二〇一五年八月

梦里有条江海河

人的成长是断然少不了河水的滋润的。所以，在我们每个人的记忆里，定然会有一条记忆深刻的河。对我来说，江海河就是这样一条常梦常新的河。

那一泓澄清的河水在我的心头荡漾了许多年了，却总是没能把她用文字描绘出来，或许只能用笔画，只能用优美的旋律才能让她浮现在眼前。

我离开江海河已经20年整了，我时常在心底默默吟诵着一首关于她的童谣：“双甸有条江海河，河上有座江海桥，不见江来不见海，只见河水向北漂。”这首儿歌准确地表达了当年足不出镇的乡亲们对江海河的疑惑。父亲曾骄傲地告诉我，江海河是成千上万的河工用肩膀挑出来的，他当年就参与在其中。没有他们当年的辛苦挑河，就不会有后来连续几十年的丰产丰收。

我16岁走出家乡，在他乡求学的日子里，我常常喜欢在地图上凝望家乡的所在，我才发现，她的确是名不虚传，真是一条贯通江海的河。她向南与通州的英雄河相连，可以直达长江北岸的南通港，向北流过如东的河口、栟茶等镇汇入洋口渔港。

我家住在江海河西侧一个因栾家庵而得名的小村子，5个村民小组，不足千人，依傍在江海河西侧。在16个春秋里，江海河承载了我太多的快乐和忧愁。每次回乡，忍不住在江海桥上驻足，默默地看着桥下静静流动着的水，不知为什么，总想掉泪，总有一种说不出、既寂寥又似乎得到慰藉的感觉。她把我的思维从现实世界引向浮想联翩的精神境界，引起我无限的怀思与追忆。

春来了，暖风习习，冰面消融，河水在春阳的鼓励下，灵动荡漾，波光粼粼。两岸的芦芽刚刚露尖，河面尤其显得开阔。这也可以算是一江春水吧？鸭和鹅们你追我赶地下河，大概是想亲身体验一下水暖了没有，或者是重温去年的残梦。

远远地，轰隆隆开过来一串船队，一艘大马力的机动船拖着十来艘货船，船舷几乎跟水面打平。远远地，还可以看见船头升起的炊烟，可以闻到鱼肉飘香。我们几个常常把船队从头数到尾，比比谁看到的船队系着的船儿多。当船队靠近我们的时候，我们在河岸上撒开两腿跟船队赛跑。船上的人是没有兴致理会你的，自顾自地吃饭、洗衣。你如果顽皮地往河面扔几个泥块，他们才会挥舞起超长的竹篙来吓唬我们。足有百来米的船队一会儿就过去了。要是在晚上航行的船队，那又是另一番景象了。每条船上都有明亮的灯光，船到之处，河面沉浸在灯光的世界里了。有一次，我们看见船上有两个小囡在船舱里摔跤呢。那时，在我们看来，这船指不定会开向遥远的所在，一辈子也就回不来了！要是我们做了什么出格的事情，父母往往会说“好好点儿，不然把你送船上去”！南来北往的船队，让我们在幼时的心灵里滋长了对远方世界的憧憬。现今的村子里，当年的玩伴十有八九都离开了江海河，有的在大都市成家立业，有的漂洋去了国外求学深造、打工赚钱。

一到夏季，不管是短暂的周日，还是漫漫两个月暑假，江海河就像一个巨大的磁场，吸引着我们不由自主地往河边赶。

在盛夏的午后，我们成群结队，我们不约而往，可以在桥洞里吹着河风睡觉，可以在阴凉的芦苇丛中抛线垂钓，也可以在河滩浅水处摘折香蒲棒子。

夏日里是少不了刮大风的。在接连几号的台风暴雨过后，有头脑的人家会在河的两岸架起四个木桩，挂上尼龙网，再用葫芦收放渔网，在下网收网的过程中，往往会捞到很多内河里逃出来的鱼儿，这种守网捞鱼的感觉既有劳动的快乐，也有意外的惊喜。你若去购买，网家也会非常慷慨，总比市场上要便宜很多。

在酷暑里下河畅泳，那是再惬意不过了。男孩子穿着裤衩在水里翻滚，女孩子在河岸上抱着衣服看热闹，男子汉的豪情在那时候释放得尤为酣畅。我大姑妈的大儿子，曾是一个凫水的高手，但聪慧机灵的他还是被“水怪”拖下了河底，再见他已是直挺挺地躺着，再也站不起来了。这给我了姑妈巨大的创伤，她全家忍痛搬离河边居住了几十年的房子。夏季的江海河啊，你让我们在享受夏日快乐的同时，也让我们品悟到了瞬间失去亲人的悲痛。

暑假一过，秋转眼即到了。秋天的江海河完成了灌溉万亩稻田的光荣任务后，水位一天天迅速下移，极像一位哺乳后的母亲，身子骨顿时消瘦了不少，身材变得苗条起来。村民们趁着收割稻子之前的悠闲，三五成群地卷起裤腿纷纷走进了河床，不消多长的时间，你总会有不小的收获：蚬子、河蚌，还有鱼。次日午餐，满桌的河鲜让全家胃口大开。这对于即将农忙的人们是一次很好地补养。

冬天的江海河别有一番风味。河两边的芦苇日渐枯萎，父亲还保留着拾草家用的习惯。在父母看来，芦苇草火力很足，是用来蒸馒头或是过年煨骨头再好不过的燃料了。在柴草丛里，父亲往往会捡到不少野鸡野鸭的蛋。对于那些低矮的水草，我和伙伴们会点上一把火，我们称之为“放哨火”，那熊熊的火苗在冬夜里着实让人感觉到了温暖。

下雪了，村子的猎狗和猎人便一起出动了。猎狗会顺着猎人的目光往前冲，猎人们在河边游弋，总不会空手而归，往往会打到野鸡、野鸭、野兔子、黄鼠狼和河獾等等野味。我们往往会跟着猎人跑上十里路的光景，仿佛我们也成了打猎高手。回家把我们的所见告诉家里人，那也是一种炫耀的享受啊！要是遇到奇冷的冬天，河面上结冰了，我们可以相约去江海河上走冰，甚至可以跳绳，在听到冰裂之声后旋即换个地方即可。冬日的江海河，让我们体验到了惊险与刺激。

这就是我关于家乡的江海河的记忆，这就是我常读常新的江海河的四季。她也许没有一些名人笔下的大河美丽妖娆，但在我的心灵深处，我深深地爱着您——我的父母般的江海河！

工作后的梦境里，我时而变成江海河畔的一株香蒲，与芦苇相偎；时而变成一只萤火虫，勇敢地在江海河的夜空飞行；时而变成江海河里一朵顽皮雀跃的浪花，悄悄溅上母亲的围裙和父亲的裤衩……

二〇一三年一月

在春光里返乡

家山杏子坞，闲行日将夕。匆忘还家路，依着牛蹄迹。

——齐白石

那漫野灿烂的金黄色还没来得及好好养养眼，就似乎在一夜之间忽地散去，只残留下稀稀疏疏、星星点点的淡黄。绝大多数的花儿吸收了天地间的精华，怀着强烈的满足感，结成了饱满的籽儿，齐心协力地鼓起了荚。勤劳的养蜂人在路边摆起一罐罐一瓶瓶黄澄澄的、透明晶亮的油菜花蜜。不经意间，另一种黄开始蔓延了，瞧，大麦小麦都麦芒毕露，笔直朝天，远远地看，田野染上了一层淡定的黄——好一派丰收在望的景象！侍弄土地的老农们终于可以舒坦几个晚上，喜滋滋地沉浸在麦香里养精蓄锐，好应付紧随而来的大忙时节。

在这样一个春夏交融的时候，我一个人驾着摩托“突突突”地行驶在暖暖的春风里，车行景异，一里一景，真是赏心悦目。也就个把钟头的光景，由省道转镇路再下村路，拐了几个弯，便到了七八十里外的乡下老家。

老家也是家，家里有爸妈，还有一只老狗在看家。当车子开进场院门口的时候，老狗闻声尽职地吠了起来——“汪汪”不止，摆出一副不让我进门的架势。显然，在它眼里，我是这个家的陌生客。母亲连忙迎出门外，厉声训斥，它才慢慢低头缩回屋里，渐渐平息了亢奋。

关掉车油门，下车，放下支架支好车，也不坐凳，先在房前屋后巡视了一番。今年大旱，好在水系畅通。田里的油菜、麦子长势不错，蔬菜瓜果成行成畦，都绿油油得扎人眼。东河已经龟裂见底，老父亲在河底挖了个方桌大的深潭，让鱼秧不至于干水而亡，站在岸上，隐约可见几十条鱼影在水里游晃。

回到厨房，母亲正往我随身带回的口杯里注水，我催促她翻出去街上取款的凭证，问清需要登门约请的亲戚家的具体方位，才又发动尚未冷却的摩托，开始完成我此次回乡的重要任务。

我家爷爷是长房大哥，下有两个弟弟。我们称呼他们是二爷爷、细爷爷。今年是二爷爷二奶奶的 90 周年冥寿，他们二老未能生育，父母心慈，主动为其养老送终。按照乡俗，但凡整十周年都应约请和尚来家里做一个法会，同时也给家里的爷爷奶奶做一场，扎几幢纸楼房及房内配套设施，以示不忘先人，让他们在另一个世界也能同享小康生活。为不失礼数，亲戚必须登门相请。

这两家都在镇上如泰运河的南面，在原双南乡境内。也不记得这两家我是几年前走动过一回，好在现在的乡间道路也都整齐划一，找准了参照物倒也不难认，实在找不着，打个手机到主家一问倒也爽快。但因为我是难得上门，都是打小看着我长大的长辈，起码得坐一坐唠一唠才能走，这一唠嗑就把握不住时间，临走又免不了挽留再挽留，直到允诺下次来一定吃饭才肯罢休。两户人家走下来再回到镇上，这时太阳已经温柔起来，街上的商铺商行陆续关门打烊，卖猪头肉等熟食的移动板车，已经在老镇的南北路边一字排开，代为取款的任务只能到明天再说了。

回到家的时候，母亲已经洗好了冰冻过的小黄鱼。她问我是否愿意吃中午剩下的赤豆粥，在我表示赞同后，她便在煤气灶上忙活开了。老父亲因为大腿生了毒丹，姐夫接他到岔北请怀有祖传绝活的医生泼水治疗，母亲不忍让我生火烧锅。所以“啪嗒”一声打着了平常少用的煤气灶。一会儿工夫，母亲嘴里说着“煤气锅就是快呀”，便把热腾腾的鱼和粥盛上了桌。因为我是只身回家，对于自己儿子，母亲向来是不娇惯的，所以也就随便很多，要是孙女回来，她是断不会如此草率的。所以每次回来之前，她都要问清楚究竟回来几位。

昏暗的节能灯下，我们边聊边吃着，夏虫也飞舞着来凑趣。母亲催我多吃鱼，我慢条斯理地喝着粥，听她谈着村里人、亲戚家的变化琐事。我似乎又回到了十几年前那吃惯了母亲做的饭菜日子。

快吃好的时候，大伯的女婿在人家做工结束后，约了送菜的老板来我家洽谈酒菜置办事宜。此次请人，来往的亲戚都要到场，十来桌的人，规模可谓宏大。父母年事已高，买菜这个活计对六七十岁的他们来说已经力不从心，所以委托专门送菜的老板上门服务，落得自在。大家就菜的质量基本谈妥后，已是深夜九点。

我找出脸盆脚盆开始洗澡。母亲翻箱倒柜，找出我用的毛巾脚布——还都是结婚时用的。孩子也都已经九岁了，这些年来，我在家竟只眠了几个晚上。

乡村的夜真静啊！耳朵的听觉神经顿时显得发达了很多，耳朵里有不可捉摸的声响，我仿佛坠入了黑的深渊。枕头上的枕巾有汗味，床板有点硬，被套上能感触到明显的补丁。我辗转反侧，忽而，我听到有东西落在帐顶上了。我拉灯寻找，啥也没有，许是瓦片上的泥土在夜里无聊得做起了自由落体的运动吧？墙角夏虫开始鸣唱，或许是蚯蚓在喘息挖土，我第一次尝到了失眠的滋味。时间过得真慢，打开手机，给省城的堂弟发个短信，许久不回，再打个电话，已经关机。他在省城的大公司上班，想来一年到头也回不了几次家。我在夜里挣扎着，盼望着早点天明。

我也不知道什么时候睡着了，待我睁开眼睛，我已经听见母亲在劳作的声音。此时我的睡意却更浓了，裹了裹被子，努力闭上眼睛，想尽力再睡一会儿。等我再醒来的时候，母亲已经熬好了粥，备好了小菜。我吃了一碗，又上街去帮老人取钱购物，拖回两袋猪吃的麸皮。

等我回到家，母亲笑吟吟地上来帮我扶车卸货。母亲问我下午几点回城，需要带些什么东西。而后，母亲让我代表她领着同村的后生去石甸的干姐家相亲了。她留在家为我准备下午回城的东西。

下午2点多才回家，母亲已经把蔬菜、鸡蛋、菜油，还有新裹的粽子和新打的螺蛳一一打包。母亲带着歉意说，你爸生病，没来得及帮你去机米，下次早点回来带吧。我说，没事，单位发的米还有一袋，够吃一个多月的呢。

我跟母亲挥手道别。载着沉重的货物，我这快报废的“小铁驴”显得有点气力不足。路过岔北，拐弯到姐夫家看了一下治病中的老父亲。几个月不见，老父亲明显瘦削不少，乡医果然手段高妙，疮口正在愈合。我嘱咐他安心休息养病，半个小时后，我又开着摩托“突突突”地向县城赶去，西斜的太阳一路把我的影子越拉越长。

二〇一三年六月

存活于心田的集市

二十奔三十的十年间，我在乡村教书。那时候，我是很不情愿去集市的。总是顽固地以为，集市是妇人和老人会齐的地方。几个相邻或者要好的女人趁着空闲，早早相约，前呼后拥地在熙熙攘攘的人群里寻找可意的东西，或者可以为全家做一顿可口的午餐，或者可以装点一下温馨的家居，或者遇着一个颇为得心应手的实用物件。我只有在家人极力恳求下，才会充当司机陪同前往，在闲逛的过程中，浪费时间的犯罪感陡然增加，不耐烦的情绪不经意地就流露了出来，常常扫了家人的兴致，坏了自己的心境，一路被嗔怪着返程，内心诅咒着下次无论如何也不会前往了。

三十岁刚出头的时候，我离开了乡下小镇，来到了一个二三十万人口集居的小城。小城虽小，与现代大都市相比，功能设施倒也齐全，表现在诸如公园、图书馆、文化馆、体育场、五星级大酒店等现代化文明地标建筑往往一个不少。待完全熟悉适应了小城之后，你会发现，这些地方并没有让你的心理压力减轻，反而有了增加。即使在双休日，也慵懒得无意走出门去，甘愿宅在笼子里，憋闷了，才走到玻璃窗前俯视满街的喧闹与繁华，内心却感到了一种说不清道不明的不踏实之感。

蜗居小城的日子里，你会发现，用钢筋混凝土建筑的“森林”日益向四周蔓延。我们在这样的“森林”里工作、学习、休息。终于有一天，感觉有大把的时间需要消磨，便想着骑车出去走走，把车往偏僻的后街里巷里骑，往不常走的城乡接合部转。反正是座小城，不必担心迷路不知返。终于，在一个老城区，在“一横两纵”的三条水泥路边，我看到了风景。老人们告诉我，这里是个叫作“南市”的所在。那里的人穿着风格迥异的衣物，操着两种不同语调的话音。路的两边坐着衣着朴素、年纪偏大、乡音很重的卖者，他们有刚从田地里过来的本地菜农，也有全国各地赶来贩卖南北干货的小贩；路的中间走动着着装新潮的买者，他们是这座小城的主人。我汇入其中，这里看看，那里瞧瞧，仿佛回到了童年跟随父母赶集市的场景。

童年时的赶集是孩子日夜期盼的游戏。除了农忙时节，儿时的乡村大部分日子是乏味冷清的。于是，大家约好了日子去赶集。十里八乡的人潮涌向集市，喇叭不停地叫着，大人憨憨地笑着，孩子不知疲倦地跳着，仿佛过年似的热闹。乡村生活的寂寞与无趣在红红火火的集市里得到了宣泄和稀释，大人小孩们都在这里感受到了满足与快乐。

自打遇着了这个“南市”，每到休息天，我总忍不住要去那里溜达一圈，仿佛有了瘾。可我却一直没搞懂自己为什么喜欢上了集市。直到某一天读到英国诗人库伯写的一句话：“上帝创造了乡村，人类创造了城市。”读到这句话的时候，我放下手中的书，目光向远方瞻望，感觉心灵震颤了几下。

农家孩子大都有一个城市梦，希望跳出龙门，飞向城市栖有一席之地，继而成家立业。可城市真的比乡村好吗？城市里充溢着人类的欲望，横溢着人类对金钱、物质、权力等等无限的追求。在城里，时间却被抽象成日历和数字。这里的光阴是停滞而枯燥的，它感受不到季节的变化，春天少有融雪和归来的候鸟，秋天没有收割的庄稼和收获的喜悦。在现代商业社会中，城里人总是活得愈来愈忙。时间就是金钱，生活被简化为尽快地赚钱和花钱。生活节奏加快了，便远离了生活本身，也就失去了生活。待到可以领取退休金的时候，猛然发现一辈子真短。在乡下，时间保持着上帝创造时的形态，它是岁月和光阴，你可以用眼睛看，用耳朵听，用心灵感受！乡村是远离尘嚣的，可以净化人心的圣地。上帝并非只是简单地创造了乡村，而是把乡村作为赠予人类触及天堂的礼物。而人类毕竟是人类，绝大多数有着现实主义的物质追求，只有为数不多的智者才会拥有上帝那样的精神境界。

集市是一本高深的书，值得我们反复地品读。儿时读它，是贪恋廉价的小风筝和精巧的凹凸镜；刚工作时去读它，感觉到一种于己毫不相干的无趣；现在去读它，寻找的是时过境迁和物是人非的伤感情愫，激发的是对生活的珍惜和感怀。

喜欢听莎拉·布莱曼的《斯卡保罗的集市》，和声纯净完美得如天籁之音，梦幻般的旋律及婉转的低吟浅唱，经常让我轻易地就进入冥想状态。我的心如潮水般宁静而又舒缓，让我忧伤，让我幸福。我敢打赌，我会跟我的父母一样老去，但我们的集市会在城里、在乡村，在我们的心田永久地存活——因为城里人怀想着天堂般的乡村，乡下人向往着天堂般的城市。

二〇一四年一月

掘港三元池

十年前的暮春，而立之年的我做主拐弯人生轨道——从小镇改行到掘港当差。在报到入职的当晚，我在日记里写下与三元池的“遇见”：

4月10日，走过三元桥，迈进县政府大楼，登上四楼南望，偌大的池水尽收眼底。骄阳冲出云层，射出万束光芒，整个池面立刻波光荡漾开去。

今天读着眼前的文字，顿觉春光明媚，池水潋滟，初见三元池的情景恍若就在昨天。

投身新的工作环境，寻常人总是先忙于上下左右人情世故的适应，无暇顾及对自然美景的鉴赏。工作月余，潜伏内心的亲近自然的意识才得以复苏，像初夏的稗草不可遏制地疯长。一得闲暇，我就会起身远眺三元池，观她的水平如镜，赏她的波光粼粼。亲近多了，默契也就多了，三元池俨然成了“相看两不厌”的心上人。

不管是哪天的什么时候，只要稍稍挪开铝合金移动窗，就会有阵阵河风扑面而来，那样的自然，那样的清新，绝不像电扇、空调造出来的那样做作。静赏三元池，我的眼、我的颈、我的腰都得到休整调适，深深吸上两口，顿觉神清气爽，伏案的劳顿立刻消释殆尽，于是，抖擞精神继续鏖战。

常言道：小城故事多。小池莫不如此？我对天天陪伴身边的三元池动了情，努力探寻她的历史风貌。听一位掘港老先生说：三元池北原本有座碧霞山，老百姓又叫碧霞山为“土山”，因其位于土山前，人们口称“土山池”；清康熙年间，一位管姓老先生疏浚河道有功，有人又称之为“管家池”；至于新中国成立后何故更名为“三元池”，寻访多位长者，众说纷纭，可能“三元”这个词的内涵太过丰富，现在竟不知有谁能说得准究竟是哪一种解释了。

闲时喜好翻阅如东文化典籍，一篇《掘港碧霞山记》吸引了我。作者是清代人管槱，管先生写道：

（三元池）水清冽，居民资盥漱。渔家扁舟，春夏间往往集焉。秋则芦花点点，随风披靡于平沙淡水之滩。

在县政协编纂的《如东大观·自然物产卷》中，张武俊先生在题为《三元池·洗马池·烈燕池》的文章中写道：

著名的池塘当首推三元池，即现今县政府前的一方水面。

他继续饱含深情地回忆：

上世纪60年代，池水一直清冽，为周边群众淘米、洗菜、汰衣的主要场所……每当天气晴好，池边一片捣衣声……严冬封冻之时，亦有人在上面溜冰。旧时三元池北，碧霞山旁，原为一大片芦荡湿地，芦苇丛生，鸟雀成群，不时有野鸭、油葫芦儿（学名䴙䴘，外形似鸭，仅有人的手掌大，长有尖喙）之类水鸟徜徉三元池中……

过去的记忆铅化成文字，追载为历史。对于三元池一个甲子的演变，我这样一个初到县城的后来人，一时半会儿还难以体会她的沧桑与深奥。

阅读三元池，似乎成了我每天的功课。白天，从高处俯瞰，三元桥南北横卧于池面，将其分成东西两半。池周雕栏护岸，东侧筑有水面平台。清晨或者傍晚，常有市民悠然垂钓自娱。微风徐来，水面似潮水涌动。这样的景观在钢铁水泥如森林般的小城里是难觅的。

时至阴历五月下旬，入夜，我骑车来单位加班。在办公桌前坐久了起身南望，但见皓月当空，池内浮光跃金；远处霓虹闪烁，平添几多妩媚。此时，立在高楼，临窗俯视，想象着要是此刻泛舟池上，定可以领略到另一番情趣。不经意间，难以抑制地，点点遐思腾上历史的天空飞了起来。

我仿佛听见："子在川上曰：'逝者如斯夫，不舍昼夜。'"是呀，时光如流水，一去不回头。回望三十多年的人生历程，在三元池的耳濡目染下，逐渐醒悟：人的生命是有限的，我们该怎样把握好流水般的时光，莫教时光虚度，去选择一件什么事情做好。

倏忽间，耳畔响起了李世民的"贞观长歌"："水能载舟，亦能覆舟。"唐太宗的金口之言已然载入史书，这个简单而又深刻的道理已然流传得更加久远，更加刻骨铭心。

大概过了四五年光景，新的城市建设规划设计到位，老县政府大楼列入了搬迁计划。人们纷纷肃立在三元池前与政府大楼合影。——我知道，我将不能天天用目光照耀她了。三元池带给我的眼福难道就此消停了吗？

当年三元池边的县级机关大都北迁到富春江路上去了。我们在新行政中心上班也快六年了，我时常为没有在拆迁前跟三元池来一张合影而懊悔。

离开三元池，其实只是空间意义上的，而在内心深处，三元池给了我无穷的精神滋养，一直砥砺我默默前行。在这三五年里，三元池像一个巨大的磁场，吸引着我不由自主地从她身旁绕行。

经过几年的周折，目睹着老县政府楼群被拆除殆尽，眼瞅着新的锦绣瑞府在日夜拔高，如雨后笋竹，风姿绰约，一片新的宜居家园从蓝图成为现实。这让当年久居于此的老市民一天天感到踏实，也让将入住的新居民心生喜感，大家但凡经过都会忍不住多看几眼。

在步入生态文明新时代的今天，生态文化正成为全社会的共同价值理念。县城“三河六岸”建设蹄疾步稳，三元池定会慢慢恢复她青春的容颜，定会成为民众眼中的新风景。我们可以料想，当大家入主锦绣瑞府之后，无须推窗，即可观景，护眼养心，宜居怡情，正所谓“旧景使人感怀，新景令人神往”。亲爱的朋友，还有什么比这个更值得憧憬的呢？想到这里，久藏胸中的懊悔荡然无存了。

今年春上，三号街区启动了保护性开发工作，老街上的历史文化遗存触发了文人墨客的万般乡愁。那些老街上的古老故事，对我才来十年的新掘港人而言，也许就只是些历史遗存。但三元池于我不同，她是我刚到掘港的诤友，她积蓄着一池芳泉，让我身心愉悦，催我思考感奋，给我激赏鞭策。她让我知道，在我们每个人的生命里，都需要一方常流常新的活水。她让我心生感念，在步入中年的转弯口，幸遇了一潭让我常思常新的芳泉。

丁酉年春暖花开之时，我驾车从三元池旁驶过，心胸莫名地豁然开朗。我不禁想到了比池更大的湖，比湖更大的江，比江更大的海，乃至于整个太平洋。清代先贤林则徐的“海纳百川，有容乃大”让我着实费起了思量。在庸常忙碌之中思虑久远，不禁暗自佩服林老前辈的海阔胸襟。是啊，人的心胸有时大得无边，甚至可以悦纳整个世界。

假如，我可以再次做主，选择做山或者为水，那么，我愿做沉入三元池中的水，一滴灵动的水，若能遂愿，是不是就可以融入万众、润泽一方呢？

二〇一七年四月十日

寒潮送暖扣心扉

2016年1月20日，腊月十一，是大寒节气。

这一天，国内各类媒体播报着同一则气象信息：“世纪寒潮”将席卷大半中国。懂点气象常识的人都知道，但凡寒潮过境，在一个地区24小时内往往会出现10℃左右的降温，随之雨雪交加，霜冻连天。驴友们不禁畅想，此次寒潮可以给祖国河山装点出怎样的壮丽画卷呢?

各地气象部门纷纷查阅历史记录，指出当地在某年某月曾经出现类似寒潮，冠之“三十年不遇”以突出情势之险恶，同时不断发布橙色、黄色预警信号，这都是在提醒我们：大自然的超人威力不可小觑。人们也可以料想，此次寒潮定会带来诸多不便，甚至是伤害。

据《如东县志》记载：1977年3月1日已呈现阳春天气，到了2日强寒潮袭击，又回到了隆冬，4日最低温降到零下4.3℃，24小时内下降了20.9℃。往近年看，1991年的那股寒潮和2008年的那场霜冻灾害至今还印刻在很多人的记忆里。

因为寒潮的逼近，在迎接传统春节的腊月黄天里，人们见面时的问候语，除了“没几天就过年啊”“今年在哪里过年啊”之外，还可以多说句“这两天要冷啊，多穿点”，类似的嘘寒问暖拉近了人际距离，也为辞“羊”迎“猴”增添了节庆气氛。

在同学微信群里，大家纷纷提醒：寒潮将至，注意保暖；雪天路滑，安全第一。这是在关心他人，也是在提醒自己：在忙忙碌碌的年根岁底，为他人，为家人，为自己，多加小心平平安安才好。

自来水公司先后发来三条短信：“未来几天气温大降，提醒您做好水表、水管、水龙头防冻工作，如遇用水问题，请拨24小时服务热线84512814。”

没有忘记给老家的父母打电话，告诉他们这次寒潮来势凶猛，降温10°左右，提醒他们多加被褥，早睡晚起，慢点走路，小心摔跤。母亲回答说“晓得了晓得了，你们放心，自己当心”。我心里暗忖：若在父母身边不远，抽空买些御寒衣物送回老人手中，再陪老人去镇上浴室泡个澡搓个身，或者把老人接来小住几日，也尝尝子女做的可口饭菜。想到这里，愧疚之情油然而生。

21日清晨，人们拉开窗帘，发现外面有了些许白色，定睛细看，果真是雪花，但只是给屋顶打上了粉底，孩子说是抹了层BB霜，即将步入婚姻殿堂的年轻人会以为是薄薄的婚纱，难道这就是“世纪寒潮”的礼物？这对寒假中的孩子来说是失望透顶的。但愿这是“寒潮先生”给我们打了声招呼，送的见面礼而已，厚实的积雪随后就到，请耐心等待啊。

走在上班的路上，看到人们纷纷出来扫雪，有训练有素的清洁工人，有自扫门前雪的商家，各单位组织的临时突击队也上路了。沿街的饭店和小吃店，纷纷熬着暖暖香香的腊八粥，他们把热腾腾的一碗碗送到了清洁工和突击队员的手上。穿着红马褂的江海义工们一如既往地，举着小彩旗伫立在路口协助疏导着交通。

22日，早晨的太阳没有能坚持多久，就收住了光芒。昆仑菜市场的南门，有菜农大婶从自家地里挑来了刚离土的蔬菜，见人就吆喝：“自家蔬菜不涨价，大雪之前多买点啊！”

经过一个白天的酝酿，寒潮以“雨夹雪”的形式在黄昏时分正式拉开帷幕。

吃过晚饭，刚放寒假的孩子要去报刊亭买自己喜读之物，我们俩合伞前行。走出小区，顿觉风大雪大，我们毅然逆风前行。

“爸爸，你把伞往你那边去一点，我人小，没事儿。”孩子会体贴人了，真好。卖报刊的老奶奶在亭子里打盹，见有人敲窗，忙示意我们到亭子里来挑选，我们第一次挤进了她的工作室——真比外面暖一点儿。我们将所选读物掖在怀里，匆匆道别。

在往回走的路上，一位中年妇女和一个小女孩各撑着一把伞，小心翼翼地搀扶着一位老奶奶在风雪中缓缓前行。我们目送着她们远去。也不知道他们是不是一家人，真想用相机拍下这温情的身影。

23日清晨，周六，这次的雪比上次要大不少，马路上的汽车很少，有技艺高的也在谨慎驾驶，缓缓蠕动，像是在练车迎考。

今天是孩子回校领取成绩报告单的日子。我们按照昨晚计划步行去学校。一路上，有母子、母女、父子、父女相伴而行的，也有小孩斜背着挎包独往的，有认识的，也有不认识的，都奔向学校的方向，大家的脸都红扑扑的，彼此打着招呼，报以微笑，踩着积雪一步一步地欢畅前行。

沿路看见有一对老人，都已是鹤发童颜，也许是夫妻，也许是摄友，寒风中赤手举着相机，一副摄影师的派头，既拍雪景，也拍自己，把彼此的身影定格在这个“世纪寒潮”中。

不少店家门前场地成了民间雕塑家显露身手的展示台，他们恣意发挥奇思妙想，以雪为材，以手为刀，一个个造型活灵活现，让人们驻足观赏。有圣诞老人，有端坐着的猴子，最妙的是一个欧洲美少女造型，身着石榴裙，手抱一束红玫瑰，头顶蓝色礼帽，好像是刚刚参加完一个典礼，透着庄重，也不失清纯，不少人忍不住与这件天工之作合影留念。

学校门前，扎堆着成群的家长，他们的家大都离家较远，与其来回都在路上折腾，不如在校门口等待。他们在寒风中谈笑着，耐心地守望着。

24日，周日，天响晴，碧空万里。也许因为有了阳光的怂恿，北风的劲头更足了，把我们住的整幢房子变成了摇篮。全家人安然蜷缩在摇篮里，各忙各的事，可以晒一晒太阳，煮一壶养生茶，煲一锅银耳汤，灌一只热水袋，读一份当日晚报，听一首春天的曲子……任凭屋外寒风咆哮，屋内却是怡然如春。

这几天，寒潮肆虐了中国大部，大多数人纷纷躲进空调房间，但在大街小巷、市场工地，仍有人在寒潮中坚守。也许这份坚守是他们为了自己的生计，也许是为了他人的便捷和安全，不管他们为了谁，我们每个人都应带着一份感念的心，感谢他们，关切他们，顾及他们，让他们也能体会到一份暖。

不可否认，寒潮会给我们带来很多的意外伤害，可我们对于寒潮这份大自然的馈赠，唯有笑脸相迎。尽管它凛冽着我们的肉体，却也慰藉了我们的心灵——送来冬的温情，增添了迈向春的信心。

让我套用英国诗人雪莱《西风颂》中的一句经典诗句作为结尾：寒潮过了，春天还会远吗？

二〇一六年二月

祝福孙庄

在全国文明城市——江苏如东的西北角，有一个美丽的镇叫袁庄，镇子的东头是一个叫孙庄的村。

从地图上看，袁庄的版图像是一个侧向东方的元宝，孙庄就在元宝中间的凸起位置；又似一位身着汉服的士大夫，孙庄就在头部。从空中俯瞰，孙庄南挨南凌河，西枕红星河，往北有栟茶运河，向东有江海河，这两横两纵的河流将孙庄和河口镇的花园头村、中天村和十里桥村匡围在一起，仿佛给这四个村子围上了一串波光粼粼的水带。这处村庄成了数百年来乡人口口相传、生生不息的风水宝地。尤其令现代孙庄人骄傲的是，孙庄南有启扬高速跨境而过，北有海洋铁路连接省城，已经成为四通八达的省级文明村。

在孙庄老人的记忆里，孙庄是名副其实的滨海水乡。千万年前，这里是一片汪洋。孙庄西侧邻村叫海河滩，由此可以得出这样的推断。

起先让我知道孙庄，是因为孙庄出了一位乡土作家——孙同林。他的作品大多记录的是在孙庄的亲见亲闻。因为他笔耕不辍，孙庄的历史和现状在他的笔下汩汩流淌，孙庄的故事在《南通日报》《江海晚报》《如东日报》被一次又一次地刷新，他以乡村大厨的身手烹制出一本回甘无穷的散文集《乡村味道》。此书一经出版，好评如潮。于是，江海大地、大江南北的人们越来越熟知孙庄，也越来越向往孙庄。

这十多年来，孙庄在几位村书记的带领下，名声越来越响了。当一个地方的声名积淀到一定的程度，就会形成一个能量强大的磁场。终于，县里市外的人们不再满足于《乡村味道》一书里的孙庄，而是想着实地去亲近孙庄的人与物。

我是在2020年疫霾初散后的初夏第一次去孙庄，那次见到了作家孙同林，村支书冒亚洲，还有“葡萄王子”王伟。那天走访的印象是深刻而美好的。我们在村部周边转了一圈，听着冒书记津津乐道着孙庄的建设蓝图，听孙同林侃侃而谈草木乡村书吧的内设布局，还有王伟种植“阳光玫瑰”的艰辛历程……好一片承载希望的田野！

2022年6月，我们阅读者协会一行十余人来到孙庄。这是我两年之后第二次与孙庄亲密接触。我们走进了孙同林先生的宅院，听到他亲口陈述的读书与写作的故事，品尝孙庄人种出来的西瓜、番茄和桃子。中午饱餐了一桌袁庄土菜。

太阳还当头的时候，我们放下碗筷去了村部。孙庄村史馆已基本建成，据说是全县第一家。面对墙壁上的图文介绍，目光抚过那一个个老物件，我们的内心涌动起感恩新时代的思潮。我们在村史馆二楼举行“袁庄好人”的改稿会，我们通过力所能及的行动，试图将袁庄好人精神树立在袁庄大地上，这是我们与袁庄的同志们开启的精神共同富裕的探索。

这次接待我们的是田林林书记，从他的言谈中感受到他对孙庄的未来充满信心。现如今，村里建起了长寿广场、文昌园、闲趣乐园……文化长廊内布设有好人事迹、乡贤榜、家训家规等，很好地发挥了启智润心、成风化人的作用。

孙庄的特种养殖风生水起：嫁到孙庄的女大学生翁小红，建起养殖水池，养殖起了入药蚂蟥；本村毕业回乡的大学生徐少群回来了，盖起了养殖棚，养起了食用白玉蜗牛。省级特色田园项目正在推进，农业现代化初现端倪，既有成片的露天规模化种植，也有现代化的大棚种植，西蓝花、甘蓝刚刚丰产丰收，小番茄又进入销售旺季……

草木乡村书吧正在升级装修，我们在书吧前合影。在书吧里，不仅可以读到古今中外的经典著作，还可以读到“孙会计”(即孙同林，孙庄人对他的尊称）的《草木乡村》。若干年前的孙庄人，可有人会想到，在村子里能建起如此豪华的书吧！

如今，走在孙庄整洁宽敞的村道上，你会以为身处花园，你会将脑海里残留的农村印象一一打破，孙庄已然成为新时代乡村振兴的代表。你来孙庄，可以在百年银杏和皂角树下怀想，追忆沧桑岁月，感慨坎坷人生；说不定你还想在孙庄找一家民宿住上一晚，在酣然入梦前把蛙鸣和狗吠听个够。朋友，抽时间去看看孙庄吧，她在那儿等你，她是不会让你失望的。

孙庄之行，我大饱了耳福、眼福与口福。有位同行友人随口说出“不辞长作孙庄人”的念想。作为一个他乡的孙姓人，趁着返程后的激情澎湃，信手用键盘敲出以上文字，算是对孙庄的祝福。

二〇二二年六月

守望家园的星空

辑六

乡村人物

Chapter 06

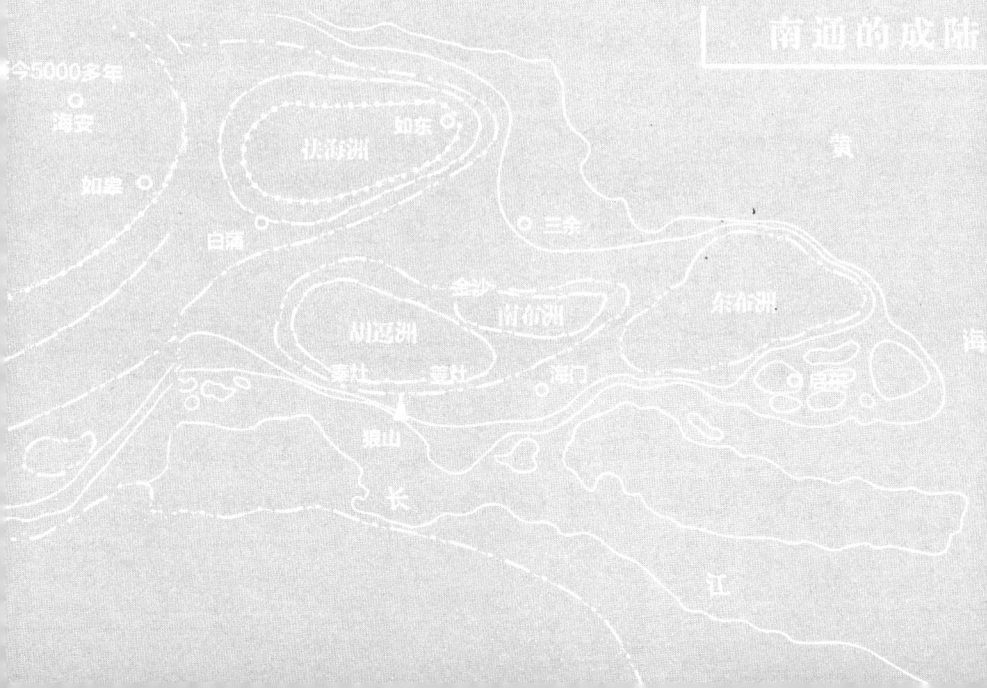

音乐老师葛宗奎

大概在小学四年级，双甸镇大名鼎鼎的葛宗奎老师开始教我们音乐。一开学就得到这个消息，全班同学都感到庆幸。消息灵通的同学说，葛老师家是世代研习音乐，他父亲是部队文工团的专业老师，他们全家还上电视获过才艺大奖。

果然名不虚传。葛老师不仅会二胡，还会手风琴、电子琴，还会笛子……我的好嗓子终究没有逃过他的慧耳。他像发现了一株好苗子，总是笑盈盈地看着我，充满着鼓励和信任。课上，葛老师尽心尽力地教我；课后，葛老师常常给我开小灶，单独辅导我练声方法。随着一天天向后推移，我越来越感觉，自己的歌声跟百灵鸟一样动听。

很快，崭露头角的机会突然降临了。全县举行中小学生声乐比赛。先是镇上筛选，接着区里比，有“海选”的意味。我不负众望地顺利通过两轮筛选，取得了赴县城掘港参加决赛的机会。葛老师开心得很，额头舒展成了一朵菊。他骄傲地告诉我，说我是唯一从村小选出的参赛选手。我知道，这里面凝聚着葛老师的用心付出和专业辅导。

那次赴县城参赛的经历至今记忆如昨。葛老师背着手风琴，我穿着班主任曹老师儿子的衣服。葛老师背负着手风琴，骑着脚踏车，我坐在车后座。我们还得到镇上转乘公共汽车。说老实话，尽管借来的衣服好看但真的很别扭，但有什么办法呢，家里条件差，母亲是不会为了我去比赛而置办衣服的。但很快，第一次去县城参加比赛的喜悦感冲淡了我的不快。

我们终于到了镇上的小站。等着要坐公共汽车的人很多，来了两辆大客车，我们都没能挤上去。在第三辆来的时候，终于上了车，可是没有座位，我们只能挤在过道上。葛老师安慰我："掘港很快就到了，不要紧的。"说着，葛老师让我坐在手风琴箱子上，他扶着座椅的靠背站立着。我顺从地小心翼翼地在箱子上挨着半个屁股，葛老师的身子跟随着车身前后左右颠簸着。这段经历至今深深地刻在我的脑海里。我想，倒不是我第一次坐汽车，而是真切感受到老师发自内心对我的呵护。对面来了汽车，与我们的相向而行，"忽的"一下就擦身而过了。葛老师笑着考我："你知道相向而行车子感觉快，是啥原因呢?"我当时还真答不上来。

与我同场角逐的，我们区还有袁庄小学的一位女同学，她已经提前一天赶到教育局附近的招待所。那次比赛，我唱两首歌曲是《让我们荡起双桨》《我们的生活多么幸福》。我发挥得还算正常。

比赛结束后，葛老师依然微笑着，轻轻拍拍我的肩："平常训练的时候你还能微微笑的，今天怎么绷着个脸呢。"葛老师的温馨提醒，我预感到比赛结果会不理想。果然，二十个人参赛，前六名是一二三等奖，我大概是第十名，拿了个纪念奖。有点沮丧，在回程去车站的路上，葛老师一直安慰我："第一次来比赛已经很不错了，再说同去的女孩也一样是纪念奖。"纪念奖发的是个蓝色小本子，上面有一个教育局的大红章。光看着这枚红章印，也着实让我兴奋了一段时间。不管怎么说，我成了学校第一个公费出差去县城的学生。

现在回想起来，我愈加感觉音乐对一个人成长的激励作用是巨大的。我要永远感谢给我帮助和勇气的葛老师，是他用无与伦比的音乐和高超的专业素养，滋补了一个农家孩子孱弱的身体和卑微的灵魂。

乡野插花人

深秋的江海平原寂寥空旷，放眼望去，满眼是灰褐色的新翻的泥土，让你感到会有一种看不见的力量在肥沃的土地里积蓄。农家孩子知道，饱满的麦种此时已经在土里安了家。除了作这样联想，你还能指望乡野上有什么美景吗？

耐心地在乡间小路上走上一程，在不起眼的沟沟坎坎上多留几眼，一定会有一种白色吸引住你。

那是花吗？的确是一种花——芦苇花。芦苇的叶子已经被金秋染上了黄色，在秋日高阳的呵护下，苇絮越发膨胀，好似一个个身着金色节日盛装、头缠白色纱巾的少女，她们以团体操的形式在欢庆着丰收，又似乎在为此时的自己突兀于江海平原而黯然伤神。

满囤的稻谷足以让憨厚的庄稼人美美地睡上一个冬天，但他们是不会给自己找理由来放松的。这不，田埂上有丰腴的大婶在挖着荠菜，河沟里有穿“橡胶衣”的男人在水下摸鱼捉蟹，小道上还不时传来号子般的美妙叫卖声。

此时，我的眼前浮现出一个驼背成直角的老人，手持一柄丈把长的用树杈削成的钩子，腰部前后各系一条老棉布围裙，夕阳的余晖染红了整个池塘，他还在河塘边不停地采着芦花。这位老者是谁？是我的外公吗？

一晃二十几年过去了，也是这个季节，吃过午饭，外公就会带上这身装备，搀着幼小的我一起去“采花”。玩伴们是不会顾及我的脸面的，他们看见外公便大喊“驼子来了，驼子来了”。外公一点也不介意，他只顾着手中的活计。只见他用力把钩子挥出一个优美的弧线，再向怀中一拉，一大片芦花便顺势揽进怀中，左手上下翻飞，老鸡啄米般三下五除二，一把又一把的芦花便塞进了围裙。个把钟头后，从前面看，外公像足月待产的孕妇，从后面看，像是背上了一口大砂锅。外公的步子迈得更小了，但他的脸上一直漾着满足的笑。嘴里的话也多了起来。他会乐呵呵地跟我讲述他年轻时的经历，比如为了躲鬼子几天猫在河床芦苇丛里吃不上一点东西而只能用手捧河水喝，又是怎么被评上富农而被迫戴上高帽去“游庄”，这一切对我来说是那样新奇。

不消两个钟头，太阳成了晚浴的娇娘，柔媚了起来。外公的两条围裙已经再也塞不进一把芦花了，直到他的两只大手上也抓满了，他才挪开了回家的脚步。此时的家往往很近了，因为外公总是以家为起点，打着圈儿找芦花。要是我想帮他拿一些，他是不会答应的。他喜欢把眼睛一瞪，故作生气状：“外公还没老到要小孩帮忙，再说，你现在的任务是玩耍，以后想玩也没有时间啰。”大概半个月的光景，外公的小茅屋成了芦苇花的世界，惹得外婆直喊“够了够了，不能再采了”。

接下来的工作，外公更是惬意，用他的话说是“晒太阳耍子”。他倚着房子的东山墙用“江柴”搭个架子，架子的上方铺上茅草、后方和左方用废旧的塑料膜一扯，外公的“工作室”就呈现在眼前了。

深秋的早晨，太阳刚露出半边脸，外公就抱出芦花放在小棚前晒太阳，再搬把小凳坐进“工作室”去。冬天里的阳光总是均匀地洒向每一个生命，外公在温暖的阳光下愉快地开始了第二道工序：在十来天里把芦花跟茅草搓成毛茸茸的绳子。这样的工作是简单而又繁重的。说简单，是说动作单调重复；说繁重，是把小山似的芦苇花搓成绳子，两只手得从早到晚不歇地干，猴性子是万万办不到的。外公就这样搓啊搓啊，手搓干了吐几口唾沫，手搓裂了抹上一点贝壳油。我在一旁看着可是度日如年，无聊至极的，常常自作聪明，趁小解的间隙逃到邻居家找同龄玩伴。天快黑的时候，回到外婆家，外公家就多了一大捆绳子。那时的我常常怀疑外公的手掌会不会是铁打的，或者跟哪位高手学过“搓绳神功”。

等芦花全都变成了绳子，外公就开始创作他的作品——毛窝。读到这里，你们一定猜到我外公在干什么了？用芦苇花编成的鞋子在江海平原地区被称作“毛窝”。《现代汉语词典》里是可以检索到这个词条的。如果说前面的工作更多用的是体力，那么现在更多的要用脑力了。这道工序是最复杂的，先编鞋底，鞋底要厚实。农村人冬天一旦拖上毛窝，是不肯离脚的。要是一双毛窝穿不到两年，那只要跟买主打个照面，卖主就会被指着鼻子说的。外公的毛窝至少能穿四年，宝贝一点的妇女五年不买毛窝也是不奇怪的。同行们怪外公心眼太死，断了大家的生意。鞋底编好后就是编鞋帮，接着收口，最后修剪并缝上各色棉布。最后的工作是外婆帮助完成的。这样历时一个多月，外公家里便挂满了大大小小的毛窝，成了毛窝的世界。等不到全部完工，预订了毛窝的男女老少便涌到外公家里挑选合脚的“冬日暖鞋”。这段日子是外公家最热闹的了，外公整天咧着嘴憨憨笑得不见合拢。

当人们从村部大喇叭里得到西伯利亚寒潮正在南下的消息时，大人便把毛窝备在床下。当冷暴降临的早上，几个村的人都不约而同地穿上外公的手制毛窝，那个步调统一哟，像部队接到命令一般。

有些远村的人来不及取，只要是人家订了的，别人出高价，外公也是断断不会卖的。问他为啥？他只说这是做人的本分。外公便起早去送，一路上不断有人来买，外公只是摇头说“卖完了卖完了”。

20 世纪 80 年代末，村里开始兴办厂子。我们村办了家毛绒玩具厂，外公尝试着把做玩具剪下来的废弃边角料跟芦花进行糅合，这一改进有效增强了毛窝的保温性，他的手制毛窝受到男女老少的青睐，成了畅销货。即使每年在预定之外做上百来双，也是没有多余的。

每年随母亲的姐妹四个去给外公外婆送年礼的时候，外公会从床底下拉出一袋的毛窝，给他的二十九个晚辈一人一双。对于这样的礼物，我们是非常满意的。在冬日雨雪之夜，我们也会拖上外公做的毛窝出门撒野。即使母亲呵斥，我们也会理直气壮地说：“外公送的，明年还有！”在春节里，还可以穿着毛窝跳“牛皮筋”，同伴们对我们有此等享受羡慕不已，吵着让家里人明年也订上一双。不知不觉，我们十五个兄弟姐妹穿着外公的毛窝走过了十几个寒冬，逐渐长大成人。

1994 年，外出上学的我放寒假回家过春节，欣喜地看到妈妈拿出一蛇皮袋的毛窝暴晒，惊讶之余，母亲告诉我，外公自知身子骨一年不如一年，所以今年特别给我们多做了一些。寒假结束，返校没几天，我突然收到家书，告知外公辞世的噩耗，泪水禁不住夺眶而出。

如今的冬天也不再那么冷了，人们脚上已习惯蹬上用兽的皮毛乃至化纤等材料加工成的靴子，毛窝基本上销声匿迹了。我家的那一袋毛窝至今也所剩无几。我常常想：要是今年冬天能套上用芦花编成的毛窝在都市里穿行，那该是一件多么浪漫的事啊！都市插花人是浪漫主义者，他们用高超的技艺满足了都市人的心理需要，传递着一个又一个浪漫的情感；外公的插花艺术是现实主义的，他用日光的精华真真切切地去温存人们冬日劳顿的双脚，这也应该算是一项伟大的劳动吧。

此次回家，在秋阳下，又看见池塘旁绽放着的芦苇花，她们的美丽丝毫不减当年，仍然默默无语，好像在执着地等待着什么……

二〇一二年十月

夜半卖瓜人

拖着疲倦的身子走到底楼大厅的时候，才发现天空飞扬起了雨丝。这才想起报纸上种种关于“入梅”的话题。好啊，入梅了，旱情得以缓解，此时的秧苗一定正喝得欢呢。秧农今晚也可以睡个安稳觉了呢。

车棚里的灯熄了，摸索到自己的摩托，懒得拿后备厢里的雨披，便发动了车子，油门一加便上了路。侧头回望机关大楼，二楼、三楼的最东边和顶楼还有灯光，我不是最后回家的人。

大街也几乎入睡，路面倏忽间宽阔了不少，车子像撒欢的野驹向前驰去。夏雨夹着凉风，拂去了不少倦意。车子上桥，即将驶入三岔路口，减速，鸣笛。远远地，在昏暗的桥尾上，一个身影站了起来，地上还散落着三四个西瓜。车子很快驶到黑影的身边，我再一次注视了他一眼。

“买个西瓜吧，先生!”近乎哀求的口吻，一个久违的称呼。他叫我先生，要知道现在的生意人看见哪个不是“老板老板”地喊。

我减小了油门，心里想着“要不买一个吧”？入梅时节，瓜农日子难受啊！天凉了，不用吃瓜；下雨了，瓜就会烂掉的呀。但现在的瓜肯定是剩下的了，还有现在的生意人，趁天黑，宰你一下。

我还是旋回车头，停下，支好车架。中年汉子满脸堆笑：“先生，买个瓜吧，说不定明天就是大晴天，晚上便宜点卖给你。”

我在这三四个“矮子”里找“将军”。

汉子看出了我的心思，说：“你放心，我是北边苴镇金凤村的，我姓张，我的瓜是有名的金星1号，真正的本地瓜，一般都是贩子上门拿，这次不服贩子给的价，才拉到这里来。我来帮你挑吧。”我表示同意。他便拍拍这个又拍那个，似乎拿不定主意。他向三轮车喊了声“老婆，来帮忙挑一个最好的给这位先生，不能让人家晚上买瓜吃亏”。

他不好意思地笑笑，说“我种瓜出名，可挑瓜还是婆娘厉害”。一个中年女人掀开车上的塑料纸，跳下车来。

她很老到地帮我挑了一个，过了称，算好账。我从裤袋里摸出几枚硬币。汉子双手接过来，托在左手上，用右手一个一个地摸过去，像在鉴定银圆一般。

我好奇地问：“怎么，这个也有假?”

“谁说不是。今天在交城管费的时候，他们就说我用假硬币糊弄他们。”

“那算了，我给你纸钞你找我吧。”

“没事没事，看你就是好人，我只是习惯这样了，你别介意。”

女人把瓜送到我的手上，我顺势接过，在车钩上挂好，跨上车子。

这时听见女的跟男的说：“家去吃饭吧，伢还在等我们呢。”

男的说：“还好我们坚持了刻把钟，终于卖掉一个吧，如果明天还下雨，那就更难卖了。我们还是吃个西瓜再等会儿吧。”

我的心里涌起一阵感动——为了生活哟，我朴实而勤劳的父老乡亲。

二〇〇七年七月

小镇老师魏赣生

谨将此文献给耕耘乡村、播撒文明种子的人民教师。

——题记

五十四年前，您以优秀的成绩从南京晓庄师范毕业。您可以选择城市，可您选择了苏中农村。年轻的您澎湃着投身乡村教育的满腔热忱，坐了整整三天三夜的轮船来到如东。这一来呀，就是整整五十四个年头！

您服从组织分配，在岔河地区开始了半个多世纪的育人之旅。您的到来，让这里的家长和孩子都感奋不已。您先后在村小、乡中心校、区中心校执教，有几年因为师资的严重匮乏，您要在好几所学校间“走教”。那时的您，常常是身兼多门学科、几个年级的教学任务，您教遍了小学里的所有课程。您不管面对多重的教学任务，总是乐呵呵地领受。在您的课堂上，孩子们总是那么兴趣盎然、生龙活虎，您让孩子们领略到了课堂的美妙和学习的快乐！

您把本属于自己的休息时间也献给了孩子们。春天里，您带孩子们走出学校去写生，去采访，去放风筝；暑假里，您教孩子们在村子的池塘里学“蛙泳”；秋日里，你则带着孩子们跟乡亲们一起收获庄稼；寒冬里，您会跟孩子们一起在雪地里捕麻雀、堆雪人……您让孩子们体验到了什么是真正的素质教育，孩子们由衷地愿意亲近您。在您的耳濡目染下，不知有多少孩子在心底滋长了成龙成凤的梦想！

您的小院和书房常常是青年教师聚会的场所，俨然成了青年教师专业成长的“加油站”。我们不仅把您当成无话不谈的朋友，还不约而同地把您当成身边的“行知先生”。我们在这里品香茶，读好书。可以聊聊教学心得，可以谈国内外时政。工作有了点滴进步，您会笑呵呵鼓励我们再接再厉；生活遇到困扰，您也会微笑着劝慰我们不要气馁。在您的鼓励和帮助下，我们不断成长，日渐成熟。背地里，我们常常在言谈中不经意地流露出对您的感念！

与您同事六年后，我调进镇上一所中学任教。不会忘记，您约我到您宿舍，双手递给我一本《陶行知传》。打开封面，两行俊秀的小楷映入眼帘：“初为人师勤为径，教海无涯乐作舟。”立刻，一种父亲的温暖包围了我的全身，我不知怎的，竟无语言说当时的激动。

在镇上待久了，熟识的人也多了起来。一提到我原先工作过的学校，常会有人关切地问：你们学校是不是有个魏老师？在得到我肯定的答复后，他们便会滔滔不绝地向我唠叨起您缄口不提的往事。派出所所长说，您曾赤手空拳地追赶过持刀抢劫的惯犯；一位村支书说，您曾长年资助贫困学生；很多不知名姓的家长告诉我：“那位南京来的老师真的很了不起！”

也许，在有些人的眼里，您的辛劳实在算不上有什么了不得的。您没有高学历、高工资和高级职称，也没有获得过“十佳”“特级”之类的殊荣，但您坚持五十四年如一日，矢志不渝，执着忘我，赢得全镇人的普遍赞誉。您用五十四年的时间，用自己的实际行动，浸染了小镇几代人的灵魂，一笔一画地把一个名字铭刻在小镇人的心坎上！

前几天到镇上调研，有同志告诉我：您已光荣退休，但您还像往常一样，义务为学校修花剪草、送报递信。

我抽空去看您，您瘦削的脸庞上已经爬满了皱纹。家里依然是宾朋满座——当然还是那些接受您无偿施教的孩子们！您高兴地指着一张照片告诉我：女儿瑶瑶也从南京晓庄师范学院毕业参加了工作。您还告诉我，随着年龄的增加，思乡之情与日俱增，加上老家的亲戚再三催促，内心正犹豫着是不是该启程回到老家去。

与您握别的时候，我打内心里感觉到不舍，舍不得离开工作了十一年的小镇，舍不得离开您：平凡而伟大的前辈，亲密无间的诤友，小镇几代人的老师——魏老师！

走在回来的路上，看着今非昔比的小镇，我在内心不由得升腾起一股期盼：希望您的这种精神，能够在初登讲坛的80、90后身上得到延续，也能够让时下浮躁的人们细细参悟、反躬自省。

二〇一〇年九月

平淡厮守　恩爱佳偶

——记如东县洋口镇池塘头村六组官长元、缪祝兰夫妇

有人说：每个人都在自己的人生舞台上祈盼着一场轰轰烈烈的爱情。也有人说：真爱就像魔鬼，信的人多，看见的人无！在我们可见可感的现实生活中，绝大多数人往往只会经历到平平淡淡的厮守。但在市场经济背景下的物质时代，正是这平平淡淡的两厢厮守，往往能酿造出爱情的美酒，历久弥香，沁人心脾。

——题记

2010年8月20日，早晨八点半，我们从如东县城掘港出发，驱车前往如东县洋口镇池塘头村，慕名探访一对百岁恩爱夫妻。一路上，道路宽畅，高楼林立，风车转动，好一派欣欣向荣的景象。

县民政局的同志给我们介绍如东来那可是如数家珍，倍感自豪，我们也不禁被他的情绪所感染，开始对这个海滨小城刮目相看了。如东地处长江三角洲北翼，东濒黄海，南临长江，是闻名遐迩的“海鲜之乡”“教育之乡”和“文化体育之乡”。如东是全国优质粮、棉、茧、生猪、中华绒螯蟹苗生产基地，海鲜产品冠甲天下，品种多达1000余种，其中名贵海鲜50多种，是全国最大的文蛤和条斑紫菜生产出口基地，被命名为“中国海鲜之乡”；如东尊师重教，基础教育全国闻名，高考成绩连续16年名列江苏省前茅，赢得了“全国教育看江苏，江苏教育看南通，南通教育看如东”的美誉；如东文化底蕴淳厚，民风淳朴，人文荟

萃，明礼诚信，被命名为中国现代民间绘画之乡和全国全民健身先进县，是江苏省社会治安安全县和江苏省文明城市。目前，如东正举全县之力，依托得天独厚的资源优势，精心打造“东方深水大港、绿色能源之都、黄海旅游胜地”三张靓丽名片。

截至2010年12月底，如东县105万人当中，健在的百岁老人有134位，百岁老人占比超过联合国标准5个百分点。如东连续3年同时健在三对百岁夫妇，他们恩爱了八十年，至今仍是相濡以沫、相敬如宾。他们是家住大豫镇周墩村十七组，同为102岁的吴田成和张国英老人；家在新店镇胡港村的汤锡刦、花全英老人和家住洋口镇池塘头村的百岁夫妻宫长元和缪祝兰老人。相濡以沫的百岁夫妻一路走来一定历经过困苦和磨难，然而能彼此坚守，不离不弃。如东的这种长寿夫妻现象在全国实属罕见。

不到一个小时，我们来到全国最大的人造渔港所在地洋口镇。我们把镇上同志和大学生村干接上车，在他们的指引下往老人所在的村子走。一路上，他们告诉我们，这个村子的村民靠出海打鱼为生，现在村子里九十岁以上的老人就有十几个，八十岁以上的有三四十个，是个名副其实的长寿村。

村里的道路还算宽畅，我们很方便地来到了一幢农家小楼前。眼前的一幕使我们的眼球为之一亮：一对白发老人相对而坐，正在手不停歇地剥着新收的黄玉米棒子。男老人穿着平角短裤，打着赤膊，女老人上身白色短袖，下身穿格子裤。我们赶紧端起相机，记录下这和谐温馨的一刻。女老人见有人来了，忙用手推推男老人，嘴里说着：“来人了，快去穿衣服。”在场的人们都会意地笑了。

这两位老人，丈夫叫宫长元，生于1909年，妻子叫缪祝兰，生于1910年，生育一个儿子，抱养一个女孩。而今已是四世同堂。儿子、儿媳、孙子、孙媳都在身边，玄孙、玄孙女都在无锡发展事业。

这两位寿星精神头十足，硬朗的身板让我们不敢相信他们竟是百岁的老者。听家人介绍，两位老人只是耳朵听力不好，其他都很康健。

在一旁的邻居说：这对老人就像是昨天刚结婚似的，非常恩爱。年轻的大学生村干小缪说，我以前只见过电影电视上的“携子之手与子偕老”的动人场景，来到这个村后，我经常可以看到这对百岁夫妻的恩爱的举动。正如一首歌中所吟唱的美好愿望——“我能想到最浪漫的事，就是和你一起慢慢变老，直到我们老得哪儿也去不了，你还依然把我当成手心里的宝。”这首歌真的好像是专给这对百岁寿星所谱写。

16 岁独闯上海滩

宫长元 16 岁开始在家务农，年少的他感觉务农实在难有出息，就暗下决定，打算独自去上海闯荡。他没敢把这个想法告诉父母，悄然来了个不辞而别。当时家里穷，没有路费，他就向邻居家借了块布，去集市卖掉才有了盘缠。他在上海闯荡了一年光景，再苦再累的活都干过，主要是一些肩挑手拉的苦力活儿。家里人见孩子不见了，就托在上海做生意的邻居帮助四处寻找，终于找到，又苦于家里没有劳力种地，遂被强送回洋口老家。回家后的两年，家里人为了拴住他的心，请人做媒娶了妻子缪祝兰，结婚后，两人感情甚好，这才让他打消了外出闯荡的念头。

勤勉持家谋幸福

苏北解放后，宫长元家在土改时被划分为“富农”。虽是所谓的“富农”，却也常常为温饱而揪心，随着儿子的出生，生活更显得拮据。为了让家里生活得更好点，宫长元决定下海捕鱼，然后徒步到二十几里外的集市去卖钱补贴家用。这样，缪祝兰就毅然挑起家庭的重担，家务活和地里的活都要干好。

在那个时代，科技还不发达，下海捕鱼的风险是很大的，沿海渔村的寡妇每年都有增加。有一次在海里捕鱼，突然刮起狂风，下起暴雨，潮水暴涨，宫长元的小渔船被掀翻了，他拼死抱着一根木桩在海上漂流了整整一天后，才被过往渔船发现救上岸来。从此，缪祝兰就再也不允许他下海了。对于妻子的好心，宫长元起初不能接受，一个男人不出海，憋在家里，家里的日子怎么过得起来呢。为了打消宫长元坚持出海的念头，缪祝兰当着老人的面对宫长元说：“哪怕在家里饿死，也要死在一起。”

见再也拗不过妻子，宫长元就安心干起了种田的行当，逐渐成为种棉花、长稻子的行家里手，当上了队里的劳动组长，还好几次参加县里的海洋围垦工程。不管宫长元做什么，缪祝兰都是丈夫身边的助手，一起摘棉，一起割稻。岳父母家的地也是宫长元去帮助耕种。宫长元还记得每次去海边参加为期一个多月的围垦工程，缪祝兰总要为他准备包裹，在被子藏上几个脆饼以备充饥。在这一个多月的时间里，宫长元是顾不上回家的，缪祝兰在家里就要把丈夫的工作也接过来，还要照顾好年老的双亲。

这些年宫老汉年岁大了，但每年他家的麦子、水稻收割都由他开镰。农闲的时候，老人也闲不住，经常主动要做诸如剥花生、剥玉米、择菜这一类力所能及的事情。尽管年过百岁，但两位老人的生活很有规律，平时能自己做的事情尽量不麻烦儿孙，小的衣物都是自己去洗晒。

平和乐观心眼好

抗日期间，有文化、教过书的哥哥被日本人逼迫做了伪乡长。宫长元就利用伪乡长弟弟的身份多次帮助被欺压的街坊邻居，有一次还冒死救过一个叫容光达的革命青年。

村里有户人家生了9个孩子，实在无法养活，宫长元和缪祝兰不谋而合，主动前去抱养了一个女孩，他们对这个孩子如同己出，一直把孩子抚育长大，结婚成家。

“文化大革命”时期，由于哥哥有过做伪乡长的经历，加上自己的富农身份，他们被扣上了反革命的帽子，由于宫长元老人人缘好，村里没有人批斗过他们，但家里值钱的东西被没收，大门被贴上封条是免不了的。全家人只能睡在门外，但他们逢人都是乐呵呵的。深夜里，两人在屋外搭个草铺，互相安慰，说要相信党和政府，总会让他们过上好日子。在采访的时候，缪祝兰握着县老龄委副主任詹洁的手，不停地说着：“共产党好！毛主席好！”

每逢过节或家里办喜事，宫长元总是一个人拄着拐杖跑上三里路去理发店理发，他的发型很有趣，七分头。回来还要照着镜子看半天，乐呵呵的。

相敬如宾蕴真情

目前，二位老人身体状况很好，村里医生说他们有着五十岁人的心脏。他们平常行动虽慢，但活动利索，很少感冒。据二老的儿媳葛翠玲介绍，她嫁入宫家近五十年，从没有见过两位老人红过脸。劳动时，两人如影随形；到了吃饭的时间，如果有一方没有到场，那么另一方肯定起身去问问情况。吃饭的时候，老人总喜欢往对方的碗里夹菜，生怕对方没有吃到。有时候，喝下午茶的时候，给他们先泡了一杯奶茶，两个人还要推让再三，直到第二杯来了，才安心端起来喝上一口。两位老人早睡早起，每天下午都要午休一会，晚饭后有时候两个人还手牵手去村口散步，然后回房间一起看一个小时的电视节目。最令人称奇的是，两位老人在一张床上共枕 81 年，只有那次出海落水的晚上没在家。晚上睡觉的时候，两位老人只要有一个醒来，还会轻轻推推对方，生怕哪个有什么闪失，半夜里，两人还都起来吃点夜宵。

宫长元喜欢吃刺少的鱼肚子，缪祝兰则吃刺多的鱼脊背。宫长元爱吃瘦肉，缪祝兰就养成了爱吃肥肉的习惯，八九十岁的时候能吃半斤，现在控制在每天一两，如果哪天看不到肉，就会发点小脾气。早晚餐以玉米、大麦稀饭为主，中午米饭，饭量中等。有时候晚上睡觉前，还会冲点芝麻糊、阿华田等保健品垫补一下肚子。

当我们问及两位百岁老人的长寿秘诀，一旁的儿媳妇说，除了我们家族有长寿史、生活起居有规律、心态知足平和、儿孙孝顺等诸多元素外，她感觉他们夫妻八十年的恩爱相伴是长寿的重要原因。

时过一年后的五月中旬，我们再次去看望两位百岁老人，遗憾的是宫长元老人刚刚在几天前辞世。缪祝兰一见到我们，脸上露出了笑容，一提到老伴，她的眼泪又止不住地流了下来。她的儿媳妇告诉我们，宫长元去世后，缪祝兰十分难过，只要子女不在身边，就会默默地流泪。宫长元去世时，村子里和镇上来了千把人为老人送行。

二〇一二年五月

人瑞之光

朋友，在骄阳似火的夏日，你若幸遇一株百岁银杏，是否会去树下小憩一会儿？在享受清凉的时刻，还会作何遐思呢？抬头景仰她，不禁思绪纷飞——百年银杏当然会有百圈年轮，其树冠和树干毫不掩饰地显露出树中伟丈夫的形象，她定然成了众人心中的神木。

柯佳翠，一个绿意盎然的名字，一位生命力旺盛的女性。她就是方圆数十里百姓心中的一株神木。她从1910年就在黄海之滨的如东潮桥街上生活着，而今依然腰板硬朗，思维敏捷，精神矍铄，唯有听力有所下降。

早些年，认识柯佳翠的人都知道，她丈夫在新中国成立前带着11岁的长子去了台湾，其他几个儿子在改革开放后纷纷去了哥伦比亚，他们在大洋彼岸开办中国餐馆，从包春卷起家，生意做得红红火火，把中国餐饮文化在那里传扬。这些年来，第一批出去的人鬓发逐渐斑白，又纷纷回家，拆掉老屋，盖起一幢幢漂亮的别墅。

而今，人们再谈起这个女人，个个都惊羡不已，称她是个百岁女寿星。带着探寻百岁老人秘诀的任务，我走进了柯佳翠老人的家。

第一次见到她的时候，她正有滋有味地享用着早餐——稀饭就着青菜。见到我们，她连忙放下碗筷，起身相迎，弯腰搬凳子，招手唤入座，手脚利索着呢。再一端详，老人面色红润，皮肤滑爽，白发齐耳，很显精神，谁肯相信，眼前的鹤发童颜已是百岁人瑞？

坐定后，再环视这个院落——真是一个颐养天年的宝地。院子后是条水泥路，独门朝北，二层小楼，屋前菜地井然，各种蔬果郁郁葱葱地生长着。院角有一棵高大茂盛的银杏，树上不时有鸟儿啁啾。

我们的谈话就在这样一个满眼绿意、满耳鸟语、满鼻花香的院子里开始的。老人和她的孩子们打开记忆的闸门，把我们带回到五六十年前。

柯佳翠 19 岁结婚，生育五儿三女。丈夫俞振远，早年在南通中学读书，毕业后回潮桥小学做教师。1947 年，俞振远到了台湾后，在凤山县中学教授国文和历史。儿子俞康从台湾海产水事学校毕业后做了海员。俞振远一走就是 50 年，直到 1998 年，他的骨灰才辗转回到柯佳翠的身边。

柯佳翠忍受住夫离子别的痛苦，以瘦弱之肩挑起全家的重担。赡养婆母，养育儿女，一家人 9 张嘴靠她一双手来张罗，常常是吃了上顿没了下顿，其处境的艰难可想而知。为了全家的生计，柯佳翠不得不做起小买卖。至今，大女儿俞淑贤还记得妈妈带着她到马塘镇上抬回一桶百余斤的油。还记得妈妈挑着一百多斤重的海盐，从潮桥步行二三十公里到如皋城贩卖。到了冬天，柯佳翠在乡村收购一些鸡蛋，带着十四五岁的二儿子俞庄，从潮桥步行到通州石港码头，坐夜半的小火轮赶在天亮前到南通的集市叫卖。柯佳翠就这样年复一年地奔波着，常常是天黑了还没有回家，婆婆总会带着孩子们在路口等候。

柯佳翠经历了兵荒马乱的新中国成立前，也历经了祖坟被掘的十年浩劫，也经历了养大成人的孩子纷纷漂洋过海，离她而去，她都坚强地了过来。在丈夫外出这几十年的艰苦的岁月里，她坚守贞洁，独自一人把孩子拉扯成人。她一直视婆婆为亲生母亲，婆婆对柯佳翠也是一口一声“二姑娘”，两人从没红过脸、斗过嘴。新中国成立后，柯佳翠在潮桥商业饮食部做营业员、会计工作，一直干到退休。她几十年如一日，不知疲倦地劳碌着，做家务一直做到九十多岁。即使遇到再大的不顺心的事情，她从不与老人争吵，不拿孩子撒气，但也从不唉声叹气、怨天尤人。在她的照应和护养下，婆婆安享晚年，幸福地活到92岁才辞世。孩子们长大成人，另筑爱巢。她与自己的所有子女都相处得十分融洽，她把自己的所有儿媳都当成女儿看待。逢年过节时，不管是家里的孩子、邻家的小孩子都会得到她的小礼物或者红包。

在潮桥街上，她的菩萨心肠人尽皆知。20世纪80年代，潮桥街上要装路灯，儿子愿意捐资两万，她就是不同意，非要出四万。对待当年“文革”中挖她家祖坟的人，她也能握手言和，不再计较。为了照顾她的生活起居，儿女合资为她请了个保姆，但她有了好吃的东西总要跟保姆分享，保姆如果不吃还会生气。如今，柯佳翠老人虽已年逾百岁，却始终不肯过清闲日子，每天早晨六点定时起床，总是坚持自己穿衣、梳头、洗脸，坚决不要别人服侍。每天下午，柯佳翠的院子里都会聚集三五个七八十岁的小兄弟、小姐妹。他们一块摸“搭子胡”，一块儿聊天打趣。到了晚上，她会品杯酒，喝点粥，加上一个咸鸭蛋，再站着看看戏曲频道的京剧节目，到八九点钟的时候便安然入梦了。

采访即将结束，我发现我惊羡的内容已不再仅仅是她的高寿，而是她身上闪耀着的人性光芒——乐观坚强、孝顺善良、简单从容，这些是真正懂得生活的人必不可少的精神品质。

此时，骄阳已经高高升起，院角的银杏树挺拔伟岸，绿叶闪烁，它们一定可以见证柯佳翠老人为这个家、为这个小镇所倾注的深情厚谊，所付出的艰辛和努力。作为享受着现代文明的我们，能从她身上学到点什么吗？

二〇一一年十二月

九斤来到咱栾庄

九斤是几十年前一位电影放映员，他的名号源自他落地时的体重，九斤多重，父母喜得眉开眼笑，商议了几天取了“九斤”作他的乳名，叫起来响亮，听起来也顺耳。

九斤在方圆几十里的双甸古镇很有名气。我无论是读村小，还是念农中，同伴们一聊到看电影，必然会提到九斤。好比一提到鹅毛扇，必然会想到诸葛亮；一提到飞机，就会想到美国的莱特兄弟；一提到做好事，就会想到雷锋战士。九斤的脚步一年四季在小镇的村村组组打转，俨然成了全镇群众最受欢迎的人，没有之一。人们叫着叫着，就更加亲切了，喜欢在他的名字后面加个儿化音，成了“九斤儿”。至于他的大名，反而少有人知晓了。

九斤儿的嗓音，响亮而富有磁性，经常在大队部的高音大喇叭里和家家户户的小广播里响起。在我们听来，那优美的音色，绝不输给专业播音员。

“十四大队的村民朋友们注意啦！我是九斤儿，我是九斤儿，告诉大家一个好消息，告诉大家一个好消息，今晚七点在大队部放映武打故事片《少林寺》和爱情片《侠女十三妹》，欢迎大家准时前来观看！”孩子们听到这熟悉的声音，个个心里乐开了花，刚才还稳稳走路的变成跑步快进了，声带振动的频率也提高了，差不多跟拿到三好生奖状一般兴奋。有的时候，九斤心情好，他就在广播里高歌几曲，诸如《牡丹之歌》《红星照我去战斗》等激情满怀的歌曲，表示对放映工作的愉悦。

十四大队是栾庄的数字编号，当时只有五个小队，二百来号人，是全镇最小规模的村。现在已经和周边其他几个村子合并了，叫作宗奎村。栾庄四面环水，东面的江海河自南向北流向大海，南面一条三级河，对岸是十六大队，西面一条断断续续被填埋了的四级河，与六大队接壤，北面是三级河，河上有桥，走过去就是九大队。站在村部中央环视，能望见全村人家的烟囱。

九斤儿进村的广告在村子里不胫而走，性子急的孩子没吃晚饭就赶到大队部看热闹，沉稳的孩子配合着大人赶快做饭。父母们不敢怠慢，暂时放下手中的活计加紧生火，呼哧呼哧地拉起了风箱，好让自家娃填饱了肚子早点去占个好位置。

晚上孩子们作业效率出奇地高，吃饭的速度也不是一般的快，三下五除二，“啪啪啪”，兄弟姐妹几乎同时放下碗筷，拿上蒲扇，扛起条凳就向村部灯火光亮处奔去。此时的村部像个巨大的磁场，人们从四面八方的大路小道向电影幕靠拢，大家疾步如飞，有的走着走着，竟然奔跑起来了，大家心里只有一个念头：快去快去，找个不前不后的好位置。

七点前的个把时辰，村部的水泥场上已经聚满了人，男女老少，人头攒动，呼朋引伴，好不热闹，整个村子似乎拉开了节日的序幕。除了看电影的，做小生意的也赶了来捧场，有卖五香瓜子和麦芽糖的，有卖小风车和气球的，有卖针头线脑的，还有卖冰棍的……有一些做工结束回家路过的人，也不着急回家吃饭，傻傻地饿着肚子，坐在脚踏车后座上痴痴地饱餐精神盛宴。

过了六点半，九斤儿还没吃上饭，有人送来馒头，他只是摇摇手，他有条不紊地加紧做着放映前的各项准备：扯幕布、拉电线，支机器。一切就绪，他才到大队部场院里的人家随粥就饭，用三五分钟的时间就扒好了饭，简单地用手抹抹嘴，立马侧身挤进密不透风的人群，人们自觉让出一条通往放映机的缝隙来。

大家知道，九斤儿的再次出场意味着电影马上就要开始了。在场外戏耍的孩子立马回到座位上，露天电影场渐渐安静下来。在开映前，九斤拿上话筒，花三两分钟时间，给全场观众宣讲一下爱国奉献、勤劳致富的道理，讲话结束，掌声雷动，他娴熟地往放映机上放上拷贝，接通电源，一束五彩的光投向白色幕布，人们的目光随之齐刷刷地射向一个方向。大家端坐着，专注地看着电影，陶醉在久违的精神放松之中。

那时候全村没几家有电视机，看电影就成了全村人共同的高级享受。电影无论是黑白的，还是彩色的，都不重要，对乡村孩子而言，每一部电影都是一个新奇的世界，引领大家向未知的天地窥探。人们在这个世界里平等地享受着快乐，无比满足，无比幸福。

电影放过了一场，有些小小孩实在抵挡不住瞌睡虫的挑逗，眼睛先是眯成一条缝，继而呼呼然在大人臂弯里睡着了。大孩子精力充沛，依然闹腾着，慷慨些的父母会奖赏几枚硬币去买一两袋瓜子或者棒冰。

回想过去看过的影片，能说上名字的还真不多，无非就是古装武打、现代战争、警匪枪战这几类题材。拍摄技巧、故事结局对我们来说是不会有什么感觉的，我们享受的是一起热闹的气氛，体验难得的一起嗨的快感。这样的感觉是那样的美好，乃至于我们对九斤产生了深深的崇拜和依赖，对他的下一次到来充满了期待。

电影结束后，不少孩子依依不舍，久久不肯离去，围着九斤儿一问再问什么时候再来栾庄。九斤儿一边卸着机器，一边笑着作答："听喇叭通知，隔不多久还会再来的。"这时有群众主动给他当下手，帮着他解幕布，跟他一起抬着机器安上脚踏车，目送着他淹没在深深的夜色里。

大家对九斤的回答并不满意，但也无奈。电影放映员的工作安排是不会被随意打乱的。但是露天电影是要看老天爷眼色的，遇雨顺延是小孩都明白的规则。九斤儿的一句“放心吧，还会再来的”，算是抚慰了一下大家的心。

夏忙时，九斤儿来村子一趟，大家的疲劳感会消释一半；暑假里来一趟，孩子们会享受到夏夜的诸多情趣；冬天里来一趟，全村人会体验到冬夜的寒冷和抱团的温暖。其实大家的要求也不高，一年到头来上三五趟，焦渴的内心也会滋生出“我们的生活比蜜甜”的感觉。

长大后，我读到很多作者写的关于露天电影的文章，字里行间真情流露，反复品读感人至深。我常常想，为什么我们今天还在怀想露天电影？为什么人们会怀念九斤？为什么九斤的声音和模样那么记忆深刻？

直到有一天，我忽然顿悟，给人们的精神世界带来愉悦感的人，人们自然会很难忘了他。

二〇一八年八月

春节里，和老人们谈谈心

春节返乡，遇见了不少老人，虽没有长谈，却也有只言片语给我留下极深刻的印象，仔细品咂，别有一番滋味涌上心头。跟这四位老人倾心交谈，我真切感受到他们身上透出的坚强、乐观、责任感……他们是普普通通的四位老人，对于我，他们也代表着成千上万守望在乡村的先辈啊！

“再种两年没问题”

那个上午我待在厨房里隔着玻璃晒太阳，恰巧瞅见了陆建生老人。

陆建生是我父亲砖瓦厂的工作伙伴，一直单身，过了年也七十岁了，而今牙齿没几颗、头发花白，整个人活脱脱就是土地公公的模样。

原来他是去敬完香正往回走，我把他请进家里，倒上茶水、递上香烟。他告诉我，现在还种着五六亩地，烟早就戒了，村干部前年就动员他去敬老院，他还坚持要下地干活。

我问他：“你都年纪一大把了，地还种得动啊？”

他咧嘴笑着说：“没事的，慢慢弄，最苦的也就收割进场的那几天，再说现在农村不算苦，基本机械化了，不像以前那样要出大力气了。以我现在的身体，再种两年没问题，等种不动了再去敬老院。”

“趁着自己能动，在我手上砌个有围墙的院子”

张丛元是我的老丈人，过了年就六十七岁了。他是从镇上装卸公司退休的，因为是重体力劳动，他在55岁就拿到退休金了。但他一直退而不休，坚持在农村小包工头手下做小工，加上每月两千缺一点的退休金，每个月三千元收入总是有的。两年前，他就告诉我们不愿再吃苦了，今年他又重说了一遍。有一天晚上，我们边吃边聊，几杯酒下肚，他又改口了，他说还是打算再做半年的小工，然后把自家的院子砌起围墙来。

问他为啥想到要砌围墙，他说：“这样家里晒晒稻谷什么的，即使家里没人，也比较放心，外面看起来也感觉亮堂些。”说心里话，我和妻子还有丈母娘并不支持他建围墙。这个围墙充其量就是摆设，看上去气派而已。手头有点钱可以用来提高生活品质，买点好吃的、好穿的、好用的，没有必要年纪大了还追求外表气派。

我们也不好强行阻止，只是说：“你年纪也大了，还是安分点，少操心为好。”

老丈人似乎懂得我们的心思，说：“你们呢放一百个心，不会让你们担心思，我要趁着自己能动，在自己手上砌个有围墙的院子。你们退休了也可以回来一起养老呢。”

“只要我在，我拼了命也要服侍她到老”

趁着有时间，我们决定去看看妻子二姑奶奶的儿子，我们叫他表舅。他之前给我打过两次电话，诉说了家里的不幸。

孙习仁见到我们来访，再将妻子薛晓玲前后所受的磨难详细地说给我们听。薛晓玲今年60岁了，嫁入孙家以来，一直没能过上安顿日子。她跟丈夫一起赡养了公公、婆婆、哑哥哥和有智力残疾的姐姐，抚养了一儿一女，目前还带着一个70岁的哥哥、一个50岁有智力障碍的侄子共同生活。几年前，薛晓玲坐亲戚的拖拉机去做工，拖拉机发生侧翻事故，她的大腿摔断了；后又经历了一场医疗事故致残，目前被鉴定为二级伤残；去年被诊断患上了尿毒症，现在每天要做腹透，好在有农村合作医疗保险，报销比例还不错，加上现在农村医院医疗水平高、服务好，要不然早就熬不到现在了。

面对这个家庭的不幸，我的内心感到沉重。孙习仁好像看出了我们的担忧，他说："你放心，不管能不能得到帮助，她跟我吃了一辈子的苦，只要我在，我一定要服侍她到老。"

"你们能来看看我们，我们的心就舒坦了"

我回城顺路，就循着大概方向，摸索着去二姑父潘再如家。

去年，姑父脑溢血，经抢救血是止住了，四肢还算能动灵活，只是记忆功能衰退了，不记得几个人了。

十几年前，姑父母他们在帮助小儿子盖了一座三层楼房后，坚持在自家田地的中间盖了两间平房和三间猪舍，用他们的话说："种地方便也自由，天天在一起也不香。"

他们种地养猪，农闲时带着做做手工制品，姑父在水稻季节还放水。勤劳了一辈子的姑父在去年大病之后，总算安闲了下来。

因为我打电话给表嫂询问了路况，所以姑妈早就得到"我们要来"的消息，老远就看见姑妈在家门口张望，确认是我们的车后，她小跑到场边，招手示意我们把车停进场院。

走进家中看看，用我女儿的话说，虽然简陋但很洁净。这时候，姑父坐在锅膛口生火烧锅，满锅膛的火把他沟壑纵横的老脸照耀得火红发亮。姑妈张罗着给我们泡茶。我们仔细询问二老的身体情况。姑父看见我们，咧着瘪嘴巴笑个不停，还模糊地喊着我的小名，姑妈说他还认得我。我们就这样说着话、喝着茶，老人满脸开心。他们反复说着同一句话：“你们能来看看我们，我们的心就舒坦了！”

二〇一六年二月

辑七
且赏且思

Chapter 07

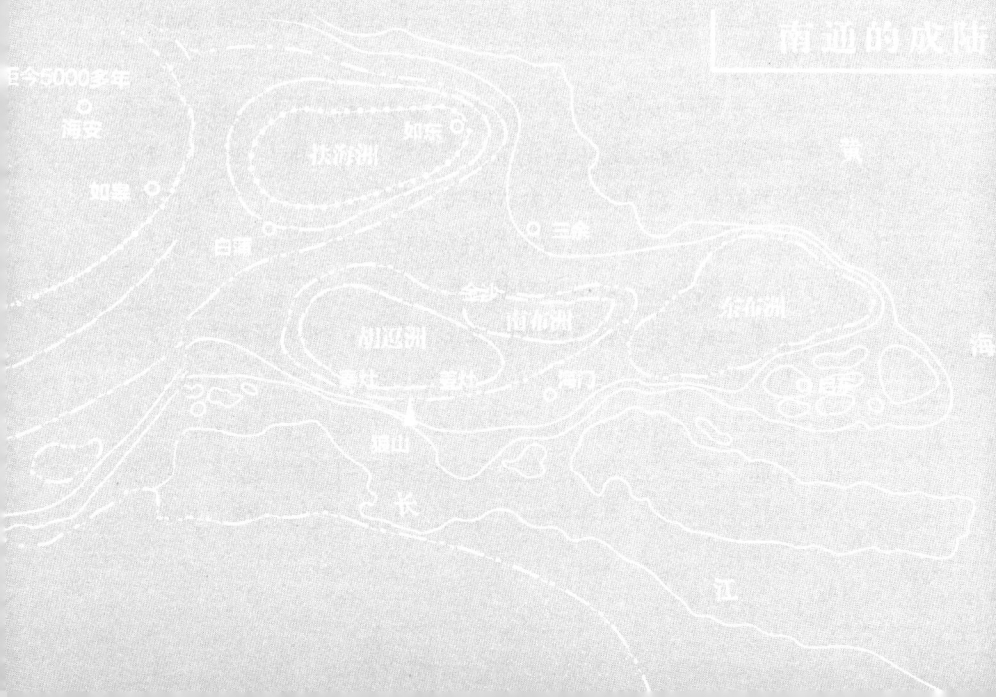

净化家庭空气刻不容缓

《中国青年报》曾在头版刊发了一则题为《十名少年献“提案”，家长远离麻将牌》的新闻，看后不禁要为这十名敢于直言的少年拍手叫好。同时作为一名炎黄子孙，又不得不为当前的家庭空气现状担忧。

教育分为家庭教育、学校教育、社会教育。三者相辅相成，哪一个出了问题，于孩子于国家都是不利的。家庭是孩子接触最早最多的地方。孩子具有极强的模仿性、可塑性。父母的言行举止、待人接物等都给孩子产生了影响，潜移默化地影响着孩子的成长，甚至一生。古今中外凡有所成就者，无不受良好的家庭环境的熏陶。

当前家庭环境的现状如何？长沙市 10 名少年利用休息天和课余时间进行了有针对性的调查。调查结果：目前长沙市 48. 4%的家庭有麻将，72. 4%的人会玩麻将，会玩麻将的人中 90. 1%的人以金钱为赌注。我在执教两个班级的百余名学生中展开调查，除了赌具是纸牌外，其结果相差无几。

作为一名基础教育工作者，我不禁要问：国家在大力进行未成年人的思想道德建设，孩子们在学校里接受“德智体美劳”、做“四有”新人的全面教育，回到家中，却耳闻目睹长辈们在牌桌上逍遥，孩子们会作何感想？他们在忍无可忍的情况下，终于发出了心灵的呼唤：“尊敬的父母们，当您在麻将（牌）桌前吆五喝六的时候，您是否想到您的女儿是在做作业，还是在外面玩；当您从银行取钱或向亲友借钱去打牌，孩子们也在嘀咕下学期的学费是否有着落时，你是否会想到下岗或碰上天灾人祸的话，我们这个家会是怎样……”真是字字真切，句句感人。

其实，打牌搓麻将只是家庭风景中的一个方面，更有甚者，有的家长买回淫秽书刊、光碟，那后果就更为严重了。

昔日孟母尚知为孟子寻求良好的学习环境，留下了“孟母三迁”的佳话。作为新世纪新时代的家长，我们不是应该做得更好吗？让我们多替孩子的成长想想，多为民族的兴盛想想，让我们一齐净化家庭空气，而不要贪图个人一时之快，污染了家庭空气，那就会误了孩子，误了民族。

为人父母者，快醒醒吧！

一九九八年九月

由十岁女童救百命想到

一场海啸夺走了十几万条鲜活的生命，成千上万户家庭正沉浸在失去亲人的巨大痛苦中。随着救援工作的全面展开，遇难的人数还在增加。然而，在 Maikhao 沙滩，全世界都在传说着一个 10 岁女英雄的故事。这个仅 10 岁的英国女孩史密斯活用地理课学到的知识，凭着对海水水流的变化预见海啸将至，并且及早作出警告，从而挽救了海滩数百名旅客的性命。

我把这个故事带进了课堂，不承想同学们对这个故事纷纷表示有话要说。如此新鲜的学习资源怎能错过，我当机立断上了堂精彩的“随意课”。现把部分同学的观点整理如下：

一、敏于观察、善于思考，能把在课堂所学的知识运用于生活实际，是女童智慧救人的关键。

如果当时史密斯只顾着游玩，没有留心观察，后果可想而知。当时了解海啸知识的游客很可能不止小女孩一人，那为什么他们的性命还是由一个区区 10 岁的孩童救下的呢？没错，就因为他们缺少了一双慧眼，只顾着享受。而女童史密斯能及时感受到海水的变化，并结合自己课上所学，作出果断的判断。

小女孩把她在课上所学的知识运用于生活实际，能做到这一点对一个 10 岁女孩来说实属不易。我们不能再一味地死记硬背去应付考试了，而应多思考，我们现在的学习能给我们将来的成长提供怎样的帮助。如果我们能更好地把学习融入生活，那么我们的课堂会更加生机盎然。我们这一代中国少年也一定会创造出更伟大的奇迹。

二、任何一门学科都必须学好，不应有主副之分。

当今中国，在我们学生的头脑里都存有重主科轻副科的想法。因为主科的分数与升学是挂钩的，而副科只要听听而已，学得好坏无所谓。这个小女孩用她的行动给我们以及时的提醒。《地理》在我们心目中是地道的副科。而这个10岁小女孩活用地理学知识，让Maikhao海滩成为无人伤亡的海滩。这个事例足以证明学好所有学科的重要性。让我们珍惜课堂上的分分秒秒，努力学好所有的知识吧！

三、请相信孩子！

幸运者们，为什么会相信一个10岁顽童的话呢？难道你们就不知道她是一个乳臭未干的毛丫头吗？好在你们相信了。因为你们知道小女孩也有自己的思维、想法啊！

挽救百余条性命，成就这个小英雄的人要算是史密斯的父母了。如果她的父母对女儿的话置若罔闻，他们也应该成了遇难者而客死他乡了。其实，孩子嘴里说出的都是实话啊！可有多少人相信孩子呢？如果，一个中国的小孩也向父母说出了跟史密斯一样的话，他的父母可能会这样说："去去去，乌鸦嘴，多说说吉利话吧！"在这里，我们想对中国的爸爸妈妈说一声："请相信孩子吧！"

二〇〇五年二月

拿什么感谢你，我可爱的校长

据《重庆晨报》2007 年 7 月 5 日报道：面对校长的 486 次鞠躬祝福，10 多岁的小学毕业生却连一声“谢谢”都没有。前晚 8 点，在巴蜀小学六年级毕业典礼上，校长廖文胜亲自为 486 位毕业生颁发毕业证书，并且深深鞠躬祝福。然而，多数学生显得无动于衷，领完毕业证就扭头下台了。

粗粗看完这篇报道，的确让我也产生“感恩教育应提前”的念头。但这个念头仅仅是一个念头，一闪而过。这所学校我没有去过，更不可能实地采访现场的学生。按理，我是不应该说什么的。但看过整篇报道，我发现这位记者同志也没有去问问现场的学生，到底为什么如此冷漠，只是用校长宽宏的表态加上老师的揣度发言直指学生的无礼。这就激发了本人为这些学生设身处地去思考的冲动。

假如我是现场的学生，当我“身着黑色博士服、头戴博士帽”，走上红地毯，我一定会有晕眩的感觉：难道我成神童了——博士都毕业了。也许平常难得一见的校长今天却如此正统地“身着正装、打着领带，面带微笑”，您这到底要干什么？其实，我们还只是小学生，在这样炎热的夏天，穿这样的衣服有什么舒服可言，更不要谈自然地流露情感了。试想，处在别扭的情境中又怎能流露常态的情感。若能有所流露，那倒反而不正常，那是因为我们还没有学会掩饰真情的本领。直面您高规格的“礼遇”，淡然处之恰恰是我们率真的表达。

亲爱的校长，您是一位善于经营学校的智慧型校长。一场小小的毕业典礼，有爸爸妈妈亲临观摩还不够，还有美国校长到场捧场，另加晨报记者即兴撰稿，这就不得不让人联想到这是不是一场精心导演的校园剧，剧名就叫《毕业典礼上的感恩教育》。假如这个猜想成立的话，我们成了什么？要知道我们这些敏感的小花，外界的一点风沙都会影响我们绽放的质量，所以淡然待之成了自我保护的最佳方式。

亲爱的校长，您是一位执着的校长。大热天里，且不说整个毕业典礼的组织过程的繁杂，就看你微笑 486 次，鞠躬 486 次，祝福 486 次，而且还身着正装，这容易吗？您的身上闪耀着教育的浪漫主义情怀，您用自己的一时一人之举就给孩子上了一堂生动的感恩课。可在这生硬做作的场合，我们又能拿出怎样的姿态来感恩，我可爱的校长。

综上所述，笔者浅见，这则消息告诉我们的不是简单的感恩教育要提前的问题，而是怎样深入开展、科学开展感恩教育的问题。

透过这则消息，我们的思维能否形成这样一个惯例：在今后对待孩子的成长问题时，我们成人世界是不是首先应该推己及童，转换一下思维方式，不要动不动就拷问孩子，而应扪心自问，我们成人有没有做得够好。我相信，孩子永远是有理的。

二〇〇七年七月

母亲节前的遐思

——我们该怎样做母亲

在迎接母亲节的日子里，做子女的在想着怎样让母亲开心多一点、烦恼少一些，而做母亲的有没有思考过该怎样做新时代的母亲呢？

曾经作为一名基础教育工作者，我有机会接触来自几十个甚至上百个家庭的孩子，我可以轻易地了解母亲在他们心目中的形象。每当布置写人的自由作文，写母亲的凤毛麟角；即使布置写“母亲”的命题作文，他们笔下的母亲多是做饭的保姆、生病时的护士。这不禁会让人想到契诃夫笔下的麻雀，毕淑敏听猎人所说的母狼。也许有人会反诘：“这难道不是母爱吗？”这位同志，请保持冷静，我没有否认这样的所为超出母爱的范畴，这些做法甚至可以说是母爱的基石。但我要请问的是：难道母爱仅仅包含这些内容吗？我们真的需要“三省吾身”，静下心来检点一下自己的为人父母之道。

一、做虔诚的倾听者

倾听是表达尊重最美的姿态，倾听孩子就是在他们心田种下平等的种子。家长权威在一定的历史时代起过不小的作用，“棍棒教育”的时代已经一去不复返。在现代社会，我们的民主之光应该从家庭开始照射进孩子的心田。

“一切教育都是从我们对儿童天性的理解开始。”因此，我们必须坐下来，心平气和地做一个倾听者。只有这样我们才能全面地理解孩子的天性，我们才能够揣摩出教育孩子的方法和技巧。

当孩子向你倾诉成功的喜悦时，年轻的母亲，请不要忘了吻一吻孩子的额头；当孩子向你诉说失败的痛苦时，年轻的母亲，请不要忘了摸摸他的头发，轻轻地说：不要紧，还有下一次！总有一天，孩子成了你无话不谈的朋友，你“润物细无声”的教化像诗一般美丽，多好啊！

二、做道德的示范者

“父母是子女在生活中一切言行举止的最早启蒙老师。”我们中华民族的所有传统美德之所以能继承和发扬下去，母亲的启蒙作用功不可没。但是，在我们的身边，仍然有不少母亲对待自己与对待子女设立双重标准：要求孩子努力用功学习，自己却经常摸牌跳舞；要求孩子不看电视静心作业，自己却在另一个房间“歌舞升平，享受生活”……诸如此类不再枚举。

有道是“身教胜过言教”“上梁不正下梁歪”，做母亲的自己尚且如此，又怎能理直气壮地去教育子女。时下，党中央把加强未成年人的思想道德建设作为一个重要育人工程来建设。在这个复杂的工程中，华夏年轻的母亲应自觉地挑起责任，当仁不让地去做道德的示范者：明知是错误的坚决不能做，要求孩子不做的自己坚决不做。

三、做终身的学习者

当下，终身学习已成为每一个现代人应该坚守的立世之本。作为母亲，更应率先垂范。这里的学习不仅是自己的专业深造，还应包括家庭教育的技巧。在不少家庭父亲扮演着博学的形象，母亲扮演的则是勤劳的形象。如果母亲也能在新时代自觉地学习起来，以至变得愈加博学起来，我想，这对孩子乃至整个中华民族来说也是一桩幸事。

家庭教育的任务，首先是父母教育、父母学习。而我们目前大部分家长认为自己只要让孩子有衣穿、有饭吃、有钱花，就是一个很称职的家长。于是，他们在繁忙的工作之余，不思学习。要知道：父母教育孩子的过程，也是自身不断感悟和学习的过程。你不学习哪来感悟，你不学习哪来提高。这就不奇怪有很多的孩子认为母亲思想平庸，缺乏魅力了。

我们可以学学电脑，与孩子一起网上冲浪；我们也可以多看看新闻报道，跟孩子一起纵论天下时事……如此这般，浓厚的家庭学习氛围必然熏陶出一个热爱学习的孩子。

在迎接母亲节的日子里，我想对天下所有的母亲说一声：伟大的母亲，您辛苦了！愿您的思考和实践陪伴您的孩子健康成长。

二〇〇八年六月

非楼之大，乃员工之大

作为一个在外奔波了十几年的南通郊县人，一直未有机会零距离地去感受南通大饭店的魅力。机会往往来得很突然。2008 年 1 月 6 日，我受领导委派，到南通参加两会的服务工作，下榻酒店正是南通大饭店。这一次在大饭店一待就是整整六天，我有充裕的时间去感受大饭店的独特与美好。回忆身居大饭店的六天时光，在那样的环境、那样的氛围里，我身心愉悦，领略到了现代酒店管理智慧，甚至明白了什么是现代都市文明。所以，当我看到大饭店和江海晚报社联合举办的征文启事，我强烈地感受到了一种文化的感召、一种家的呼唤，忍不住在键盘上敲出在大饭店的点滴感受。

不管你是谁，不管你来自何方，也不管你是乘车或者步行，有着迎客松身材的服务生便会麻利地上前为你拉开车门，继而优雅地推开大门，说声“先生（小姐）请”。这时你也会露出微笑，自觉示谢，从迈进大厅的第一步起，你定会油然升腾起一种高雅的感觉。若有较多的行李，自有服务生推着行李车来到你身边，听候你的吩咐，并一直把你送到客房。

对客房部的服务员来说，每天上午是她们最忙的时段。有两天上午，我在房间休息，从她们敲门，到打理房间，最后掩门离去，每一个细节都表现出很高的专业水准。看她们劳动，对我来说，简直就是一次“爱岗敬业”的“洗脑”培训——把简单的事做好就是不简单，把平凡的事做好就是不平凡。

因为有资料打印，所以得去商务中心。商务中心的设备已是超时服役，简直可以算是建设节约型社会的典型。服务员朱小姐一直面带微笑，手指在键盘上欢快地舞蹈。从文字输入，到编辑排版，最后打印输出，可谓一气呵成。海门政协的顾主任在中心遗忘了一件东西，服务员因不知道他的房号，便托我带口信，我刚回房间，她又打来电话拜托我一定要告知。这样的服务真到位。

我该怎样来形容南通大饭店人给我的印象呢？我想到了教育家、清华大学校长梅贻琦先生的那句名言："大学之大，非大楼之大，乃大师之大。"我想说，哪怕拥有即将建成的52层摩天大楼，我们的南通大饭店的大，也绝非大楼之大，实乃员工之大。正是大饭店每一个员工以他们满心的热忱加绝对的专业，才构筑起了南通大饭店的服务高地，令业内同行刮目相看，让业外人士叹为观止。作为南通乃至苏北地区首家四星级饭店，当大饭店的优秀员工把先进经验之种带到别处播下，就能加速促进南通涉外饭店的繁花似锦局面的形成，我想，这不正体现了"包容会通，敢为人先"的南通精神吗？

二〇〇八年七月

由李连杰的自责说开去

前不久，李连杰后悔拍《少林寺》的相关新闻及视频在全国各大报刊、网站转载，全国网民热议如潮。作为一个70后，《少林寺》风靡全国之时，我也正是一个少年郎，艳羡身边伙伴对武术的狂热和执着，也滋生过习武成名、练武报国的梦想。当然，随着年岁的增长，这个梦并没有做多久。在这个梦幻灭的过程中，耳边不时传来有人离家学武的消息——可见《少林寺》影响力多大多广。

20多年后的今天，突然间听闻李连杰在为自己当年拍摄《少林寺》自责，而且是“30岁后经常责怪自己，误导了多少青少年去学武术，他们明明都还没弄清楚武术是什么”。说这番话的时候，现场一片肃静。大家都似乎是若有所思，仿佛都在为李连杰的坦诚和率真而感动。作为一个场外观众，静心思量，不禁也想到三点。

首先，想对李连杰先生说：请您不用自责！当年情势之下，你如果不拍这部电影，也会有其他人拍。换句话说，这部电影由你来主演，偶然性是大于必然性的。可贵的是，时光流逝20多年后的今天，你能在媒体面前，勇敢地掏心窝说话，充分显示了你作为一位时代巨星的担当和坦诚，我们看到了一位艺术巨匠的良心。这些年来，你化自责为行动，作出了很多常人想做却没有做成的事业。你多次想退出演艺圈，但在宗萨仁波切导演的劝导下，“你要利用你的身份，来度化更多的人”。你专注于慈善，乐此不疲，记者面对面采访你时发现，你为了慈善竟愁得满头白发。你倡导创立的壹基金现已经成功转为公募，谁能够想到你为此付出的代价，在你演艺事业达到最高峰的时候，为了慈善每年推掉了多部电影，要知道，你的片酬央视曾报道高达 1 亿人民币，可见为了慈善你损失巨大。还记得 2008 年汶川地震、2010 年玉树地震及其他各种自然灾害，你率领壹基金志愿者携带物资第一时间亲赴灾区救援，你吃的是方便面，住的是帐篷。应该说，你的“度化”让无可计数的人受惠。

再者，想到了当前我国的影视作品审查制度。从 1982 年一部《少林寺》红遍大江南北，到 32 年后的今天，一部国产动画片《喜羊羊与灰太狼》吸引了全国少年儿童的眼球，足见影视作品的社会影响力已经巨大到不可估量。2013 年 4 月 6 日，江苏东海县两个孩子因模仿《喜羊羊与灰太狼》动画片情节被严重烧伤，被烧伤的孩子将点火同伴及动画片制作公司告上法庭。连云港市东海县人民法院一审判决《喜羊羊与灰太狼》制作公司承担原告损失 15%的责任。我们知道，任何制度本身的设计都有它的时代局限性。对此，我们不能苛求世上存有一劳永逸的制度。我们吁请影视作品审查制度的设计者们，一定要与时俱进、顺势而为，立足现代国人对影视艺术的现实需要，以科学发展观来看待当前我国影视业的发展，顺应文化产业发展的形势需要，尤其是保护好未成年人的健康成长，积极探索在法律框架下对现行的审查制度进行建设性地修改和完善，让我们的演艺大师不再自责数年，让孩子们的心灵和肉体不要再受戕害。

最后，想到我们要对中国的影视文化作全面而又深刻的反省。文化反思是促进文化发展的良药，中国影视文化的反省就是推动中国电影走向世界的加速良方。我们很多文化学者和影视评论专家对家与国、地区与地区间的横向比较研究相对较多，在某种程度上推动了我国现当代影视文化的发展和繁荣，但对新中国成立以来的我们自己国家纵向方面的影视文化的反思，则显得不够深刻、不够全面。李连杰的自责给我们开了个好头，具有一定的示范意义。我们中国的影视作品如何成为引领社会健康发展的重要力量，如何实现社会效益和经济效益的最大化和最优化，如何让中国影视文化为世界所接纳，成为推动中国崛起的重要力量，对于这些问题还需要我们更多的影视人和观众作出更多的思考和实践。

二〇一四年五月

回来吧，手绢

“丢手绢，丢手绢，悄悄地放在你的身后……”一个幼童开着三轮童车，喇叭里传出《丢手绢》的旋律，童真、欢快、自然。

孩子侧脸向着妈妈：“手绢是什么？我也要玩丢手绢。”

“那不是玩具，那是小时候擦鼻涕的小毛巾。现在不容易买了。”妈妈笑了。

“为什么不容易买了？”

“因为现在擦鼻涕用纸巾了啊。小傻瓜！”

“哦……”孩子似有所悟。

这位年轻的妈妈说得没错，我们“70后”小时候擦鼻涕用的正是手绢。上幼儿园的时候，用别针别在胸前，随时备用。上小学了，就折成方方正正，放在上衣口袋或者裤兜里。手绢在我们那时作用可不少，简直是随身不离的朋友，可以用来玩丢手绢的游戏，可以用来蒙住眼睛捉迷藏，可以比赛折老鼠，还可以做成降落伞，向着高空抛下。在那个物资匮乏的时代，孩子的创新潜力一经发掘，手绢就是当年的百变金刚。那是怎样一个无忧无虑、永生难忘的童年时代啊！

我们不禁追问，手绢啊手绢，你是什么时候从我们的生活中消失的呢？是你离开了我们，还是我们抛弃了你？

理性地讲，手绢是我们人类的创造之物。它不会离开我们，只有我们舍弃了它。当一个生活用品从我们身边消失，往往是生活用品本身已经丧失了其应有的功能，或者被其他更好的物品所替代。我们知道，手绢的主要设计功能是帮助我们用来做好鼻部口唇的保洁卫生，我们可以回想一下，是什么把手绢的这一功能替代削弱的呢？对，是纸巾。

纸巾的出现并不久远，也就十来年的事情。但它的发展异常迅猛。过去有擦屁股的纸巾，现在有擦手的纸巾，有擦嘴的纸巾，还有擦锅的纸巾。因为纸巾用起来便捷，一用了之，弃之垃圾桶，很符合现代人追求便捷、简约的需求。于是，从大城市到小城市，再到农村，一场以用纸巾代替手绢的生活变革悄然席卷了全国。现如今，在餐馆、在宾馆、在乡下餐桌上……纸巾成了标配，生活的必需。每逢过节，超市的促销商品里，各类纸巾占了很大的份额。

纸巾的前身是纸浆，纸浆的前身是木材，木材的前身是什么？是大片的森林。其中需要消耗多少森林，消耗多少水源，而纸巾是一次性用品，用之即弃，没有回收利用的可能。据某权威机构统计，我们一年需要消耗多少吨的纸巾，相当于多少面积的森林。

前些日子，很多媒体在报道广大农村地区的餐桌上出现了很多劣质纸巾，不但不能擦干净嘴鼻，反而会对人的健康造成必然的伤害。但人们似乎对这一事实置若罔闻，依然我行我素，怀着侥幸的心理，哪管国事天下事，只管自己图个方便。作为政府，我们要强烈地意识到这一点，切实引导广大群众养成健康的生活方式，为生态文明做出应有的努力，为子孙后代建设好绿水青山。

二〇一八年三月十一日

童　年

对出生于新中国成立前的父辈们而言，他们的童年是酸涩凄苦的。除了缺衣少食，下地干活，还不能学习科学文化，最大的乐趣就是可以跟大自然、跟全村的伙伴们黏在一块儿，成天地在泥土里跌爬滚打。

对我们来说，童年是美好的。那时候的我们，可以缚上脚绳，哧溜几下爬上池塘边的榕树捉知了，也可以在操场边的秋千上体验眩晕的摇晃……有人喜欢用“金色”来形容童年，我多想创办一份少儿刊物，就取《金色童年》这个名儿，这里的“金色”大抵是可贵、灿烂的含义吧。

童年是很短暂的：如白驹过隙，稍纵即逝；如潺潺流水，永不回头。挥霍童年几乎是每个孩子的天性，在无忧无虑的童年里，我们仿佛有一大把用不完的时间，对于父母念叨的“一寸光阴一寸金”的古训，总是置若罔闻，不以为然，但时间终究会给我们惩罚——我们往往还没有来得及好好体味童年，童年便悄然背离我们而去。

童年的往事是值得追忆的。童年的记忆有深刻的，也有模糊的。语文老师喜欢让我们以《童年趣事》为题，勾引我们对童年的回想，也加深了我们对童年的印象。我们也记不得写了多少诸如“拔茅针、钓骆驼、放哨火”之类趣事了，现在回想总还觉得温暖如故，仿佛就在昨天。

童年是大人们慨叹的永恒话题。著名作家赵丽宏写过一部小说《童年河》，书里写道："童年就像一条小河，从你生命的河床里流过，它流得那么缓慢，又流得那么湍急，你无法把它留住，它的涟漪和浪花会轻轻地拍击你的心，让你感觉自己似乎总是没有长大。"当我们处在童年时，我们是多么巴望着快快长大；等我们一旦长大之后，我们又在叹息童年的珍贵。我们对晚辈们讲话，常常会用"我们小时候啊，我们那个时候啊"打头。当年的发小在某个路口巧遇，或者约好了在节日里碰头，彼时的心情定是无比激动的。

在现今社会，当我们成为大人之后，当我们有了晚辈之后，我们不应止步于追忆童年，在回忆中度过余生，而应该如何呵护好他们的童年。有人甚至发出"保卫童年"的呼吁。

现在的幸福童年、快乐童年，已经远不是当年我们物质匮乏的时期了。那时候，一根冰棍、一块糖果往往就会让我们幸福好几天。而今的孩子已无衣食之忧，那为什么脸上还是少见快乐的笑容？

不少智者愿意走进孩子的内心世界，蹲下身子倾听孩子的心里话，他们听到了孩子们发出"给我时间和自由"的呼喊。时间被作业排满了，作业过量，难度过大，星期天要完成三四门课的作业，小学没毕业也要写小论文，要"做方案"；自由被父母掌控着，广大家长有着强烈的"起跑线意识"，催促着孩子去竞争、去拔尖，去赶着上"特长班""兴趣班"和"辅优班"，孩子们渐渐失去了自我，远离了自然。孩子们成了学习的工具，成了父母的奴隶，这样的童年跟关在笼子里的猴子有什么区别吗？从小没有时间做梦的人，长成后何谈理想和创造？

童年对一个成长着的人来说，终究会成为过往，成为追忆，不可留也留不住，但童心可以永葆不泯。"向孩子学习"已经成为现代成人的一个时代潮流，因为童心既是一种心态，一种修为，也是一种精神，一种境界。

二〇一五年十月一日

望星空

对年过半百的人来说，看到这个题目的第一反应是：这是歌名儿吧？不错的，这首歌曾经传遍大江南北、长城内外，深情的旋律表达了军嫂们的忠诚柔情，直白朴素的歌词好似彼此间的铮铮誓言，神圣的庄重感挺直了军人的胸膛。

“夜蒙蒙，望星空，我在寻找一颗星……即使你顾不上看我一眼……即使你化作流星毅然离去……”当心上的人儿戍守边疆，军嫂们在劳碌了一个又一个白天后的晚上，搬把凳子坐在场院，也只能在这个时刻得有空闲，静心凝望星空，享受着思念，品尝着孤苦，一种叫作奉献的光环让她们无怨无悔，幸福绵长。

这样将心比心的臆想，是我多次从《望星空》的旋律里谛听出来的遐思，至于真实的情思，也只能是当年的军人军嫂们才能表露。

对出生于20世纪70年代的我而言，读到这么富有诗意的题目，我不禁忆起幼时的夏夜——那是多么恬静美好的时光啊！男孩子喜欢打着赤膊，摇着蒲扇，在田间小路上追逐萤火虫，在田埂上狠劲跺脚唬住青蛙们的鸣唱；女孩子们则喜欢依偎在爷爷奶奶身边，认真倾听着远古天上仙境的神话，或者是三三两两地团在一起，打着拍子唱起新学的歌谣；父母们往往刚从农田里回来，端起儿女盛好的稀粥，就着黄瓜小菜，呼哧呼哧几口就见着碗底了。

吃好夜饭，妈妈就会擦干桌子，一米见方的八仙桌此刻就成了可以安歇的凉椅，孩子们便猴子般蹿了上去，这时候，“数星星”的游戏就开始了。天上的星星哪能数得尽啊，在这样的游戏中，孩子们不知不觉学会了数学。每个夜晚，几乎都可以遇见流星，眼尖的孩子就会手指流星的方向，兴奋地喊：“星星长尾巴了！星星长尾巴了！”大人们便哄笑一阵，有长者会语重心长地来一句：“天上一颗星，地上一个丁。又有人殁了。”

有时候天气实在太热了，父亲便会在屋檐下搭一个简易凉棚，数根竹竿加上厚实的纯棉蚊帐即可。我们男孩子才会被允许睡在外面，可以在蛙鸣虫唱的摇篮曲中安然入睡，有时候一觉醒来，红红的太阳已经升起在东方。而父亲已经早就下田劳动去了。这种野外宿营的体验对现在的孩子而言，竟然是有点奢侈了。

现而今，我们一个一个地离开了村庄，在远近大小不同的城市里安家落户。每天的我们就像陀螺一样，被什么外在的东西抽打着，身不由己地转呀转的，逐渐迷失了自我和方向。即使在可以户外纳凉的夏夜，也懒得出去，只乐意在空调房里健身美体，挥汗如雨，享受锻炼的愉悦和放松。

偶有闲暇，我们在染着夜色的马路上行走，带上孩子，牵着爱犬，你或许会被广场舞的高音旋律吸引驻足，你或许会被闪烁跳动的霓虹灯迷幻了双眼，如果你愿意抬头望夜空，你会发现，深蓝色的天幕上，星星不再那么密密麻麻、挤挤挨挨了，只剩下最亮的几颗孤苦伶仃地俯瞰着城市里的万象。

我仿佛从寥落的星光里，读出了怜悯、无奈……也许星们在想，要是城里不再是不夜城，要是人们甘心放慢匆匆的脚步，安居于巢窝一般的家中，她的伙伴们还会布满夜空，那样的夜晚和天空，星光肯定会依旧灿烂？明天的生活是否会变得慢悠悠而更美好呢？

二〇一五年九月二十九日

当你老了

“当你老了，头发白了，睡意昏沉；当你老了，走不动了，炉火旁打盹，回忆青春。多少人曾爱你青春欢唱的时辰，爱慕你的美丽，假意或真心，只有一个人还爱你虔诚的灵魂……”听着这样的词曲，内心仿佛接受着一场洗礼，顿时澄清了敞亮了。

1889 年 1 月 30 日，23 岁的爱尔兰诗人威廉·巴特勒·叶芝遇见了 29 岁的女演员茅德·冈，诗人对女演员一见钟情，灵感如潮，为她创作了许多情诗，《当你老了》就是其中著名的一首。

《当你老了》抒发的是“爱情”这个永恒的主题。在银发浪潮汹涌的当下，《当你老了》这首歌曲也引发了国人对“当我老了”这个现实话题的思考，人们在茶余饭后热聊着，大家都在设身处地地关切着。家家都有老人，谁又不会老呢？以“421”为主体的家庭结构更使老龄化问题揪人心尖。

据权威媒体报道，我国已经进入人口老龄化快速发展阶段，截至 2014 年底，我国 60 岁以上老年人口已经达到 2. 12 亿，占总人口的 15. 5%。当前，国家已然意识到老龄社会的巨大影响，无论是调整独生子女政策，还是研究延长退休年龄，还有出台政策扶持各类养老机构，这些都是政府层面的应对之举。当然，还有很多方面需要各地各相关部门深入调查研究，适时制定出台适合当地实情的实招，同时也需要社会各界，包括企业、家庭等等顺势而为，主动作为，为老龄社会作出新的贡献。

前几天，一篇题为《当我老了，不要嫌弃我可好?》的文章在微信圈子里转得很火，读来令人心酸。文章大意是劝慰做子女的"对老人多些耐心，不嫌唠叨和健忘，要用心对待老人"。字字句句饱含真情，说在了点子上。美中不足的是，作者忽略了老年人的自身价值，似乎把老年人定位在一个需要怜爱的弱势群体里，其实老年人是鹤发童颜的长者，更是智慧满满的智者，完全可以活出精彩，可以为社会、为他人作出非同寻常的贡献。

想对已经步入老年和正走向老年的朋友说：当你老了，不要以自己的年龄为享福找借口，不要坐等子女晚辈来嘘寒问暖；当你老了，不要以老者自居，老的只是年龄和身体，古学姜太公钓鱼，今学摩西奶奶作画，你们身上不泄劲、不服老的风采将汇聚成整个社会继续向前的巨大力量。

愿天下老人人老心不老，神采奕奕地活出长者别样的风范！

二〇一五年

守望家园的星空

辑八

悦读偶得

Chapter 08

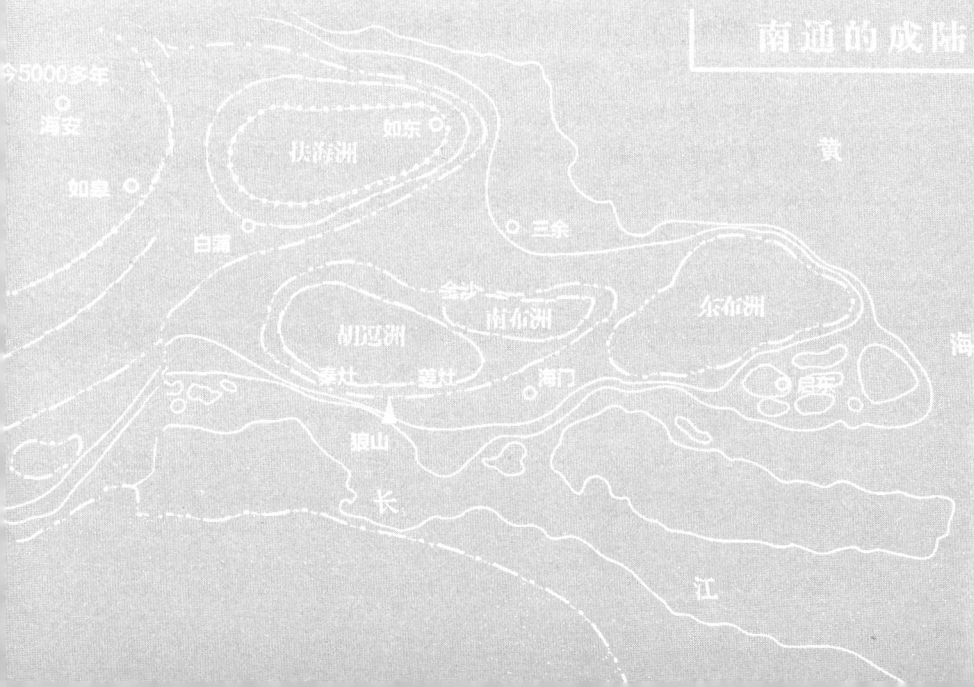

探寻政协委员的美

——读梁晓声长篇小说《政协委员》有感

美学是一种研究感觉与情感的理论，感觉与情感则是人人都具备的能力。正因为这一特点，美学思想可以向人类一切感觉、知觉的知识领域渗透，不断地为人们所感知，并能不断地丰富。随着人类劳动分工的细化，不同的职业、不同的身份也逐渐形成各自独特的职业美。

农民之美，美在耕种不辍；工人之美，美在技术求精；教师之美，美在爱生奉献；军人之美，美在报国为民；商人之美，美在诚信无欺；空姐之美，美在气质礼仪；那么，我们的政协委员的美在哪里体现呢？著名作家梁晓声的《政协委员》（河南文艺出版社 2008 年 1 月）给我们政协委员的美作出了较好的诠释。

在这部小说里，梁晓声以一贯的平民视角、直面现实的真切心态和直抒胸臆的白描笔法，通过一个小市的图书馆副馆长、一名平凡的副科级干部、一名基层新任政协委员李一泓参政议政的遭遇和经历，反映出在建设和谐社会的当下，社会上与和谐相违的一些不可忽视的矛盾与弊端。

李副馆长本过着与世无争的平静生活，因其良好的口碑和老馆长临终前的极力推荐，极其意外地当上了政协委员。他以性情耿介、眼里容不进一粒沙子的好人秉性，成了一盏“不是省油的灯”。上任伊始，他就以履行政协委员职责为己任，在本市乃至全省掀起了轩然大波。他把锐利的矛头对准官场集体腐败、名校垄断教育资源、有毒食品猖獗、环境污染、色情产业泛滥等，与恶势力斗智斗勇。同时，他也将自己抛进了一个个旋涡和阴谋，成为众矢之的，但他义无反顾、仗义执言、无怨无悔。

梁晓声以朴素的文字，塑造出了一个厚重和深刻的委员形象，一个近乎完美的委员形象。简单地说，通过这个人物形象，我们不难找到政协委员之美的两个主要要素。

委员之美，美在主动参政的满腔热忱。委员来自不同的界别，是本界别的优秀代表。各界别的心声需要各界别的政协委员去表达，去诉求。主动参政的满腔热情彰显了新时代政协委员的高度社会责任感，诠释了政协委员的内涵不仅是荣誉称号，更是责任的代名词。试想，一个不发言、不写提案、只管拍手，甚至连会议都很难自始至终参加的委员，其参政热忱何从谈起，其委员之美又从何体现。由此可见，主动参政的满腔热情是委员之美的底色。

委员之美，美在履职为民的不凡身手。政协委员要切实履行三大职能，就需要有较强的表达能力（包括书面表达和口头表达）、调查研究能力，等等。随着知识经济时代的到来，政协委员要不断加强自身学习，积极做好本职工作，努力成为本界别本行业的排头兵；要关注本行业的发展，为推进本行业的发展积极向党委政府建言献策；要关注民生，切实关注广大人民群众的切身利益，围绕群众关心的热点难点问题积极开展专题调研和视察，不断拓宽参政议政领域，选准题目，找准切入点，以会议提案、专题建议等多种形式开展参政议政。从而施展开履职为民的不凡身手，为委员之美增添实实在在的亮色。

目前，全国各级政协委员有 60 万之众。如果，每一位政协委员都能从李一泓身上汲取委员之美的因子：澎湃起政协委员的热血、施展开政协委员的身手，那么，我们委员的美好形象将会高大稳固地树立在咱老百姓的心田上。到那时，我们又将会走进怎样一个值得期待的新时代？

二〇〇八年七月

感受初心的伟力

——读长篇报告文学《从南湖出发》

这次去嘉兴南湖，我们瞻仰了红船，参观了南湖纪念馆，登上烟雨楼眺望，当年的壮阔历史像南湖的波涛在我们的心头激荡。我的身心感受到一种精神滋补的力量，这股力量在我回味习总书记的话后显得尤为强大。总书记说："上海党的一大会址、嘉兴南湖红船是我们党梦想起航之地方。我们党从这里诞生，从这里出征，从这里走向全国执政。这里是我们党的根脉。"这是他在党的十九大闭幕后的2017年10月31日，来到南湖向全世界发出的伟大论断。细细咀嚼，让我再次叩问初心，感慨万千。

早在2005年6月21日，时任中共浙江省委书记的习近平同志在《光明日报》发表题为《弘扬"红船精神"走在时代前列》的文章，首次提出并阐释了红船精神："开天辟地、敢为人先的首创精神，坚定理想、百折不挠的奋斗精神，立党为公、忠诚为民的奉献精神。"

红船精神的提出，让嘉兴南湖的党员、干部倍受鼓舞，在机关、在学校、在社区、在企业……他们更加深刻地领悟红船精神实质，将红船精神全面融入本职工作，以"干在实处永无止境、走在前列要谋新篇"的奋斗姿态，勇做新时代的答卷人，使得科技创新迈向新高地，产业转型实现新跨越，深化改革激发新活力，城乡发展呈现新面貌，民生福祉得到新增进……南湖大地取得了改革开放以来更好更快的发展。

这十多年来，南湖地区发生着全面深刻变化，涌现出一大批解放思想、锐意创新、奋勇争先、业绩卓著的先进典型，发生了无数勇于担当、攻坚克难、一心为民、乐于奉献的动人故事。以嘉兴科技城、湘家荡旅游度假区、南湖新区为代表的科技创新、旅游文创、金融产业发展迅猛，“智接”上海取得实质性进展；农村产权制度改革的完成，为乡村振兴再创体制机制新优势；行政许可“一证化”改革、行政服务“无差别全科受理”使南湖区成为政务环境、投资环境最优，群众获得感最强的城区之一；“五水共治”和“全域剿灭劣V类水”行动的推进，大大改善了城乡环境；各项民生工程的实施，为广大人民群众带来众多福祉；“大走访、大宣讲、大解放”活动在调查研究、熟悉民情的基础上，以思想大解放推动行动大担当、工作大提升、事业大发展。而像“96345”社区服务中心、“红船服务队”“青春党建”“红立方党员志愿服务”“党员承诺制”等旨在弘扬红船精神、具有南湖特色的为民服务组织和公益活动，又为我们党的伟大事业增光添彩，为千家万户送上缕缕馨香。

这些积极有为的实践和可感可知的成果，需要有抵达群众心灵深处的文化记录和表达，于是知名报告文学作家孙侃从2018年5月起，踏访南湖的乡镇、街道和社区，采访了一大批身处一线的干部群众，通过文学的笔调，全面、系统、生动、真实地记录了2005年以来，南湖干部群众弘扬和践行红船精神的基本历程和重大成果，描摹出一大批南湖儿女优秀典型，讲述他们的感人故事，通过一大批鲜活可感的人物形象，凸现了南湖儿女学习贯彻红船精神的社会价值和样本意义，还从历史人文角度，分析探讨了南湖区经济社会发展的本质原因、地域特色和未来趋势。《从南湖出发》不仅是南湖人民，还应是中华儿女进一步弘扬红船精神、深化“初心”教育的生动教材。

“秀水泱泱，红船依旧；时代变迁，精神永恒。”我想，在南湖实地参观学习之后，再品读这部总结了65万南湖儿女践行红船精神成果的巨著，我感受到科学的引领和巨大的鼓舞。相信这本以红船精神诞生地的南湖儿女学习、弘扬和实践红船精神为内容的长篇报告文学《从南湖出发》可以激励更多的同志，让更多的人从阅读中切实感受到初心的伟力。

二〇二〇年十一月

探寻大上海的精神内核

——以接轨上海视角读《上海制造》

《上海制造》作者马尚龙先生是完完全全的上海人：生于上海，读书于上海，工作于上海，生活于上海，出版过《上海女人》《上海男人》等专著。他说，几乎所有的写作灵感都来自“上海制造”。

这本书的成书起源于《上海航空》杂志的“上海制造”专栏，是一本91篇千字文的汇编。通读全书，我真切地理解了什么叫“大上海”，什么是“上海制造”。

读完全书，我知道大上海大在了她的海派文化上，文学、出版、电影、戏剧、音乐，也包括建筑、金融、教育，中国乃至远东的很多文化第一都在上海诞生，并且强有力地成为当时中国的文化大餐。举个例子，从1927年到1949年前，上海共有八千多首流行歌曲问世。上海之大还在于国货名牌风靡全国：培罗蒙西服、上海牌手表、永久凤凰自行车、飞人蝴蝶缝纫机、红灯收音机、华生电扇、海鸥照相机、回力球鞋，等等。作者在前言中指出：欧美国家习惯将制造业与文化融和，制造的高低就是文化的高低，制造的强弱就是文化的强弱。在品读全书后，我想以接轨上海的视角对大上海的精神内核做探寻式思考：

一是大上海鼓励闯滩精神。

《先做“小赤佬”》文中提到，上海很多马路都是以全国各地的地名来命名：南京路、香港路、山东路，等等。举凡路名，一概以外地省份或城市命名而非本地地名命名的城市，中国唯有上海集大成，这是上海老一代移民给新移民留下的温馨的心灵港湾。上海有多少条外地地名的马路，就会有多少个外地的青年涌向上海，而且成为上海的新移民。

20 世纪三四十年代，上海云集了一个以“小”字做头字的创业群体：小宁波、小苏州、小福建；同时也是以“小”做头字：小裁缝、小剃头、小皮匠。头字加个“小”，基本上就是属于“小赤佬”“小瘪三”的扩展名，也是对所有到上海学生意的乡下人的社会定位。这些“小赤佬”学生意，学上海话，学上海人的腔调，经过几十年的历练，逐渐成为老宁波、老苏州、老福建。小赤佬潜移默化地加入上海的本质生活中。可以说，上海历代移民，都必然受到轻蔑地对待，而轻蔑的人往往就是上一代的移民。有人说，所有的上海的大小资本家，没有一个不是被人家一声声“小赤佬”骂出来的，上海所有的名牌名店，没有一家不是沿马路吃西北风吃出来的。上海开埠的历史有多长，小赤佬的历史也有多长。这一代代小赤佬的身上闪耀的是一种冒险家的探路精神，走出了一条“勇敢者道路”。

二是大上海包含竞争意识。

《两部机器扶梯的德比》一文，从南京路上两部机器扶梯谈起。作者设问：为什么南京路当年就会有两部机器扶梯？这是两部安装于 1935 年的自动扶梯，被认为是我国最早使用的自动扶梯。当时大新公司（中百一店）和永安公司（华联商厦）在铺面商场至 2 楼、2 楼至 3 楼之间，安装了两台奥的斯公司的轮带式单人自动扶梯。两部机器扶梯在如今已不可能成为话题，但是两大百货公司在整个中国大社会还极其贫穷落后苍白的年代，已经开时尚风气之先，可以看作是两家商场暗战的狠招高招，乃至几十年后的好多年间，这两家双双霸占全国商业销售排行榜的第一二名。

在上海，门派与门派，人与人，路与路，店与店，品牌与品牌，往往都是两军对垒，两两相望。比如商业街南京路与淮海路；在生活用品制造业上，自行车有永久和凤凰，等等。马尚龙先生写道：好像有点不够大气，但是正是这不够大气之气，不经意地培养了上海的“德比”历史，造就了上海“德比”的风流。恰恰是深入上海人骨髓的竞争意识，造就了人气，造就了不相上下，造就了不买账而最终双赢，造就了上海现今的繁华。

三是大上海倡导品牌文化。

《海派格调》一文，重点记叙了季风书店的发展与上海人对上海品牌意义的保护和执着。上海人是善于创造品牌的，季风是一个品牌，有别于外地，也有别于上海。季风是所有书店中唯一可以清晰地听到脚步声的书店，无论是在里面读书的丽人，还是书店外关于书的风景，都让你看到季风的价值。也是因为季风的价值，2008 年底，本来将因租金问题迁出的季风书店，因为业主降低了租金而被保留了下来。季风凭什么让读者为之珍惜？何以成为上海文化时尚的热地？因为季风已经自我确立起了上海的品牌，这个品牌的意义超出了书店。

四是大上海涵养精致内涵。

《上海人的活法》一文将上海人的生活理念阐释得非常到位。上海人的活法是上海人的心计，似乎很精神，实际又是很物质，因为上海人的心计千变万化，总是依托于自己的居住环境。“螺蛳壳里做道汤”是多年来上海人的居住环境，恰又是上海人的活法原则。意思就是在最狭小的物质空间里要演绎最深奥的精神生活。在上海人的活法里，始终坚持着“一个不能少”，那是城市生活的享受元素一个不能少。很有可能，当某一家人终于从螺蛳壳里搬了出来，在乔迁新居时，看热闹的人一阵惊叹：从螺蛳壳里会搬出来一张红木大床，一只红木大橱……是祖上留下来的，也可能是几十年前淘来的宝贝。

如果想再看看上海人的精神内核有无遗漏，还有一个就是上海人的“包容气度”。上海历来就是移民社会，一代代新老上海人在容纳中排斥，又在排斥中容纳，上海在很长一段时间里一直被视作最骄傲、最排斥的城市，但你经过几年的摸爬滚打之后，又会发现上海恰恰又是最兼收并蓄的城市。

掩卷沉思，《上海制造》一书带给我更多的是关于大上海精神实质的思考，也给了我们关于接轨上海、建设如东的思索。我们如东人在接轨上海的伟大实践中，如何涵养上海精神内核，尽快接轨融入上海，迅速产生肌体新活力，需要我们深入思考、积极实践，为如东经济社会的优质发展作出我们应有的贡献。

二〇一六年七月

耳　读

至今还记得童年时代的一则谜语：一间小木房，没门光有窗；只要窗户亮，有说有笑把歌唱。(打一物)

现在的孩子怕是没有几个能猜出来了。要知道，在当年的我们心里，谜底可真算是个稀罕物。

我刚刚读小学，收音机开始走进了我的生活。这一路作伴，不知不觉走过了三十多年的时光。我常常想记录下与之相处的点点滴滴，也许是情到深处意踌躇吧，一直到今天也未能遂愿。

去年春节前，在整理书房的时候，无意间翻看到前几年的两则“新闻”打印稿，我的心弦被重重地拨动了一下。一则新闻是说，2008 年 5 月，汶川抗震救灾期间，党中央给每位救灾官兵人手一台收音机，官兵们在异常紧张的救援休息时，听上一会儿收音机，也能得到力量的鼓舞和心情的放松；还有一则是 2011 年 10 月 24 日的《东方早报》刊登的一则通讯，题目是《夫妇坚守海岛 25 年：年工资 3800 听坏 19 台收音机》，讲的是一对夫妇 1986 年上岛，坚持守岛整整 25 年，听坏了 19 台收音机的故事。透过这两则新闻，我们在感佩新闻人物的同时，也在内心惊叹折服于收音机的神奇功效！

还得感谢莫言先生，他的演讲《用耳朵阅读》唤起了我关于耳读的缤纷记忆。我下决心将与广播相依相伴的日子记述下来，真实表达出一个平凡生命体会到的耳读的幸福。

我的童年记录在一个二百来人的贫穷小村庄，村子里大多数人家住着茅草屋。要说阔绰人家，戴婶家当数首富。村子里的第一部缝纫机是戴婶家买的，村里的第一栋两层楼房是戴婶家盖的，戴婶家还有了村里的第一台收音机。庆幸得很，我家与富户戴婶家为邻，四间茅屋驻扎在她家楼前，更衬托出楼房的雄伟。戴婶与我妈同姓同辈，两人以姐妹相称，两家相处赛过一般远亲，两家但凡有啥新上市的吃食总会互通有无。

每天黄昏时分，戴婶总会把收音机打开，楼前屋后、左邻右舍的七八户人家，无论是大人还是小孩都沉浸在“八音盒”送来的快乐氛围中。节目可真丰富，有我最爱听的评书、少儿节目，有中学生姐姐偏爱的每周一歌和新闻节目，还有父母最关心的天气预报和奶奶边听边哼的黄梅戏。

做完一天的功课，我搬把小方凳，坐在戴婶家门口侧耳托腮，心情无比放松，近距离地聆听，耳朵惬意多了，天黑了也浑然不觉，直到杂音渐多，戴叔回家了才把收音机关掉，我只得意犹未尽地起身回家。若是戴叔全家走亲戚喝喜酒，我们就会有两三天听不到收音机，黄昏时分的快乐耳读便会被迫消停几天，内心的怅然潜滋暗长，可也没有办法。

后来，我家河东的村支书家旁边的电线杆子上绑了个高音喇叭，有时候也转播一些省市电台节目，但常常会插播村里镇上的关于施肥打药水、收缴“三粮四钱”的通知。这个喇叭时响时不响，常常在你想听的时候闷声作哑，在你不想听的时候突然就声嘶力竭地高叫。尽管如此，我对这个喇叭还是怀有好感的——不管怎样，总是留了个念想和盼头。

拥有一台收音机成了我童年时的一个梦，幼小心灵被强烈的占有欲望折磨得度日如年——要是自己家有一台该多好啊！自己的耳朵可以有自己的主张，想什么时候听就什么时候听，想听什么节目就听什么节目，而不是做被动的陪听者。

为了早日圆梦，我在星期六晚上赶完作业，星期天就可以走村串户地去捡废旧塑料纸等卖钱，我一分一分地攒着，但距离十几元的目标实在是太遥远了。

漫长的等待总是煎熬人心，但愿望的实现往往如天兵降临般突如其来，总在意料之外。

那天，我放学回家专心写着作业，伴随着脚踏车的铃声，妈妈的呼唤也飘进了耳膜：

“快来看，我带什么回来了？”

我扔下笔，兔子般地跳出门槛。

妈妈指指车后的篓子。只见一个长方体状的东西用蓝印花布包裹得严严实实。

“是什么东西？给我看，给我看。”

我三下五除二地打开包裹，一台半新半旧的木质收音机呈现在眼前。

“哇，是收音机！我家有收音机啦！我家有收音机啦！”

我欢呼着，跳跃着，把收音机宝贝似的抱给姐姐看。我和姐姐喜笑颜开地迎进了这位尊贵的客人，姐姐把堂屋的水泥柜擦拭一新，收音机被尊放在如来佛祖的石膏像旁边。

我们美滋滋地端详着新朋友。机身正面贴着“海燕”两字，外壳是木质的，前方有两个钮，上面一个调音量，下面一个调频率。

妈妈说：“这是大姨父送给你们的，他让你们别嫌它旧，照样可以给你们打开新世界呢。”

在往后的日子里，我们渐渐领悟，在那个信息闭塞的时代，这个礼物的确为我们打开了一扇了解世界的窗口，对成长中的孩子而言是意义非凡的。

收音机成了我和姐姐最亲密的伙伴。为了方便收听，在平常时候，我们把这台“宝贝”请到餐桌上。我的作业效率随着收音机的到来而提速不少。每天放学回家，在飞快地完成作业之后，我都会打开来收听节目。那时候的台似乎也不少，但声音清晰的不多。中央台的“小喇叭”、上海台的“星星火炬”、江苏台的“小星星”陪我度过了无数个快乐时光，在很大程度上弥补了一个农村孩子少有书读的遗憾。

每逢周末，我又会把“宝贝”请到床头，尤其是在北风呼呼的冬夜里，我窝在棉被里，一边静静地睡着，一边用耳朵谛听着刘兰芳、单田芳的《三国演义》《三侠五义》《白眉大侠》，那个时刻真是温暖又温馨呢！

我常常在半夜醒来，收音机还在耳边“嘶嘶”作响，我一个激灵，轻轻拧上收音机，常常为自己的粗心大意而心生懊恼——怎么又忘了呢？又浪费了不少电。

记得一年暑假，一个节目即将开始，可电池没电了，任我怎么敲打电池的两极也不管用。我急中生智，找来了两根铜线，将一头连接上收音机，另一头插进交流电的插座里，但还是不见任何反应。我用手去拿线，只觉得手不可抑制地战栗，只听见家中的触电警报器“啪嗒”一声切断了电源，我才醒悟过来，刚才是触电了，我吓得好半天才缓过神来。为了听收音机差点送掉小命，直到今天还记忆犹新。

这台被我视为宠物的海燕牌收音机陪了我们六七年，逐渐老态龙钟，木板缝隙日渐增大，有分崩瓦解的趋势。那时候小镇上还没有木胶水卖，我用尼龙绳子把它五花大绑起来。就这样“绑架”着还坚持服役了一段时间，大概在我读完小学后，它开始无规律地出现“休克”现象，寻遍镇上电器修理高手也回春无力，这只“海燕”只能折翅退役了。

姐姐初中毕业后，为减轻家庭的负担，她没有继续读高中，而是选择到镇办玩具厂做工。她用第一个月的工资买回了一台红灯牌小型收音机，这是我家真正意义上的第一台收音机。黑黑的塑料外壳，正面左上角嵌着一个红灯的标志分外抢眼。身子小了，所用电池也小了一号，但收音效果强多了。

因为她的小巧玲珑，所以她成了我们的形影不离的跟班。初夏里，我们到棉田里移栽苗钵，她在田垄上唱歌；漫长的暑假里，我烧洗澡水或者煮猪食，她又会乖乖地躺在锅门口为我吹响"小喇叭"；秋收时，我们在稻田里捡拾稻穗，她在稻草堆上说评书；即使我在上厕所的时候，她可以站立在猪圈的木桩上播送新闻，有一次险些让大母猪拱进了粪池。

初三下学期，随着学业一天紧似一天，学校安排毕业班学生集体寄宿住校，只有在星期日才可以回家，与久别的老友见面，又可以重温耳福了。

考进了师范，学校里建有广播台，有点歌台，有校园新闻，午餐时分在学校大食堂还转播上海东方台的"空中体坛"。我后来担任了新闻节目的编辑。一周一次的采编任务虽不是难事，但也总得煞费脑筋地去组织新闻稿源，这也让我锻炼了不少。

师范毕业，我被分配到一所区中心小学任教。第一个月的工资一到手，我们同年工作、同室而居的三个兄弟相约团购了三台收录机，公私兼用。在下班回寝室后，三台收录机同时打开，热闹的"三重唱"响彻我们的宿舍，好不热闹。我们常常是各听各的，互不干扰，倒也相安无事。那段时光至今忆起还是幸福满满。

新中国成立50周年，市电台举办"我与收音机"有奖征文，听着陆续播出的一篇篇关于收音机的优美征文，我的手也痒痒的，我结合自己的教学实践，写出来一篇题为《带着收音机进课堂》的叙事散文投递了过去，不想在周日的下午，一个美妙的男中音播出了我的稿子。重播的时候，我用录音带录了下来，可惜那盘录音带已经无从寻觅了。比赛结果公布了，竟然得了个一等奖，奖品是一台袖珍式收音机，蓝色的外壳带着光泽，火柴盒般大小，非要戴耳机才可以听。这个小家伙成了我旅途中的必带之物。

又过了几年，我到一所中学执教，那时适逢全省初中进行新课程改革。我担任实验班的班主任，兼教语文学科。语文教学提倡三维目标（知识与能力、过程和方法、情感态度和价值观）的达成和听说读写等综合能力的提升，我把收听家乡台周六的“青苹果乐园”当作家庭作业进行布置，受到孩子们一致欢迎。下周一晨会课上，我再组织孩子们对节目内容进行讨论。我常常把学生习作统一寄过去，听着同学的佳作在广播里播出了，孩子们写作欲望和信心迅速膨胀，全班学生的语文成绩如芝麻开花。

四五年后，我到县城谋生。初来乍到，下班后一个人在租住的斗室实在是冷冷清清，寂寞难耐，我买回了一台收录机，从此，凄冷的长夜因为耳朵有了慰藉而不再漫长。

人到中年，我常常撂掉工作的烦恼和家庭的重压，选择一个响晴天驾车出去转转。无论是风和日丽的春天，还是遍野金黄的秋天，无须导航，关闭手机，漫无目的地开车游弋在柏油马路和乡间小路上，只需打开车载收音机，就可以让你消解疲乏，让你感到虽与外界隔离着，但也保持着联系。

如今，在我家的餐桌上依然安放着一台收录机，在煮饭做菜的时候，在享受美食的时候，可以听听中央和地方新闻或者是音乐。爱看动画片的女儿在我的熏染下，也对听收音机有了感觉，瞧她听节目时忽闪着的明眸里，我也看出她对收音机的钟爱之情在一天天升温。

回忆我们70后的童年和少年时代，我们的生活原本是枯燥乏味的，酷似井底之蛙，正是因为有了收音机的陪伴，我们且听且成长，是收音机给我们的童年增添了色彩，我们的眼界才变得开阔，让我们知道外面的世界有着无限的精彩，从而对世界和未来有了梦想！

某一天，对收音机有着相同情趣的一位朋友说，现在听收音机的人都是富有者。这个“富有”当然不是物质层面，我在心底暗暗钦佩他一语中的，我愿意一直到老保持住这份良好的心态，便可以当个富有一辈子的大富翁了。

二〇一六年一月

这里是书的森林

一个人的阅读史就是他的心灵成长史。

——题记

这里是书的森林/这里是知识的海洋/作一次深呼吸吧/尝试着融入/定能知觉自己的无知与卑微/——这是我中学时代写过的一首小诗《有空去这些地方走走·图书馆》。那时候，我在一农村初中上学，学校设有一间图书室，这着实让初入学的我们幸福了一阵子。但，我和伙伴们只能把脸贴近玻璃看了三年书的背影，遗憾的涟漪至今还时常在我的心湖泛起。

1993 年，外出念了三年中师，因为少有升学之压，便可以悠闲地沉迷书山。三年里，名人传记、名家散文、古典小说成了我的最爱。为了“近水楼台先得月”，我申请成为校图书馆的义务理书员，在每次打扫之后，也得到了优先品鉴新书的厚待。1995 年，《师范教育》第五期发了我的一篇实习心得，我第一次领到 10 元钱稿费。

快乐而充实的学生时代很快过去了。1996 年 8 月，我回到家乡一个古镇上，做了名小学语文教师。让所教的孩子迷恋上祖国的语言，成了我矢志不渝的追求。这所九旬老校，占地不大，颇似盆景，倒也有一间图书室。为了使我少年时代的遗憾不在孩子们身上重演，我带领孩子们以图书室为成长基地，先后组建小星星文学组和小荷文学社，陪着孩子们不停地读呀写呀，不断地向外投稿，先后有近百篇学生习作发表在《儿童文学》《儿童时代》等重点期刊上。同校的于老先生和镇上曹老先生感叹说：能在这两个期刊上发文章，真的不简单呀！学生们勤攀书山，成果显著，最值得显摆的有两桩：1999 年，丛强同学参加省语委和扬子报社组织的征文比赛，获一等奖，省语委主任周德藩亲自颁奖，还在江苏电视台露了脸，为学校、家乡争了光；2002 年，丛韫同学参加全国“希望杯”作文大赛，获特等奖，该生应邀赴南京参加颁奖夏令营，著名作家黄蓓佳对该文褒奖有加，亲自评点。

2002 年 8 月，我到镇上一所中学任教。让我决然跳槽的一个重要原因，就是这里有可以称作图书馆的地方，藏书量是小学的几倍，还配有专门的工作人员。我像一个登山运动员教练，带领我的中学生朋友钻进书山，不停地攀登翻越。把停办多年的百草园文学社恢复活动，定期编印社刊。结合学校读书节活动，我还邀请到《少年文艺》主编章红、如东籍美国宇航局科学家高峰等知名人士来我校作讲座，受到同学们的热烈欢迎。《作文世界》《文教资料》《少年文艺》等期刊对学校的文学社活动作了专题报道。在省市县各项征文比赛中，学生佳作频频获奖。对我个人成长而言，在教育教学研究上，开始渐入佳境，先后在《江苏教育》《班主任之友》《中学语文教学》《作文教学研究》等报刊发表 50 余篇各类文章。在 2006 年江苏省新世纪园丁杯教学论文大赛上，获一等奖，并于 9 月应邀赴连云港参加颁奖活动。

2007 年 4 月，我到县政协工作。基本适应新环境后，2008 年 1 月，欣然加入县图书馆读者群，8 月，为自己增办了一张借书证和期刊借阅卡，同时为女儿办了张借书证，拥有了“三证一卡”。从此，每周六或周日，跟女儿一起去图书馆借书、读书、还书成了我生活的必需，好比在“柴米油盐”之后添了个“书”。

有两三次，因为工作缘故，错过还书期限，交上罚金倒也神清气爽，算是对自己小小的惩戒。在此期间，因为结识了《北京文学》，我的一篇稚作才得以在2008年第6期占了一页之地。

回望十多年的成长和进步，不必说我和我的同学们取得的一点成绩，也不必说自学完中文、法学本科课程获得纸质证明，单是对世事认识的深刻和思维的缜密等内在品质的完善，自然有图书馆给了我足够大的力量支撑。

4月，桃红柳绿，春意盎然，全世界100多个国家的民众相约走进了“全民读书月”。近日，我有幸受邀参加由县图书馆精心组织的读者座谈会。不同读者群的代表在会上畅所欲言，有肯定，有建议和意见，都表达了对图书馆的感谢与爱护。

座谈会当晚，我在笔记本里敲出这样一段文字：导师般的图书馆，你的博大精深让我检点自己的孤陋寡闻；智者般的图书馆，你的山水之静让我体悟静以修身的心境；公仆般的图书馆，你的热情尽责让我领会平凡蕴涵伟大的真理。图书馆，你是城市的文化名片之一，蕴含着文化的内涵，彰显着文化的魅力，呼唤着文化的觉醒。家乡的图书馆哟，你与烈士陵园毗邻，不能不说是一个绝妙的安排。是不是提醒安享和平生活的我们，当惜今日之福，莫忘烈士遗志，多读济世之书，少发牢骚之词。因为，有再多的愤懑，在书们面前都能消释殆尽；有再多的不满，跟舍生取义的烈士们相比，又算得了什么？

二〇一一年七月

坐拥书城

坐拥书城——“坐”是雍容大气的姿势，“拥”是放眼天下的气度，至于“书城”，可以是一间房，顶多是一栋楼罢了；坐拥书城，望到的疆域广袤无垠，体验到的感受丰富而又独特，这倒是一点也不虚夸。

我的阅读开始于儿童时代，在认识了为数不多的汉字朋友后，就逐渐从“躲猫猫”“打水仗”中挣脱出来，转向了磕磕碰碰的阅读之旅。初读之物以连环画居多，一册册“画儿书”像一群善解我意的天使，让我的课余生活变得丰富多彩。尽管有时是囫囵吞枣，却也能品咂出其中的滋味，快乐的感觉溢满周身。跳进少年时代，一本《福尔摩斯探案集》，让我做起了神探之梦；三本《三国演义》（上中下）则让我对军事家充满了敬仰，寻思着有朝一日冲杀疆场，保家卫国。这样的阅读，只能算是在书城边上徘徊吧。

不知不觉迈进了青年时代，我才第一次遇见了书城。那是师范学校的两间书屋，屋外有个牌子，上书“图书馆”三个魏碑大字，成千上万的书籍在书架上站立成森林。我一头扎进书城，在那里，我感觉到氧气充溢，心跳变得踏实、沉稳。我似乎读了很多很多的书，大概以文学经典居多。现今回想，却想不起来到底读了些什么。有一点可以肯定，就是在那段时间里，我信笔涂鸦的短诗、小散文等陆续见诸报端，有两篇还入选母校 90 周年校庆文集。

告别了我的第一座书城，从学生蜕变为教师。白天主要教书，晚上专攻读书。白天，书是手中之物；夜间，书则成了枕边佳人。

这所盆景式的学校占地很小，两幢教学楼而已。让我倍感欣慰的是，竟也有一间图书室，尽管规模颇小，但也足可作为我的第二座书城。教学之余，我时常入城造访。教科书、参考书自然要熟读数遍，所藏之教育教学理论专著和期刊逐一品读，身体力行地践行“上好一堂课，须备一辈子”的教育信念。渐渐地，我体会到做一名教师的光荣和不易，“光荣”源自“长大后我就成了你”的使命感，“不易”源自“书到用时方恨少”的切肤之痛。一有空暇，我就会奔向我的书城，为了班上六十来个鲜活的生命能茁壮成长，我必须汲取充足而又全面的营养。

为了让孩子品味到阅读的幸福，我常常把孩子们领进书城，陪着孩子们读着写着，牵引着他们在书城里流连嬉戏，尽享读书的美好时光。一个学生在毕业时给我留言：是您让我爱上了阅读，谢谢您，我永远的老师！

随着工作单位的改变，我来到了县城，让我觉着幸福的是，这里有座大大的图书馆，是一栋四层高楼，这算是我的第三座书城，也是我最满意的书城。

在鸟语花香的春季，欣欣然，我跟女儿一起到图书馆办了两张借书证。从此，周六或周日，跟女儿一起去图书馆借书、读书、还书成了我生活的必需。

这里书真多啊，多得可以用“应有尽有”来形容。我们在每一座书架前走走停停，翻翻这本，看看那本，每一本对于我都是新的，每打开一本，在我的眼前就展现出一个崭新的世界。在这里，自己对知识的饥渴感和浅薄感相伴而生，对生活多了几份淡定和从容，浮躁的心灵在这里得到有效的疗养。

书多了，选择读哪本书成了一道多解的难题。人的寿命是有限的，能让我们精读的书也是有限的，这就要求我们必须学会选择、学会放弃。对我而言，每一次选书的过程比相亲都来得艰巨而复杂。但也有选书的快乐，你完全成了书的上帝，书永远接受你的精挑细选。

回到家中，我可亲可爱的书们散落在屋子的各个角落，这让我感到对她们有点不恭不敬。早就渴望有一个真正属于我的私家书城，可以给我至爱的书们安个家，好让他们居有定所，不再流浪。步入不惑之年，在亲朋好友的帮助下，换购了一套大居室，终于得以安排一间书房。

书房朝北开着大窗，书桌、书橱、书柜排列井然，藏书、报纸、期刊有序摆放。东墙挂有一幅名为《国色天香》的十字绣，书桌上一瓶富贵竹绿意葱茏、傲然挺立，一盆绿萝自橱顶如绿色瀑布倾泻而下。身处其间，视野开阔，光线适中，少闻喧闹。实乃读书佳境也！

不管是一觉醒来的凌晨，还是喧哗渐消的深夜，我都可以在自家书城里品嗅书籍的芬芳。或站，或坐，或卧，想怎样读书都可以，因为这里是我的私人领空。白天嫌吵，可以拉上窗帘，点播一曲轻盈的音乐；夜幕降临，华灯初上，拉开窗帘，可以俯视全城繁华，待夜深人静，路灯熄灭，“万家酣梦我独醒”，则可以仰望满天星斗；给眼睛放会儿短假，则又可以端坐于书桌前，随性挑一本可心的书来，心花在文字的熏陶下悄悄含苞，逐渐绽放。此时的我，仿佛飘飘然站立云端，君临天下，拥有一切……

坐拥书城十余载，坐出了泰然处之的优雅从容，拥有的是忧国忧民的赤子情怀——也许是如我这般的读书人自欺欺人的幻觉吧。现而今，我也逐渐领悟，真正的善读之人即便身后无书城，只要手捧好书一本，照样可以涵养出非同寻常的气度，积蓄起非同寻常的能量。而我，还需要继续在读书中潜心修行、默默求索。

二〇二二年二月

给孩子一生受益的最美礼物

母亲甘甜的乳汁是给孩子的营养之礼，父亲温暖的怀抱是给孩子的安全之礼……每一位父母都相信：孩子是在受赠礼物的愉悦心境中慢慢成长起来的。

给孩子馈赠何种礼物，可以看出做父母的个人品位和精神境界。一本精心挑选的好书，既传达了长辈的美好祝愿，也可以为孩子打开另一扇未知的窗户。于是，“压岁书”“生日书”“进步书”等便出现在孩子们的生活中。

在物质生活日益丰裕的今天，不少孩子有着自己的书架书橱，有的甚至还拥有阔绰的书房，望着家中日渐增多的图书，不少做父母的常常把眉头拧成了花，忍不住脱口而出：

“这些书你都看了吗？”

“你看了都有哪些收获啊？”

“以后别再买书了，买了又不怎么看！”

……

对于这些唠叨，孩子们是熟悉而近乎麻木了。作为长者，我们应该知道，如今的孩子缺的不是书，而是读书的兴趣和习惯。

我们做父母的是不是应该反思，在我们把书买给孩子之后，我们还做了什么？是不是仅剩下督促读书和抱怨不读书了。

书固然是送给孩子的好礼，但最美好、最可靠的，可以让孩子受益终身的礼物不是书本身，而是培养孩子浓厚的读书兴趣和良好的读书习惯，所谓“授人以鱼，不如授人以渔”。亲爱的同龄朋友，或许你要问：我们做父母的该怎么做呢？作为一个有过11年中小学教师经历和立志终身向学的读书人，我想谈几点建议，权当抛砖引玉，以期引起广大为人父母者的思考。

让阅读之旅早一点启程。怀孕之后可以进行胎读，那是很美好的尝试。年轻的准父母用优美的声音朗读，或者在寂静的环境里谛听名家诵读经典，虽然目前科学界对子宫里的胚胎是否能接受熏陶尚无定论，但可以肯定的是，准父母通过阅读完全可以提高自身素养，为即将降临的宝宝做好各方面的准备。等孩子出生后，小宝贝睁眼能看世界，耳朵能听到声音，就可以开始最初级的耳濡目染式的阅读。有专家建议，3个月的宝宝就可以“有声有色”地阅读了，但也要注意度的把握，讲究科学安排，每次二三十分钟就行了。

父母应做阅读的示范者。父母是孩子的第一任老师，也是影响最大的老师。现代做父母的必须树立终身学习、天天学习的理念，将学习的思维融化在生活的每一个细节中。亲子阅读是每天必不可少的，与孩子一起享受睡前夜读和早起晨读的美妙。孩子小时，可以是父母读，孩子听；孩子会认字了，则可以父子母女同读一本书，读后少不了交流一番。随着孩子的不断成长，其阅读范围逐步扩大，等孩子步入中学后，家庭成员之间还可以互荐美文共赏。

阅读之旅需要激励相伴。平常再忙，出差或者旅行，都不要忘了带给孩子几本介绍当地的风土人情的书给孩子；平常工作再忙，每周休息日，也要尽量陪同孩子去趟图书馆和新华书店，一起读书，一起选书，一起交流，让孩子在书山里感觉知识的博大，增强对知识的渴盼；备上一本记录本，帮助孩子记下所有读过的书名及阅读日期等。相信随着自身阅读量的增加，孩子也会越来越佩服自己的恒心和毅力。

努力营造舒适读书环境。世界著名教育家苏霍姆林斯基在《给教师的建议》一书的“课堂教学与课外阅读”一文中指出：我们的儿童一定要拥有丰富的藏书。他所领导的学校，每一个学生到小学毕业时拥有200到250本个人藏书，个别学生有400到500本书。对这个目标，遗憾的是，我们中国大多数家庭都还没有达到。在家居条件日益改善的今天，越来越多的父母意识到，书房是现代文明家庭必不可少的场所。建设学习型家庭，就要全家人共同努力，为拥有一个书房而奋斗。对我们工薪家庭而言，拥有独立的书房是有点难度，但我们内心可以有一个十年、二十年规划，梦想在路上，过程同样美好；我们还可以先让孩子拥有一个书架或者书橱，待书装满了，再添置第二个、第三个；我们还可以转变观念，将客厅设计成开放式书房，既使家庭迅速实现书房梦，又提高了客厅的使用效率，使全家读书成为生活中的常态。话又说回来，只要你心中有书，处处可以是读书佳境。

归根结底一句话，孩子爱不爱读书，主要是做父母的潜移默化地熏染的结果。无数成功的家教经验告诉我们，给孩子赠书只是一种低层次的施舍，让孩子爱上阅读才是给孩子受用一生的最好礼物。

二〇二〇年四月二十七日

论书、读书与读法

一

什么是书？古今中外的人有着迥异的答案：中国古先人在龟甲、兽骨上刻上文字，秦朝之人以竹简木牍为书，古希腊、古罗马人用的是莎草纸，古印度人用的是处理过的棕榈树叶和桦树皮，还有写在羊皮和丝帛上的……现代地球人除了纸质书，已开始广泛使用电子阅读器了。

书是什么？奋斗者说，书是人生的向导；探索者说，书是通向彼岸的船；迷惘者说，书是心中的启明星；求知者说，书是成长路上的美餐……这是不同心境的阅读者眼中的书。

书的价值何在？政治家说，书是时代的先导；文学家说，书是人类的补品；教育家说，书是智慧的钥匙；经济学家说，书是致富的助手；社会学家说，书是一种媒介，可以用来交融感情、取得知识、传承经验；文化学者说，书是一种工具，可用来记录人类的发展成就……这是不同领域的成功者眼中的书。

不管是成功者，还是阅读者，这些诗意的表述，让我们对书充满了敬畏与好感。我尤爱高尔基的关于书的定义。他说：

“书是人类进步的阶梯。”

这个比喻形象极了，得到地球人的广泛认同。一句至简的话，把书所能发挥出的作用尽数表达了出来。正是因为人类发明了书，人类文明才得以顺梯而上，不断攀越新的高峰，后人才少走了弯路和错路。

经典好书是先贤留给后人的精神财富。著书立说是人类自我救赎、自我解放、自我进步的重要法宝。对我们现代人而言，你把书看作什么，就表明了你的阅读品位与人生追求。你把书仅仅看作是升学、就业的铺桥板，过河之后就会不闻不顾，甚至拆除毁弃，那你还是在阅读之门外徘徊，只配做书的仆人；如果你把书当作是与柴米油盐酱醋茶并列的生活必需品，甚至在内心发出“如果没有书，我将无法生存”（杰斐逊语）的感慨，书已然成为你精神世界里不可或缺的一部分，那么你已经踏入了阅读王国的圣殿，成了书的主人。

二

渴望幸福是每个人与生俱来的愿望，我们都行走在追寻幸福的希望之路上。古往今来，不少人将幸福与金钱、地位和名誉画上等号。有智者说，读书品质决定着一个人的幸福指数。对此论断，认同者渐多。读书质量应当包括书的质量和读的质量。书的质量主要是作者和出版人的把握，但也不是与读者没有关系，好的读者可以通过分享阅读体会来提升书的质量。读的质量是动态变化、因人而异的，是会随着人的精神发育而逐步走向成熟的，是需要外在和内在的条件来约束的。

读书条件有哪些呢？首先，读书人要会识字断句，这是必需的素质基础，这对于绝大多数现代人来讲已经不是问题了；其二要有书可读。用丝帛、木牍制书的年代已经离我们久远，随着纸质书的出现，我们的可读之书大量涌现。随着互联网时代的到来，读书的渠道更多了，可买书，可借书，大量的图书“飞入寻常百姓家”，现而今盛行于世的刷屏阅读正得到年轻人的青睐，是否有书可读的问题也不存在了。

随着国家对全民阅读的高度重视，领导人成为阅读推广人，不少省市率先制定阅读促进条例，书香中国、书香机关、书香校园、书香社区等活动精彩纷呈，华夏大地书香氤氲。我们所处的时代应该是读书人幸福感、获得感极为强烈的时代。

读书就是读书，我们应心定神安地跳进书海，且把书海畅泳个够，这其中我们需要更主动积极地接受系统科学的指导。

静心是保证读的质量的基本要求，但静心这个看似简单的要求，真正做到的还真不多。自有书以来，有人为之喜，为之狂，为之命丧九泉。他们没有能幸遇现在这个伟大的新时代，少有人能真正领略到静心读好书的幸福佳境。可以说，我们已经进入了全民阅读的伟大新时代。

人世间书多如海，适合自己读的书有多少呢？人生苦短，来得及读的书有几本呢？这就需要我们如择友般选书。除了自己选，还要多听听长者智者的忠言。我们既要读经典，也应结合个性发展阅读自己的私人定制。

三

自有书以来，读书有法却无定法。不同时期的人物总结出不同的读法。朱熹总结出读书“三到”：心到，眼到，口到；胡适总结出读书要“四到”：眼到，口到，心到，手到；开国领袖毛泽东主席毕生珍惜时间，博览群书，“三复四温”式阅读和“不动笔墨不读书”是他主要的读书方法；爱因斯坦有“总分合”三步读书法。这些方法对他们个人而言，确是行之有效的。

对我们现在的每个人而言，在学习借鉴先贤好经验的同时，应静心寻找适合自己的读书之法，因为读书外在环境和主观个体基础等都不一样了。

读书不仅是读书，"尽信书则不如无书"，我们应带着批判性思维去读书，敢于批判书中的不实之处。除此之外，还需要我们在读有字书的同时，要多读无字书，善于质疑生活、优化生活，从而实现对真理的改进和对社会的改造，使读书的效益服务大众，进而产生深远的社会影响。

无数的实践告诉我们：死读书，不思考，害人害己，贻误良机。我们当以读书的心性来研究工作，研究群众所思所想，我们就可以杜绝酸气，提升浩然正气。读书可以使我们不满足于现状，积极用自己的行动来创造，去开拓，从而推动各项事业的不断向前发展，不开倒车，少走弯路。在"两个一百年"奋斗目标的历史交汇期，每一位读书人都应读以致用、读以致创，顺应人民的美好向往，甩开膀子干出样子，打拼出一片新天地。

时光列车驶入 2022 年，我们在"中华复兴号"列车上齐心奋进，是何其光荣和幸福！我们大多受过良好的基础教育，会认字、有书读等全民阅读的基本条件已经具备。我们应怀着谦逊、敬畏和热爱，努力争做学习强国人，随时随处读起来，忙时划屏，闲时翻书，让我们的思想与阅读交融，让我们的实干与阅读交汇，为美好中国梦的早日实现作出我们这代人应有的努力。

二○二一年十二月

大家读起来，携手创未来

——对推进全民阅读的随想

千百年来，“积财千万，无过读书”是中国传统家庭恪守的信条，“修身、齐家、治国、平天下”成为一代又一代读书人孜孜以求的人生理想，凿壁偷光、囊萤映雪、悬梁刺股等成为历代传颂的读书佳话。华夏文明正是在这种读书之风的影响下才得以一脉相传至今，成为世界文明史上从未断裂的完整文明，可以说是世界文明史上的一个伟大奇迹。

新中国成立以后，我们面临着广大劳动人民“不识字、不会读”的困难，继而又遇到了广大青年劳动者“想读书、没书读”的窘境。我的父母每人都有七八个兄弟姐妹，祖辈们没有把读书的机会留给我的父母，他们成了新时代的文盲，但他们毫无怨言，依然保持着对书籍的尊崇和热爱，他们将这种质朴的感情倾注在下一代身上——“只要你们愿读书，砸锅卖铁也乐意”成了他们的口头禅。令父辈们始料不及的是，现如今的我们和我们的下一代竟然可悲到“书不少，懒得读”的境地，静心读书当真成了一件天下难事了！何故如此呢？说得最多的理由就一个字：忙！面对这个最堂皇的理由，我们可以把不读书的“心亡”者细分成这样几类：一类是畏难论者，书海无边，人生苦短，书读不完，干脆不读；二类是知足论者，大学毕业，书已念够，知足常乐，多读无益；三类是无用论者，市场经济，金钱至上，知识无用，读书何用；四类是悲观论者，人过中年，心灰意冷，自甘平庸，读书何求。就这样，我们不少人把读书的时间挤了出来。于是，“扑克打起来，美酒喝起来，舞蹈跳起来”等等，不一而足。

其实，用心摆摆读书的好处，哪个不能说上几条？但要真真正正地能静心读起来，又感到困难重重，浑身不自在。为此，我们首先要勇于解剖自己的内心，正视自身的原因，切实将读书视作学习工作的一部分，看作修身养性美容的好办法，纳入我们的日常生活，我们的人生哲学将不再是满嘴是借口、言必称客观。当然，我们还得讲究科学读书的方法。冯友兰，一位毛主席喜爱的大哲学家，他将书分成三类：一类是精读的，二类是泛读的，三类是只供翻阅的。他告诉我们，阅读之前，一定要好好甄别，认真判断分类，该精读的不泛读，该泛读的不随便翻翻，该随便翻翻的绝不能精读，只有下准了功夫，才会事半功倍，日有所进。还有就是要有读书的耐性和定力，学富五车绝不是一年半载就可实现的，须知饭要一口一口地吃，路要一步一步地走，书自然也要一本一本地读，如此日日月月年年，坚持下来必有所获。

现如今，从中央到地方，都在大力倡导全民阅读，通俗点说就是大家阅读、人人阅读。不可否认，这个目标是带有理想主义色彩的，但理应作为新时代敢于追梦的我们努力追求的最高境界。我们齐心协力，分三步走，步步为营，就有实现高质量全民阅读的可能。分哪三步走呢？当前的第一步应该是“有人带头读”，而后的第二步是“大多能跟上”，第三步才可能是“大家一起读”。我们要大力推进“书香省市县镇”“书香机关”“书香家庭”“书香校园”和“书香企业”的创建活动，让“领导带头读书、家长带头读书、老师带头读书、老总带头读书”成为全民阅读的新风尚，让带头人的率先垂范引领书香社会建设向纵深发展，并在建立长效机制的基础上努力实现全民阅读的新常态。相信通过全社会方方面面、各行各业的共同努力，“大家一起读”

的生动局面一定会早日到来，而且会来得很精彩。

毋庸讳言，我们内心都有着对未来世界的美好向往，都饱含着对后世子孙过上幸福生活的祈盼，当然也少不了我们对今后人生之路顺畅如意的愿望。推进全民阅读，既有国家层面对未来的战略谋划，也有个人内心对未来的美丽憧憬。身处军事和平年代，我们深感庆幸，但我们也要清醒，现在的世界不是无战事，而是战事领域较广较隐蔽，我们缺少察觉的敏感和智慧。现代的国家较量，远非我们头脑中的“火枪大炮原子弹”那番景象，而是以其他的形式或显性或隐性地存在着，诸如货币战、金融战、网络战、政治战、经济战、外交战、人才战、科技战、信息战、太空战、基因战、资源战，等等。可以说，这些战争在我们身边已经轮番上演过，一旦爆发升级，势必影响并改变我们的生活。我们先知先觉的智者早就意识到：阅读能力的高低，直接影响一个国家和民族的未来；阅读率下降的背后是民族素质的下降，必然导致民族创造力的贫乏和创新精神的缺失。正如苏联作家布罗茨基所言，“一个不读书的民族，是没有希望的民族。”因此，我们说，身处和平时代，弘扬爱国主义，不妨从阅读做起。

当前，世界多极化和经济全球化趋势深入发展，我们既面临着千载难得的发展机遇，也面临着前所未有的严峻挑战。当前，“大众创业、万众创新”已然成为推动中国经济发展的重要引擎。2018 年 9 月 18 日，国务院下发《关于推动创新创业高质量发展打造“双创”升级版的意见》。6 月 13 日，2019 年全国大众创业万众创新活动周在杭州隆重启幕。新时代中国经济社会的高质量发展，必须以能够创业创新的大量优秀人才为支撑，而此类人才又必须靠全民阅读来夯实教育基础。而教育的基础在家庭和学校。家庭是阅读的出发地，学校是阅读的加油站。家庭的读书环境和学校的科学指导将直接影响着孩子的学习兴趣和学习能力。

相信我们通过大力践行终身学习理念，我们的广大家长和教育工作者以自己的行动让孩子们明白：只有不断求学与求知的人生，才是幸福、快乐、精彩和高尚的；毕生阅读、终身学习，是现代文明人必须选择的重要生活方式；只有将祖国的未来与个人的未来紧紧联系起来一同去开创，才会收获人生真正的幸福。

经过这些年的阅读推广实践，我们真切地体会到，做好全民阅读推广工作，需要我们有效引导全民在“大家一起来、携手创未来”方面切实提高认识，夯实全民阅读工作的思想基础，全力做好各级层面不同人群的阅读推广工作，提供读者需要、社会需要和国家需要的阅读服务，切实提高全民阅读率和阅读力，为新时代的国家复兴和人民幸福作出应有的努力。

二〇一九年八月

守望家园的星空

辑九

往事悠悠

Chapter 09

小站温情

车站，无关大小，总是常年演奏着伤别和欢聚的乐章，定格着爱情与亲情的图画。

——题记

1999年的冬天，腊月十九。上午，响晴。

女友从南京打回电话，说下午乘“快客”到家。女友千里回乡，我的欣喜之情可想而知。买她乐吃的食物，跟女同事联系她的床铺，还买了件她做梦也想不到的礼物。一切安排妥当，只等她平安返程。

等人，时间总是过得很慢。天色终于暗了下来，按照往常，她应该傍晚六点到家。我瞅着钟到了五点半，便赶到车站去等。小站上，来接站的人还真不少。一辆辆客车在车站停了又走，走了又来，站上候车的人逐渐稀疏，只剩下三五个。

不知什么时候，猛然间，我感觉有些冷。西北风有渐猛的势头，我下意识地缩紧脖子、猫起了腰。天已着上墨色，下班的女工疯狂地蹬着车子往家疾驰。我隐约听见有人说：今晚有暴风雪。我的心“咯噔”一下，猛地一沉。

我连忙跑回学校（学校就在车站不远处），打开电视。果然，移动字幕分明写着：今晚全省普降暴雪，希有关方面做好防寒抗冻准备。怎么这么倒霉，我能准备什么呢？我的心里直发毛。

明摆着，女友正在路上，说不定已遭遇上了暴风雪。高速公路说不定要封闭，即使不封闭车也开不起来了。要是司机驾驶技术不过硬，地面又滑，车子翻了怎么办？要是车子性能不好，抛锚了怎么办？我胡思乱想起来。电饭锅里熬好的粥已经凉了。想打个电话问问吧，一无手机，二无呼机，看来只有请老天保佑了。

还是到车站去等吧，我添了件毛衣，又箍上帽子。此时的车站还剩下两个人。一个是三十出头的少妇，另一个是五十不到的汉子。我们三个相视一笑。无须多问，大家都知道我们是来接人的。

小镇、小站笼罩在乌黑的夜幕里，西北风更紧了。不知哪个喊了起来：落雪珠了，落雪珠了！摊出双手，果然手心里有三五颗雪珠。要是往常，我也会孩子般高兴起来。还可以早些睡下，明晨起个早，在雪中散步，听脚下发出“嘎吱嘎吱”的声响，看雪景，捏雪人。可今天了无情致，反而生出几多恨意：早不下晚不下，偏偏这个时候下。

雪越下越大，地面上渐渐有了积雪。我望着发了呆。

“嗨，小兄弟，到屋檐下躲躲！”闻声一惊，才发觉身上不知什么时候已积了一层薄薄的雪。跟我说话的是那个汉子。一副庄稼人的面庞，冷峻中透露出执着。我跟着他往车站售票口走去。还好，那儿既挡风又避雪。那位少妇早在那里。她象征性地挪挪步子，三个人躲雪也不显挤。

地上的雪已有一寸来厚。房子像披上了白纱，地面好似铺上了白地毯。夜空倒生出了少许光亮。三个人都不说话，大家都在等待中煎熬。

还是汉子先打破了寂静：“你们都来接谁啊？”

“我家男人，在广东打工，今天到家！”

“我接一个朋友。大伯，你呢？”我没好意思说是女朋友。

“我儿子，在哈尔滨念大学。先坐飞机到南京，再从南京坐汽车回家。”他显得有点自豪。

聊天的作用在这个时候可真是神奇啊。就这么一聊，转移了不少注意力。肚子也不觉得饿了，身子也不觉得冷了，脑子里也不胡思乱想了。大家都只有一个信念：一心一意要等到要接的人。

风渐小，雪花却大了。簌簌的落雪声在静夜里显得格外响亮。

好不容易来了辆大客车，少妇、汉子一齐迎上去。下来一个男的，少妇欢快地去接车上的东西。汉子绕车子转了一圈，又贴近车窗向里望了又望，又来躲雪。

我们站得实在是吃不消了。汉子干脆坐在了地上，想不到没过一会儿竟打起呼噜来，想来他一定是白天干活累的。我也想躺在地上休息一会儿，又怕冻着。我在雪地上跺跺脚，不停地走动。

这时，同事小夏过来喊我，说女友打电话给我们宿舍楼上的老宗，让我别等了，车子在雪路上爬行，估计要凌晨一点到家。

是等还是不等呢？等吧，时间还早；不等吧，回去肯定睡不着。我在大街上踱步，一不留神竟滑倒在地，一骨碌爬起来，拍拍身上的雪。这时，小镇的路灯一下子熄灭了。我知道，时间已到了十点半。也就是说至少还要等两个半小时。

我犹豫片刻，还是下定决心继续等下去。

风渐停，雪花也小了。整个小镇静得可怕，我分明听到我的心脏在“咚咚咚”地跳。我在汉子身旁坐下，眼睛盯着女友回来的方向。车站就在桥东头，只要是有一丝光亮，我都会冲到桥上看个究竟。有一回是一辆摩托车，因为路滑开着灯推着走；有一次是一家四五口从人家喝喜酒回来，打着电瓶灯相互搀扶着走。

时针已指到了凌晨一点，我暗暗给自己鼓劲：快了快了！好在今天有美妙的呼噜声作陪。今天真是领教了等人的痛苦了，简直比高考发榜都要折磨人啊！

我不禁打起盹儿来，就这样睡眼蒙眬地又等了一个小时。突然，桥口出现了一束强烈的光，心灵感应告诉我：她回来了。果然，一辆鸭嘴兽般的客车（依维柯）像蜗牛般向前缓行。这时，一颗焦灼的心反倒平静下来。

车子终于在车站外停了下来，车门打开了，一个熟悉的身影从车上下来了。她与车上的人寒暄道别，俨然是共患难的兄妹。车子又继续往县城的方向爬去。

我连忙接过女友的行李包，牵着她的手回宿舍，也没顾得跟那位还在呼噜的大伯告别。

第二天，教育局通知全县中小学校放假。我们推着车子往乡下走。路过车站时，我又看见昨晚的那个熟悉的身影树立在候车室外。

我走过去："大伯，孩子回来了吗？"

"快了，好在昨天睡在同学家没回来，早晨听说全国各地出了不少的交通事故。"满脸疲倦的大伯分明露出宽慰的笑。

我与他微笑着道别，内心澎湃起温暖的情愫：父亲等候儿子，少妇等候丈夫，小伙子等候女友，人间至真至纯的温情在车站里升华着、沉淀着，永远值得回味。

二〇一二年九月

“乒乒乓乓”的暑假

20 世纪七八十年代，对中国大多数农家孩子来说，暑假可不是什么特别值得期待的时光。早中晚在家里生火做三顿饭自不必说，还得常常随母亲到六七亩的田里掰玉米、捉虫子、摘棉花、灌稻子、拔稗草……对处在青春发育期的男孩子而言，这是些多么无聊透顶的“艰巨任务”啊。

当然也有开心的时候，比如白天里，和伙伴们在房前屋后的河汊里学蛙泳，摸河蚌，再远点可以蹚到江海河（村子东边的一条南北走向的大运河）里捞蚬子，捉小鱼。等到天麻麻黑，又三五成群地挥舞着蒲扇到石板桥头捉萤火虫。这些事情对越来越想体验男子汉角色的我来说，当然都只是芝麻小事，算不得轰轰烈烈，现今回想起来，我常常乐于挂在嘴边的，要数“走村串户卖冰棍”这件事了。

长我六七岁的姐姐是初中生，手巧得很，学会了用一根钩针钩拉出鞋帽衣袜，一个暑假下来，姐姐“钩花”的收入笃定能超百元，足以解决我们姐弟俩的学费。我呢，虽然也没歇着，却不能直接为家里产生经济效益。作为一个成长着的小小男子汉，心里委实有些不甘。可我能做什么呢？我一直为此事憋屈着，可以说是耿耿于怀。

当心里头老是琢磨着啥事，灵感常常不请自来，真应了“上天不负有心人”这句老话。在一个酷热无比的午后，我刚在两张条凳拼起来的“午睡床”上躺下，耳边猛地响起激越的“乒乒乓乓”声，这个声音总会使孩子们的精神为之一振，这是卖冰棍的小贩与孩子们之间达成的默契，常常是“闻声生津”，与“望梅止渴”有相似的生理反应，控制能力差的，满嘴的涎水禁不住溢出嘴角，连忙咽几下才能止住。

我跟母亲讨了五分钱，飞快地跑到路边去喊那个“冰棍使者”。这位“使者”看上去也就比我大四五岁，顶多20岁，一副学生模样。在买雪糕的当口，我向他咨询了冰棍的进货渠道，他爽快地告诉我，就在邻乡的一个冷饮厂内，约莫有三十里的路程。

我旋风一般跑回家，把大雪糕搁在大碗里，用菜刀切下一块，跟姐姐分着吃。在品咂大雪糕的美味时，一个想法在心里开始酝酿了，这一想法让我兴奋不已。

我先做姐姐的思想工作，姐姐说你实在想干就试试吧。再做母亲的思想工作，架不住儿子的劝说，勉强同意我先干一天，说等我吃到苦头就不这么冲动了，再说反正也不要什么投资，大不了卖不掉自己吃。

那天一大早，我早早起床，匆匆喝了两碗母亲煮的赤豆粥，浑身已是汗流浃背。此时，火红的太阳才露出半张脸，又是一个大热天。真是天助我也！我推出自行车，把原本装书的小木箱绑缚在自行车的后座上，再把自己小时候穿过的小棉袄叠放进去，就飞身上车向邻乡的冷饮厂疾驰而去。

大概一个半小时的光景，我没怎么费劲，就找到了那家冷饮厂。来批发的同行还真不少，队伍都排到了厂门外，拿到货的人喜形于色，摇着车铃匆匆上了路，个个赶着去碰碰一天的运气。

我接上队伍后，就再没人来了，成了尾巴尖。我寻思着：要是今天遇到熟人，问来做什么，该怎么搪塞呢。想着想着，感觉脸皮有点暖烘烘的，忙把头低了又低。

排在我前面的是个矮个子叔叔，三十来岁的他皮肤上像抹了层黑芝麻糊，黑得发亮。他问我是不是第一次来，我“嗯”了一声算是回答。

最后终于轮到我了，发货的大爷问批发什么，我眨眨眼，一脸茫然，不知道怎么说。

看着我的窘相，他笑着说：“就是问你冰棍要几根，雪糕要几根。”

刚才，我只顾着想心思，真没在意人家怎么批货，慌忙顺口答道：“雪糕、冰棍各50根。”

大爷说：“细伢儿，今天你来晚了，冰棍还剩下35根，雪糕倒有不少，咋弄？”

“那就35根冰棍，65根雪糕吧！”我表达了一个学生对100这个数字的迷恋。

我双臂抱过冷饮，把100个“冰宝宝”挨个安放进小棉袄里躺着，迅速合上箱盖，边跟发货的大爷道别，边掉转车头出发了。

一路上，我暗暗盘算：冰棍一根批发价是2分钱，可以卖3分钱，雪糕一根3.5分钱，可以卖5分钱，这一箱如果卖得顺利的话，就可以净赚1块3角。我知道，父亲成天到晚累得像头牛，也就挣5块钱，可以称到四五斤猪肉。想到这里，我心里变得美滋滋的。自行车被骑得快要飞起来，耳边风声“呼呼”地响。

来的时候箱子空着，倒也不觉得什么。现在加上一百根冰棍，着实感觉到了一些沉重。用木疙瘩敲箱子的时候，只好一只手握着车把，对我这样一个刚学会骑车的新手来说，还真有耍杂技的紧张感。

我匆匆赶着路，仿佛前面有很多渴食冰棍的小孩在向我招手。我从镇上往下面的村庄走，要么沿着大路，要么顺着河边，一路上留下一串串“乒乒乓乓”声，不时有孩子出门张望，但真正来买的并不多。在那个时代，一根冰棍对农村娃来说也是极奢侈的享受。有个流着鼻涕的小男孩双手托着个鸡蛋，问能不能换根雪糕，见我摇头就噘着嘴回去了。

渐渐地，我摸索出一些门道：凡是住瓦房的人家，家长比较洒脱，一般容易满足孩子的要求。还有尽量往做红白喜事的人家走，聚在一起的人们往往乐意破费一回，让孩子们偶尔解一解馋。

到了中午的时候，冰棍已经卖光了，还剩下二十几根大雪糕。怎么办呢？我发现雪糕已经开始发软了，怎么这么快就融化了呢？我仔细检查了一下箱子，这才发现箱子的密封性不好，缝隙处还冒着白烟。看来再卖不出去的话，可能就会融化成水了。怎么办呢？我灵机一动，决定赶快降价处理。

我用木块使劲地拍打木箱子，“乒乒乓乓，乒乒乓乓”，同时扯破嗓子喊，“大雪糕，便宜卖，不卖五分卖四分”。只要一遇见小孩子，我就敲得更响，喊得更欢。这一招还真灵验，不少家长架不住孩子的软磨硬泡，找出四分硬币，满足孩子对大雪糕的渴望。

太阳已经到了天空的正中，村子上空的炊烟渐渐散去。时间已过了十二点，家家户户的大人小孩都在饭桌前吃起了午饭。我的肚子也开始犯了嘀咕。可还有两根大雪糕安睡在木箱里，是继续卖还是带回家呢？我转念一想，今天也算初战告捷，何不带回去给姐姐和妈妈尝尝呢？想到这里，我就没有心思敲箱子了，双手紧握车龙头，飞快地往回赶。在快到村口的时候，遇着一个馋嘴的孩子，拦着要买雪糕，这样木箱里仅剩下一根雪糕。

当我走到家门口，摁响车铃的时候，妈妈和姐姐都迎出门来。妈妈帮我扶车，姐姐忙递来毛巾和蒲扇。她们让我坐在厨房前后门的过道里吹凉风。这时，全身立刻感觉惬意了许多。

我指指箱子说，还有一根没卖掉，你们快尝尝。姐姐摇摇头，让给妈妈吃。妈妈摆摆手，说还是儿子自己吃吧。

可不知怎么回事，我一点都不想吃这昔日的稀罕物，只想吃饭。妈妈把饭菜一端上桌子，我便狼吞虎咽地扒起饭来。

姐姐咂了两口雪糕，也顾不上吃饭，帮我把钱从布袋子里尽数倒了出来，一个子一个子地数起来，剔除成本，最后多了一元带一分。看到这个结果，妈妈露出了舒心的笑，姐姐向我投来敬佩的眼神。晚上，爸爸夸我长成男子汉了，有能力为家里分忧了。那天，我着实体会到了从未有过的成功感。

这一年暑假，我还收获了很多难得的体验。在一个闷热无比的下午，我得知邻村晚上有露天电影，我连忙批了第二箱冷饮去卖，在电影放了半场，我的冰棍卖了还有大半的时候，电闪雷鸣，风雨交加，人们逃也似的散去，我也只能往回赶，雨水模糊了双眼，我重重地摔进了深深的渠沟里，幸遇好心人才得以将车子拉上岸来，但脚踝处还留下了永久的伤疤，所剩冰棍挨家挨户送给邻家玩伴。夜里我发热到 40 摄氏度，妈妈在我床前一夜没有离开，我休息了三天才渐渐康复。

还有一次，有个顽劣的孩子在买了雪糕之后，竟然放出狼狗追着我狂奔了三里路，险些被狗亲上一口。

距离开学还有三天，我歇手不干了，集中精力把暑假作业从头到尾检查了一遍。姐姐帮我理了账，前后卖了四十五天冰棍，总共赚了八十四元五角九分。除了姐弟俩交学费外，还买了四本心仪已久的课外书。

我接连卖了三个暑假冰棍。第二年暑假，母亲请木匠师傅新打了木箱；第三年暑假，父亲添置了长征牌自行车。后因学业加重，母亲再也不准我出去卖冰棍了。

二〇一七年八月

拾草去

过了中秋节，田野上的绿色慢慢地、慢慢地转变成淡黄色，继而是黄褐色。无论是一年生、多年生草本植物，还是多年生落叶乔木，枝叶都一天天地枯萎老去，行将结束一年的使命，完成季节的更替，在秋风中落入泥土，只剩下躯干兀立，人们口中转而称之为“棉花秆，江柴棒，芦苇秆……”它们渐渐了无生息，似乎在等待一场火来送别。

在苏中乡下，上了岁数的老人，是舍不得将这些枯枝死草付之一炬的。在他们眼中，这些枯死的草啊，是可以让全家生火做饭、吃饱喝暖的煤炭，就是灶膛里的旺火，就是蒸笼里的热气，就是饭桌上的香味，宝贵着使用呢，可以用上大半年咧！

我的父亲就是这样一个视草如金的人。他出生在1938年，看见过鬼子进村扫荡，曾经被还乡团绑票，经历过土地革命、三年困难时期和“文化大革命”，参加过围垦造田，十四岁去做挑河工，80年代在泥瓦匠手下打小工，后来进砖瓦厂制砖拉平板车，当然一直没有离开他的七亩八分地。

在我的记忆里，他天不亮就起来生火煮粥，匆匆吃好，就带上装好米的铝制盒去砖窑上工，天漆黑了才回家。在农村批量翻建楼房的90年代，红砖青瓦供不应求，他常常要加班到深更半夜才回。

到了夏秋农忙时节，他就起得更早了，晚上下班回来还要到地里接着干活，他像一头不知疲倦的老牛夜以继日地干着干着，从没听到他有半句牢骚话，对我们一直是笑容满面，不说一句重音话。

在玉米大豆进仓、稻谷进场的时候，秋收也就接近尾声了。农人们大都会稍稍喘口气，但父亲是不会给自己歇口气的。只要是下班回来不算晚，扒拉几口剩饭剩菜，就赶紧趁着月色出门。母亲问他干什么去？他应声回答：

“拾草去啊！”

“家里的稻草豆秆够用了，别劳这个心了。早点歇歇吧！”母亲关切的话语拉不回他坚定的脚步。他的背影一会儿就消失在夜色中，紧接着传来一串狗叫声。

经过十来天光景，柴房里，空闲的猪圈里，还有河边的码头上，堆满了父亲拾回来的草。用父亲的话说，用这些草生火烧菜，或者年前蒸馒头那是再好不过了。芦苇还可稍加打理，芦苇秆可以卖给扎库匠做祭祀用品，也可以织成晒东西的芦苇席子家用，芦苇花可以送给外公搓成绳子做毛窝穿。总之，这些草在父亲眼中浑身都是宝。

深秋初冬的一个夜晚，我们一家去亲戚家喝喜酒。父亲抢着坐了头批车就往家里赶。我和母亲坐的第二批。等我们到家的时候，父亲并不在家，母亲看见挂在北墙上的砍刀不在了，拖车也不在了，她肯定地说：“你爸爸又拾草去了。”

正在这时，座钟的时针和分针开始重合，慵懒地敲了十二下。我感觉到了一股深深的寒意，冷不禁打了个寒战。母亲说：“走，去找找你爸。”

我们唤上家犬阿黄一起出发。朦胧的月色下，我家附近的沟沟坎坎已经光堂堂的了，原先乱蓬蓬的枯草已经汇聚到我家场院里了。夜里的秋风扑面吹来，河面上浮动着秋月的灵光，冷冷地透着寒意，乡下的月夜此时是多么美好啊！

我们找遍了本村的渠沟河塘，没有找见，又往周边远处去找，一直到了江海河的边上。远远地，阿黄显得有点兴奋，步子也欢快起来，我们隐隐约约听到了有节奏的“沙沙”声，那是芦苇被砍断的声响。

阿黄领着我们循声奔去，站在河岸上张望，月光下，一个黑色的人影在浅滩上挥舞着柴刀。他的身后已经堆起了好几座小山。这时候，月亮已经到了半空。若是以此景为素材，创作一幅《月下砍苇图》，说不定会诞生一幅不错的作品呢。

阿黄的叫声惊动了黑影，挥舞着的砍刀停了下来，黑影扭身回头，与我们遥相对望。

“你们怎么来了？”声音带着惊讶和责怪。

“今天喝了喜酒不得饿啊！都这么晚了，还不回去啊！家里都堆不下了！”母亲以质问语气发起了连环炮。

“哪有怕多的？趁今天喝了点酒，我在这河边吹吹风蛮惬意的。”父亲说着，也停下手，吩咐我们一起来装草上车。

我摁住拖车的扶手，父亲用双臂抱芦苇放车上，母亲配合着用麻绳一个挨一个地扎紧固定，等七八捆芦苇上了车，成堆的芦苇山一样耸立在眼前了。

“今天不在意，弄得有点多了。”父亲呵呵地笑着，“好在你们来，不然要跑两趟了。”

父亲接过拖车把，蹲下身子，上半身前倾，头颅微昂，宛如一张长弓。他双脚试着蹬地，车子微微动了一下。这时候的车轮已经陷进去没过轮毂了。

“你们一起帮我推吧！”我跟母亲一起转到车后，我们的双手搭在捆绑芦苇的绳子上，我喊着：“一、二、三——走！”车子终于缓慢地转了半圈。但要翻过河岸，拉到平路上去，还有几十步要走。父亲打起了号子，我跟母亲在后面一起用尽了气力，车子在翻越河岸的时候发生了侧翻，一车的芦苇倒在一边，把车轮都掀翻了。

父亲干脆把空车拉到岸上去，我们心领神会，一起拉着成捆的芦苇一捆一捆地往岸上拖，这样化整为零的策略果然奏效，芦苇都上了岸。我们再在岸上装车，下河岸就轻松多了。我在后面推行了一段路，就感觉挺不住了，忍不住松开了手。

月光下，三个人影、一条老狗和一辆拖车在乡间小道缓缓地往前挪行。夜已经很深了，偶尔有狗叫声传来，大多数的狗已经累了，蜷在窝里学偷懒。也许是主人已经入梦，人精一般聪明的狗怕惊扰主人的好梦，那就吃力不讨好了。

我的脚步越来越沉重，一到家连擦洗身子的力气也没有了，到了房间摸到床倒头就睡去了。

第二天清早，还在睡梦中，我被父亲和母亲的对话惊醒。

“这么早起来啊？”

“昨天那里的草硬实，我再去砍一车回来。昨晚的芦苇收拾好了可以卖个好价钱。”

“你不要命啊！这么早，还要上班呢！”

“我晓得，孩子用钱的日子在后面。”

听到这里，我的睡意一点都没有了，从未有过的一种负疚感爬上了心头。父母亲白天土里刨食、上班做工还不够，还要起早贪黑去河荡里拾草卖钱。

渐渐地，我在学业上更拼了，邻居王老师告诉母亲，你家这个伢儿突然懂事多了，越来越要学了，坚持下去会有出息的。

母亲笑着对我说：“老师说你要学了，我该不该高兴呢？你如果学出去了，家里的田谁来种哟！我们没有啥本事，你学不好也不要紧，家里的地会给你留着的。”

如今，父亲快八十了，身子骨依然硬朗，只是他的背已成了驼峰，怎么也直不起来了。人们关切地问："你天天驼成这样，脸朝路走，吃得消吗？"

他笑着说："驼就驼了，有什么吃不消的？死了以后扳直了也不会感觉疼的。"

昨天，母亲打电话来，告状说老父亲去河边砍芦苇了。不许他去，他就偷偷地瞒着去。

母亲跟他打趣道："要是现在个个还像你拾草，哪还要小广播大喇叭地宣传什么秸秆禁烧啊！"

二〇一六年十月二十日

小镇钟声

小镇兴建了个影剧院，剧院旁边是市民广场。广场上的健身设施齐全，早晨有打拳舞剑的老头老太，中午有不怕日晒的顽童，傍晚则是生龙活虎的小伙子大姑娘。小镇人纷纷说：这是政府为民办的一大实事。

可有一件事人们不满意——高大的剧院大门上安了个硕大的电钟。安就安了呗，主要是发出的声音特大，不光镇上的人听见，就连镇的四边上的人家也听得清清的。

于是，纷纷有人向镇长提议：把那钟摘下来。人们的理由五花八门——

有老人说：那钟太大了，会浪费国家不少的电。有晚上加班的人说：白天太吵睡不着，影响工作。有卖钟表的人说：刚开的钟表店即将关门大吉，才下岗又失业。有回乡的大学生说：要是外商中午途经小镇，定会以为小镇治安不佳（误把钟声当锣声），很可能一个投资项目花落别家……

意见提也提了，谁也没在意结果——或许人们已忘记了。

可突然有一天，小镇停了一天的电，要是以前倒也没什么，可那天镇长办公室里的电话差点给打爆了。

人们纷纷询问：钟是不是坏了？有的说：没了钟声接孩子误了点，给媳妇骂得要死。有人说：没了钟声，上班迟了一个钟头，被罚款十块。还有的说：听不到钟声，有点魂不守舍，午觉睡不踏实……私下里，有的说这两个月，家里少用三度半的电。有的说，有了这钟声，省去了给孩子买手表的开销……

镇长打电话到供电所，供电所打电话供电局，局里回话：今夏能源危机，缺电，还要等一天，但以后停电的事就好比是闹地震，说不准是哪天。

镇长决定为这个钟的去留问题开个现场办公会。会没开始就有人抱怨：要是当初不安这个钟就没今天这个会。镇长主持发言请大家先表态。有的说：拆了算了，一了百了。有的说：当官要为民做主，老百姓需要这个钟，我们不能拆。有的说：老百姓以前不是提了不少意见吗，来个顺水推舟。有的说：我们要与时俱进，及时把握民情，为老百姓办实事。双方僵持不下，最后请“一把手”定夺。“一把手”斟酌再三也拿不定主意。会议决定，还是由老百姓投票决定。

镇广播站连续三天发动投票宣传，投票地点在农贸市场。投票箱放在出口处的两边。投票箱是两个大白菜篮子。左篮子表示留下，右篮子表示摘去。买菜出来你只要往篮子里扔个大椒、黄豆米什么的就表示投了一票。

结果不须统计，选“留下”的篮子用了八个，都是满满的，投“摘去”的只有六个小黄梨。八篮子蔬菜被拉回政府食堂用了三天，有趣的是篮子里还清理出十六条小鲫鱼。

留就留下吧，镇长又发起愁来：要是以后停电又要安排专人发电。这时，秘书进来，说政府隔壁的油米厂愿意把电钟的线路接上他们的发电网。镇长的眉头舒展了。

但他就是想不明白，人们一开始对钟那么有意见，后来人们又是如此需要它、离不开它，这到底是什么原因呢？

二〇〇五年四月

换　鸡

周六是我们的返乡日，是自己家的节日。孩子盼，老人盼，盼的是全家老小一张桌上吃顿饭。

秋日八九点钟的阳光照耀着金灿灿的稻海，每一粒稻籽都熠熠发光。我们的小车匀速行驶在田垄间的水泥小道上。十月的乡村，较之五月的生机盎然，现在则是秋光无限美的另一番景象了，像极了初孕的少妇，呈现出一派恬静安详。

车子在自家院子里一停稳当，小家伙就迫不及待地推门而出，冲向了她记挂的朋友：猪舍里的猪宝宝们，羊圈里的羊儿，草窠棚里的鸡鸭鹅们和笼子里的一只草兔……像往常一样，跟这些老朋友一一招呼过后，她又拉着我们去房前屋后转了一圈，问问东来问问西。

等到中午时分，爷爷从田里回来，老远地，他笑眯眯地招呼着："开心吗？你的动物伙伴都好吧？我可没亏待它们哟！"

"当然开心啦！小猪长壮了，小羊变得白净了，鸭翅膀上的羽毛变亮净了，就是母鸡瘦了，好像小了一圈，是不是也在减肥啊？"

"你说鸡啊，眼力不错啊。它们还减什么肥?！哈哈！"

"鸡好像换了新衣裳，毛色变新了。"小家伙在得到肯定之后，更加言之凿凿。

"说得没错，原来一共八只老母鸡，这次返老还童了五只，还有三只保持不变。”

我们被老人说的戏谑话弄得丈二和尚摸不着头脑。

“别卖关子了，快给我解释清楚!”小家伙的犟脾气上来了。

老人乐呵呵地坐在了水泥地上：“好好好，我讲给你听，你就懂了。”

原来，前天有小贩走村串户的吆喝做换鸡的买卖。怎么个换法呢？就是用新母鸡等价等重地换农户家的老母鸡。老人想到家里的老母鸡光吃粮食不下蛋，便动了这个脑子。他用五只老母鸡换了五只新母鸡，因为老母鸡身子肥，小贩还给老人补了二十多元的差价。

孩子鼓掌跳了起来：“又要有鸡蛋吃咯！爷爷生的草鸡蛋!”

“瞎说，爷爷哪能生蛋啊！只要我的孙女能吃上新鲜的鸡蛋，换什么都值!”在老人和孩子看来，这是蛮划算的买卖。

在大城市里，圈养的新母鸡的价格一般只有散养的老母鸡的一半。小贩是无利不起早的，也是善于讨巧的，他赚取的是新母鸡和老母鸡的巨大差价。真想把这个真相告诉憨憨的老父亲，但我转念一想，老人知道了真相，还会这么开心吗？换鸡的买卖，虽然在经济上是亏了，但给老人、孩子和小贩带来愉悦的心情，这不是我们常说的“有舍才有得”吗？真可谓：老鸡换新鸡，大家笑嘻嘻。

我也开始为没有捅破他们的快乐而快乐起来了。

二〇一五年十月二十二日

吃面条

小学三年级的我，捏着两张高分试卷跑回家，想着这争气的分数妈妈看了定会夸赞不已，还会乐呵呵地给我手擀一碗有劲道的面条。

我天生偏爱面条，爸妈也爱，面条是我们一家人舌尖上的最爱。

回到家，妈妈躺在床上，我顾不上多想，双手举着考卷，嚷嚷着要吃手擀面。

妈妈微微笑了笑，又皱了皱眉，慢慢撑起身子，抓起面盆，缓缓走出家门。过了好长一会儿，她抱着一小半面盆的面粉回来了，娴熟地在面粉里放了适量水和少许盐，两只手揉着捏着，再放水再揉捏，一个有韧劲的面团在盆子里出现了。她凭经验感觉差不多了，抱出粉团，再找出擀面杖，用力地擀着擀着，面皮越来越大、越来越薄，眼看着跟桌面差不多大了，妈妈就用擀面杖将面皮滚成了卷儿，再猛地抽出擀面杖。

我连忙去生火烧水。随着有节奏的笃笃声，面皮被切成了满桌子的细条条。

水开了。我跳出去，眼瞪着看妈妈抖落着面条散入沸腾的锅里，水平静了。我立马又给锅下添了几把干柴，水就又沸腾了。长长的筷子在锅里翻搅着，不一会儿，面条就转了色。妈妈把准备好的葱末撒进锅里。

“想吃硬的还是软的?”

“硬的，有嚼头!”

话音刚落，妈妈就叉两筷子面条到一个大碗里，再浇些面汤，连忙端到餐桌上。我也顾不得擦去桌上的面粉末，拿了筷子抱着碗就吃了起来。妈妈说，要是有猪油就更好了；她好像还说头有些晕，就又去床上躺着了。

我美美地吃了一大碗面条，连忙又喊妈妈起床吃，她说：“我再歇会儿就起来吃，你先去上学吧。路上小心。”我打着饱嗝上学了，许是因为跑得急，肚子都有点疼了。

晚上回家刚做完作业，爸爸从砖瓦厂下班回来了。他是个拉车送土坯砖烧窑的好手，常常从早晨 5 点干到夜里 7 点，午饭在厂子里用铝制饭盒蒸点米饭凑合一下。

妈妈似乎比中午有了一点精神。她从碗橱里取出中午的那碗面，让我去地里摘两根黄瓜。有了黄瓜的加入，一碗面成了两碗面，白面绿瓜，滴上几滴芝麻油，啊，真是色香味俱佳的人间美味。

爸爸让我去碗橱里取出一个大碗，他又分别从两个碗里匀出一些。这样桌上就有了三碗面。妈妈嘟囔着：“我不饿，你们一个上学，一个上班，辛苦呢，需要营养!”

“你在家种这么多地，还要伺候鸡鸭猪羊，有做不完的家务活！我看你才更需要营养!”

我瞅瞅他们两个，细细品尝着面条。

二〇二一年十一月

男回首

一

每天上早读的时候，我都会看见一个衣着朴实的汉子蹬一辆三轮从教室门前轻轻滑过，车子上装满蔬菜，那是送到学校食堂去的。每当车子行到教室后门的时候，他总习惯性地把双脚停下来，让车子自然减速，然后扭转头来直往教室里张望。从他的眼神里，我读出一种期望、一种幸福。有几回，我的目光与他的目光相对，他只是“嘿嘿”地笑。难不成，在这个汉子的心里也充满对知识课堂的渴望？我把这个发现告诉了班主任。班主任笑着说：“那位是班上李同学的爸爸，他是在看他的女儿呢！”

二

一条东西走向的省道从一个千年古镇中间穿过，在小镇与乡村结合的地方，一个南方老板建起了个比镇政府都豪华的楼房。人们纷纷议论，这里是“天上人间”。随着浴场开业吉日的临近，看好自己的男人成了小镇女人的共同话题。

浴场还有一天就要开业了，一幅令男人看了眩晕的挑逗性广告牌挂上了五楼。终于开业了，那天，当地一些“显贵豪绅”相继领到赠券。越来越多的陌生男女在这里出入，给小镇带来前所未有的生机——小镇上的男男女女纷纷油头粉面起来，准确地说，是时尚起来。与浴场邻近的一个小店女老板告诉我：那些驾车的花心大萝卜每行车至此，扭头回望的比例达到十之八九。

就在浴场的门前，开业的当年一个夏天就发生了13起交通事故，死了5个男人，伤了很多的女人。

三

那是1989年左右的一个清明，邻居栾大明的叔祖父从台湾回来，顶重要的一件事就是给祖宗上坟。同族的大人小孩都请了假，排着一列长长的队伍。这个景象在村子里是少有的景观。那天，两位素不相识的年轻人走在队伍前面，一个肩上扛着个黑不溜秋的家伙，一个手里握着个黑色的玉米棒槌。后来听人说，那是电视台的记者。今天的祭祖活动要上今晚的市县台新闻联播。

大家挪着步子前行，好长时间才到坟地。因为人多，庄稼被踩倒了一大片。但田地的主人——栾三婶还不时喊着“靠前点靠前点，粮食还有得种”。要知道，平日里，她看见小儿子掉一粒米在地上，也要捡起来投进自己的嘴里。

队伍在坟墓前围长了月牙状。设案、上供、点香、燃纸、扫墓、鞠躬，一切是那样地有条不紊。全场的人仿佛是在完成一项特别神圣的使命。

过了好长一段时间，队伍开始撤退。来时打头的栾大明叔祖父此时成了队伍的尾巴。他表情冷峻木然，让人看了十分害怕。没过多长时间，他落在后面老远老远。不断有人喊他“回吧回吧”，他应诺着，不时回头张望着，像是丢了魂似的。

过了个把星期，有小车来接他经上海飞台湾。大家在车后送啊送啊，当车再次路过坟地的时候，他的车停了下来，他打开车门，走到车外，向坟地深情地凝望了好久。

长大后，当栾大明第一次读到余光中的《乡愁》时，他的头脑里立刻回放起叔祖父上坟祭祖、一步一回头的情景。他似乎立刻读懂了《乡愁》，读懂了余光中。

二〇一四年三月

蜜桃鲜卖

四根木柱子直竖朝天，再用四根老枝杈横着固定，与地面构成一个立体框架。再在上面铺一块黑色遮阳布，便搭就了一个“卖桃亭”。这个“卖桃亭”坐落在我回老家的一条乡镇公路的旁边。

老家在全县的西北边陲，老家的青年学生都要从这条路上坐车出去求学、打工。在这条公路的中段，便有这么个卖桃的亭子。

第一次见到这亭子，是一次从外地求学回家过五一假。当时，我就想：有道是“酒香也怕巷子深”，在这条路上卖桃肯定是兔子的尾巴——长不了。

第二次看到这亭子是我大学毕业，在城里找了份不错的工作，坐车回家看看。当时，天色渐黑，老远就看见桃摊前正蜂拥着下班的青年工人，好像桃不够卖似的。车子在桃摊前戛然而止，车门随之打开，车上迅速跳下一拨，像下锅的饺子。人们在摊前迅速往袋子里放着桃子，只等着摊主称重好付钱走人。下去的人三三两两地拎着满袋的桃子往车上赶。人们纷纷说：这种桃子口感好，还特新鲜，值！这倒真让我这个市场营销系的高才生百思不得其解。

第三次回家的时候，公司已给我配了辆车。那天，我带着城里的女友好不春风得意。当我的车驶过桃摊时，女友忙喊“停车”。我陪着她下了车，来到桃摊前。桃卖得差不多了。一问价钱，跟我们城里一个价。我们刚想掉头离去。摊主说话了：“如果嫌这里的桃小，可以到园子里摘，任你挑。”

我们这才注意到摊主身后的桃园。园子里还有几个人影。女友一下子来了兴致，挎上篮子，拉着我直往桃园里钻。

园子里的桃树真不少，桃枝上都挂满了。近看，更是诱人，一个个桃子粉腮红唇。女友欢快地东摘一个、西采一对，一会儿工夫，篮子就满了。但她还意犹未尽地让我手里捧着七八个，嘴里还说：这么好的桃，让老人家也尝尝鲜。

我们来到摊子前，摊主乐呵呵地说：“怎么样，好桃吧？”

女友啧啧称是。我说：“桃是好，不过价钱不比城里便宜。”

“我们的桃现摘现卖，卖的是新鲜；我们的桃园就在路边，卖的是放心；我们的桃园就像城里的超市，卖的是称心。”想不到年轻摊主的嘴里还真蹦出了营销学中的真理。心里暗暗佩服。付钱的心情也变得格外舒畅。

上车后，女友说：“真是机智的乡下人啊！”

“是说我吗？”

“当然也算啦！”

二〇〇七年七月

守望家园的星空

辑十

汉中两年

Chapter 10

空调师傅陈刚

十月底到的汉中，觉得一天冷似一天，看来还是得装上空调。

安装空调那天，我不在租住屋。使用了两个晚上，噪声大得有点吓人。芳邻问我是不是买的二手空调，我哭笑不得，立马拨通格力公司的售后热线，没多久，汉中就有师傅联系我，说给个时间要上门看看。

我在午饭后往回赶，远见两个年轻师傅在楼下等。对上号，问了句“有没有午餐”，他们回答“还没有”。

入室开机，师傅诊断机器没有问题，基本判断是房屋墙壁老化，与机器产生共振，导致外机噪声偏高。年纪稍长的师傅决定移机试试。

大师傅神态自若，看上去就是一位老手。操作过程中，他熟练地向助手发出各种指令，为他打下手的小兄弟默契地配合着。他在手脚脑并用的过程中，还不停地唠着嗑。听着我的提问，他一直友好地回答着，尽量满足一个初来汉中人的好奇心。

他姓陈名刚，今年才 23 岁，还没处对象。初中毕业后学了一年的空调安装，至今已工作了六七年，他带过的徒弟也有了七个，已出师六位独立去开展工作了。现在跟着他的是第七个，才学做了一个月。

他家住汉台区武乡镇。问他父母有没有舍不得他干这个高危活计，他一脸坦然，说这有啥，哪有绝对安全无风险的工作呢？

他身材看上去偏胖，虎背熊腰，但他登上窗户，头探出窗外，身子俯在空调上，松动螺丝，很轻松的样子。身上系有安全绳，但对他只是一套可有可无的装饰。他先把螺丝卸下来，再用双臂抱着空调外机，轻松挪回屋内，他只凭一个人的身手，偌大的外机就像他怀中的一个娃娃。要知道，他还没有顾得上吃午饭呢。我在心里暗暗地佩服。实践真的是锻炼身手的好办法，真的是“三百六十行，行行出状元”。

他再俯身窗外，准备将空调架进行移位，先是丈量距离，测试水平，用电钻打孔，安装钢架，再把空调外机抱着平放上去，最后拧紧螺丝。这一系列的规范动作，做得干脆利索。做好空调安装工作，真的既要有实力，还得有巧力，还得有魄力。小徒弟在一旁默默看着，随时帮着接递工具。

整个劳动过程中，陈刚师傅没有一点怨言，一直是乐呵呵的，还不忘宣传使用时的注意事项。我感觉他不是一般的安装工，俨然就是格力公司的形象代言人。魁梧高大的体格，乐观向上的心性，替人着想的品质，不管哪家公司都需要这样的人才。

问他工作这些年来，最大的收获是什么？他腼腆地说，每年安装一千台左右的空调，看着汉中的大街小巷布满亲手安装的空调，感觉能给他人送去凉爽和温暖，自己也觉得幸福。你想啊，他已经给六千多户家庭送去了惬意的温度，他用自己的劳动为上万人带去了快乐。

在天气渐热渐冷的换季时节，他们就加速忙碌了。常常是饥一顿饱一顿。尤其是现在大量的空调在山区乡镇，不少人家结婚装修新房，空调成了必不可少的大件，他们常常是开着摩托去山里，天寒地冻的，也得守约装好。

安装完毕，他还是耐心地测试着，大家都感觉噪声比先前小了很多。他的脸上露出舒心的笑。

我问他收费多少，他说，才装的空调，就不收移机费了，给个好评就行了。我满口答应着，说着感激的话，他回应着“应该的应该的”。他摘下安全防护装备，穿上护膝和防寒衣，两个小伙子跨上摩托车，一会儿就消失在巷子的尽头了。

多么阳光的青年，多么敬业的员工，他们肚子空空的情况下，乐呵呵地工作了一个多小时，我该从他们身上学到些什么呢？我的脑海中翻腾出这样一些词组：专业、敬业和奉献。

还有就是“艰苦奋斗，自力更生”——这也是新时代汉中“90后”身上闪耀着的光。

二〇一九年十二月

汉中面皮

信步走在陕西汉中的大街小巷，一个个面皮老字号店铺，一辆辆面皮小拖车，接二连三地扑进你的眼帘。由此，你或许会得出“吃面皮是汉中人的最爱，汉中人是面皮养大的”判断，这是其一。其二，做面皮还是足以养身立命、养家糊口的营生。但你从没有听到一句叫卖声，生意人总是静静地候着，即使你问了价格不买，一点也不恼。

对吃惯了大米的东部江海平原的人来说，初食面皮，并没有特别可口的感觉。但在汉中友人的热情介绍下，在汉中历史的浸润下，渐渐品咂出汉中面皮的真味道来。

汉中处在神州腹地，华夏版图的中心，是秦岭和巴山两只巨掌捧出的明珠。秦岭挡住了北方的风沙，巴山阻隔了南方的湿热，使得汉中植被丰茂，水质清澈，湿度适宜，是一处名副其实的宜居福地。

汉中气候属北亚热带和暖温带的交汇处，这里的大米没有北方大米生长周期长而显得质硬，也没有南方大米因生长周期短而显得性软。软硬适中的汉中大米是汉中面皮特有的物质基础，所以汉中面皮的真味道离不开汉中大米来做食材。

大米做饭人尽皆知，但这仅仅是为了果腹解饥，是对稻谷最简单的加工。但汉中人对生活是高标准的，近乎挑剔，也可以用从容优雅来形容。他们绝不满足于将对大米的使用停留在粗浅的层面上，而升华成了对美的追求和实践，达到了一种精致，甚至是一种审美。

论起面皮的工艺，汉中朋友津津道来：选择上等大米，用清水浸泡半个小时，捞出沥干，再碾成大米面粉，用适量温水把米面粉和成稀粥状，摊成饼状蒸制，晾凉后即成面皮。可以热吃，也可冷食，放上青菜、豆芽、菠菜，佐上辣椒油和香醋等。一碗可口的汉中面皮就呈现在你的面前了。要是酷暑，最好冷食，那就是吃凉面皮，顿觉清爽宜人；要是寒冬，最好热吃，那就是热面皮，你会暖气熏人，越吃越暖。如此考究的美食，这就不奇怪最近南郑区正在大张旗鼓地进行着面皮制作大赛呢。

两千多年来，汉中盆地远离政治中心，地理相对独立，自然条件优越，农耕发达，物产丰富，少有天灾人祸，汉中百姓也就无须滋长生存的忧患意识。汉中人的神定气若、安闲自足、怡然自得成为他们的外显气质。他们将智慧转移到对生活品质的提升上，对饮食文化的追求上。汉中面皮体现了汉中人对自然的灵性转化，对生活的精致追求。

中国幅员辽阔，地理气候多样，造就了汉民族在饮食上“南甜、北咸、东酸、西辣”的总体特征。汉中面皮是一种怎样的味道呢？好像很分明，似乎也模糊。在汉民族的饮食中，没有哪样食物像面皮这样自相矛盾，而又浑然天成。

面皮在汉中的诞生，体现着千百年来汉中作为交通要道，汇通南北，贯穿东西，使得八方味觉在汉中汇聚、碰撞、交流、融合，可以说四面八方的口味在面皮身上得到了淋漓尽致的融汇和接纳。加之，汉中作为道教发源地，道家那种道法自然、天人合一、为而不争、厚德载物的精神，在汉中面皮的滋味里得到酣畅淋漓的诠释。这自然是汉中人大智慧的体现了。

来自五湖四海，有着不同成长背景的人都会逐渐悦纳汉中面皮，是因为他们迟早会在其中品出家乡的味道，让流浪漂泊的心趋向淡泊，归于宁静。你看，面皮经过千余年的发展，在融合中走向大众，走出汉中。年轻人吃出了筋道与刺激，老年人吃出了软糯与清淡，北方人吃到了咸，南方人尝出了甜，东边人品到了酸，西边人吮出了辣，真所谓“众口难调来汉中，汉中面皮都说好”。

才踏上天汉大地四五天的光景，才吃上十来碗汉中面皮，就忍不住把味蕾的新奇写成文字，生怕过了新鲜劲就写不出味道来了。

写到这里，我的涎水忍不住潜溢了。真想多说一句：汉中面皮，吾之新食尚！

二〇一七年十一月

草编扇·藤椅·山核桃寿龟

不知从什么时候开始，我对手工艺品特别地痴迷。

每遇到一件悦目赏心的手工艺品，总迈不开脚步，可以把玩的总会在手心里摩挲一番，可以体验的总想以身感受一回……只可远观的，让自己的目光多观瞻一会儿也好。

信步在陕西汉中的古镇古巷古村，经常可以看到古董文物，诸如青铜器、陶瓷器等，但我对这些总难提起兴致，倒是对藤编、草编、棕编、竹编等一些手工艺人的作品起了贪心。

看着这些手工艺品，我的眼前会出现一个个勤劳朴实的乡亲，一双双劳作不停的双手，他们或在简易社区工厂，或在自家小院里屋，但凡有可用的时间，都舍不得歇息。他们端坐，凝眸，屏气凝息，手脚配合，不停地编着编着。

最先让我眼亮的是一种桃形草扇，量产在南郑两河镇白庙村。扇子由扇面和扇柄组成，扇面呈桃形，由蒲草编成，竹签上裹上蒲草为扇柄，顶端有挂扣。这样的一把扇子，光是看着就觉得舒爽。光洁的外表，精致的造型，持在手里，轻如羽绒，慢摇轻晃，清风扑面，神清气爽，惬意得不得了。

扇子的原材料就是山涧里土生水长的一种蒲草，取之不尽用之难竭，山里的人们勤劳肯干，在家就可以编制，高手一天十余把不在话下，根据成型品质，经纪人上门收购每把也要十余元不等。

第二个让我养眼的是藤椅，这是在一个名叫黄官的藤编小镇上看到的。镇上主要有两家生产基地，一家姓徐，一家姓陈，姓徐的创始人是南郑十佳工匠，姓陈的当家人是南郑致富带头人。他们是镇上最先开始编制藤器的人，至今已有数十年的历史，当年还有国家领导人来他们家视察过。他们把水井村周边的富余劳动力组织起来，手把手地教他们编制藤器，还让藤编课程走进了小学课堂。

藤器的发明最早要追溯到三国时的藤甲军，藤器作为护身卫国的武器记载在《三国志》里。后来，能工巧匠经过数百年的传承创新，现代藤编艺术日臻成熟，一根青藤制成器具，要经过晒干、熏蒸、切割、打磨等几十道工序才能成功。你或许还记得，当年毛泽东主席、鲁迅先生端坐在藤椅上的照片，看上去舒舒服服，亲切近人。现如今，藤编艺人开发出的各式各样生活用品和工艺品走进了寻常百姓家，因为它的实用价廉，环保生态，日渐为青年人所接受，但凡到此参观过的人，回头客络绎不绝。

几天前，友人从山里给我带来一件精美的手工艺品，用野生山核桃制作的寿龟。

这是一只多么神奇的灵物啊！明知道是一件手工艺品，但它的造型让人心生怜爱，简直就是一个活生生的生命体！它的颜色是野生山核桃的本色——红褐色，显得富贵端庄。它由一枚山核桃做头，四枚山核桃做脚，若干枚半只山核桃拼接成龟背和龟尾，再在它的头上粘上两只透明的黑眼珠，一只小山龟就活灵活现了。它四脚坚定有力，小脑袋微微昂起，眼睛小而发光，神气地看着我们，好像在骄傲地诉说着自己的不凡身世：

我从山中来，本是野核桃，粒粒皆平凡，入土即尘埃。幸遇工匠手，将我来组拼，兄弟抱成团，合作成灵物。不是我能耐，而是我幸运，人间有高手，腐朽化神奇。是呀，高人眼高手高，总能将手工化作艺术，让平凡固化成永恒。我真的想多多赞美这样的民间艺术大师。可我不知道他们的名姓。

这些野生的山核桃哟，可曾想到能登堂入室，“飞入寻常百姓家”，会给寻常百姓家的老少带去美的享受呢？我想到没有走出大山的山之子民，他们在忙完了自家责任田之后，挤出时间去山里采摘野核桃，再经过民间巧匠手工截、磨、粘、接、抛光等三十六道工序的精雕细磨，才将玲珑剔透、风格古朴、纹理优美而自然的艺术品呈现在我的面前。如若没有实际操作，这其间的辛苦谁能知晓呢？要知道，每一件能扣动你心弦，让你心生占有欲望的艺术品，哪一件没有经过精心打磨？

原材是纯自然的，工序是烦琐复杂的，制作的过程是缓慢渐进的，但经过艺术之手在几十道工序完结之后，呈现在你眼前的物品总会给你惊喜，让你的心境趋向平和。藤椅不再是供人养臀的椅子，草编扇不再是普通扇风的物件，野核桃外壳也可组合成艺术珍品……都成了有灵性的生命体。

有一天，我幡然醒悟，对手工艺品的青睐，其实是源自我们人类内心的一种渴念，一种对绿色生活，对怀素抱朴理念的认同并身体力行。

多多贪恋手工艺品吧！因为你我的亲近，会给创造者以希望；他们正凭借勤劳的双手，默默守望着善良心灵和美好的生活。

二〇一九年十一月

汉江河畔读“汉”字

第一次来汉中，飞临陕南的上空，在减速下降着陆之前，邻座的汉中友人倾身透过机窗俯瞰，指着夕阳下蜿蜒流淌的光带，“瞧，那就是汉江河，我们的母亲河”！

翻越秦岭巴山，踏上汉中盆地，走在古县古道，一个个形色各异的“汉”字吸引了我的眼球。工作闲暇，要么早晨，要么傍晚，喜欢散步在汉江两岸，观赏水景，呼吸负氧离子；欢喜在汉山上漫步，遥想历史，思念未来。经历七八个月融合，我已成为归属汉水汉山的一个微小生物，汲取着汉水汉山的营养，灌溉了我的血液和骨髓。身为一个醉心汉语言文学的海边来客，一个将在汉中历练两年的新汉中人，真想读懂这个与我们联系紧密的“汉”字，要不然真的会心生愧疚了。何况我们要在此逗留两年呢。

汉语是我们说的中国话，汉字是我们写的中国字，这个“汉”字的初义到底是什么呢？又发生了哪些演变呢？带着这些问题，我开始了关于“汉”字的主题阅读。经过一番典籍查阅，算是明白了一些。现记录下来，算作研读“汉”字的笔记。

“汉”字的繁体为“漢”，《说文解字》的解释是：“漾也，东为沧浪水。从水，難省声。”《说文通训定声》解释为“出今陕西汉中府宁羌州（今宁强县）北嶓冢山为漾，至南郑县西为汉，今名东汉水，东流至湖北襄阳府均州（今均县）名沧浪之水，又东南流经至汉阳府汉阳县汉口合江”。

《水经注》里提到的“江河淮汉”的“汉”，就是指汉水、汉江，当地百姓称之为汉江河，全长1532公里，是长江最长的支流；《尚书·禹贡》说：“嶓冢导漾，东流为汉，又东，为沧浪之水。”这是说汉水的源头称漾水，源自陕西省宁强县的嶓冢山，东流之后称汉水，再朝东又称沧浪水（汉水中游均县至襄阳一段），向东南流经陕西南部、湖北西北部和中部，在武汉市流入长江。一水三名，犹如长江之湖北段称荆江，其下游称扬子江。由此，我们似乎可以肯定，“汉”字初义与水有关，具有“吉祥、盛大、美好、精华”等义。

汉水奔腾三千里在汉口汇入长江，常被人们与长江合称“江汉”。或许是因为它的所处地域特殊，也许是因为它是长江最大的支流的缘故，通常被用来借指“天河”，即天上的银河，组成“云汉”“银汉”等词语。《诗经·小雅·大东》有“汉之广矣，不可泳思”“维天有汉，监亦有光”，曹操在《步出夏门行》中写到“星汉灿烂”。

陕南的汉中郡原先为楚怀王所置，战国末年，秦打败楚之后移治南郑，秦末又成了刘邦的封地，刘邦遂称“汉王”，他入汉中四个月，修生养息，励精图治，拜大将韩信“明修栈道暗度陈仓”，打败项羽威加海内，夺得天下，为感念汉中给他问鼎天下积蓄的厚利，定国号为“汉”。从此，“汉”成了“秦”之后的一个朝代名。

汉朝前后历时四百年，“汉”逐步发展成为一个民族的名称——汉族，进而在许多涉外场合，“汉”逐渐成为中国的代名词。如“汉字、汉学、汉语”等词，就是中国字、中国学的意思。放眼国际，欧洲各国称研究中国文化的学者为“汉学家”，日本称中国诗歌为“汉诗”。

目前，在我们口头还有很多由“汉”字组成的词语，比如“汉子”，起初是古代北方少数民族对汉族成年男子的蔑称，与之相对应的还有“汉女”“汉家女”，后来范围逐步扩大，泛指一般男子，有时也指丈夫，“汉”作为活力强劲的词根，还衍生出许多新词，如“老汉、好汉、大汉、硬汉、懒汉、蠢汉、饱汉、恶汉、庄稼汉、门外汉”等。

综上可知，“汉”字原先专指汉水，水流之处，人们就以“汉”名之，但凡汉水流经之地，皆借用其名，如汉阳、汉阴、汉中、汉口、汉川、武汉，等等，不一而足。后又演变为朝代乃至我们中华民族名称，进而成为中国的代称。读到这里，你一定会慨叹“汉”的字义演变，蕴含着多么丰富的民族文化历史啊。

有缘在汉江河畔守望两年，才有心境细细琢磨“汉”字，期盼在接下来的一年多时间里，好好珍惜在天汉大地刻苦求学的日子，思量着我们在“汉人老家”协作共餐，惜福造福。

二〇一八年七月

新华巷

但凡叫巷子的，都是古色古香、人口密集的弄堂，会让人想到江南，想到水乡。

汉中南郑县城周家坪有一条叫作新华巷的南北路，南联南郑大道，北接西大街和井水巷。我就寄居靠近南段的一户民宅的二楼。早晨，我由南往北去县政府大楼上班。夜晚，我再由北往南回到自己的租住屋。中午只是偶尔回来。

早晨七点半，天开始亮了，打开屋门和院门，向北，往单位去，地势渐高，有爬坡之感，是在提醒我，对待每一天的工作都得有“爬坡过坎、负重奋进”的精神吗？一路上，大小不等的汽车庄重地停放着，把这个巷子逼仄得留下狭窄的过道。路两边有大妈大爷或站或坐，或在路面上，或在三轮车上，呈列着湿漉漉的蔬菜，想来刚从地里采摘上市的。有的菜农把藕分成三等，粗，次粗，细碎；有的带着鸡蛋、鸭蛋和鹅蛋；有的带着山药，每袋四斤，装得好好的；他们默默地坐在摊位后面，有的在嚼着自带的饼，津津地嚼着。除了这些老农会夺去你的眼球，还有的就是他们身后一些早餐店，早餐店是巷子早晨的主角，店门口往往是热气腾腾，人影攒动，有热面皮，有浆水面，有菜豆腐，有锅贴，有核桃馍，有花生粥……有的店有招牌，有的没有招牌。吃得朴素点，三五元就能很饱。

日中时分，新华巷里阳光满地，走在这样的时空，顿觉神清气爽。这时你会发现菜农渐渐散去，剩下零星几个坚守的老人，面前还有几把青菜、大蒜和大葱待售。果贩的三轮车上路了，城固的橘子，洛川的苹果，本地的野生核桃，还有现炒现卖的葵花籽和南瓜子。有次还遇见一个卖搓衣板的人，有红色槐木的，有香樟木的，拿了几块在手里掂量抚摸，真想买上一块，挂在宿舍做工艺品观瞻，可以遥想母亲为我洗衣的情景。

入夜，我大都夜半回去，倒不是工作很忙，而是回去也是孑孓一人，在单位可以上网看看，可以大楼转转，听听民乐园传来的音响，想象交际舞的优雅和广场舞的欢腾，让自己内心在闹市里安谧。

实在倦了，还是得回宿舍。每次回去，都会在新华书城的拐弯处遇见老王面食摊。常见的不是老王，却是他的妻子。寒冬里，他们会增加一把擎天伞，侧向西面倒放着，可以帮食客挡住北风。吃过一回，聊了几句，深感夜出摆摊的艰难，很想照顾他的生意，但对他们用塑料袋子垫放在盘子装面食，还有太过咸辣的口感实在不得喜欢。每天走过，也就目视一番。

这里的新华书城，想来是巷子的名称来历吧？这个猜想，与巷子里理发店老板的儿子相同。据说这个书城是县城最大的书店，历史久远，它的存在对这个巷子具有地标性建筑的意义。

夜里的巷子，安静了很多。这时候，有两家网吧还开着，网吧附近的几家小超市也有店家在硬撑着，等着再做一个买卖。除此就是还有几家不挂牌子的商家，里面传出噼噼啪啪的声响。轻轻地推门一瞅，原来是麻将馆，四五张桌子十来个男女老少，在烟雾缭绕中坐享搓麻将的愉悦。

冬日里的小巷，会有一根根碗口粗的白皮管从玻璃窗上伸出窗外，冒着袅袅白烟，那是家里生了炉子取暖呢！在一次理发时听说，年底有个五十来岁的妇女，因为使用烟煤取暖中毒，永远离开了新华巷。

巷子本是古名，新华却是新号。如此古今融合的称谓所在，注定会见证历史、人物、时事的更迭。我可以记录这里的风情，却记不下这里进出的人群。

新华巷，南北不过五百米，以上文字是我百来天的观察记录，留作以后的回想。

每天走着新华巷，却像是走了一个世纪。

二〇一八年三月九日

民乐园

喜欢民乐园这个名字，真的挺美。

第一次知道它，是在陕西汉中市公交站台上。读到这个地名，眼前一亮，心头一喜，因为这三个字让我想到范仲淹的千古名句："先天下之忧而忧，后天下之乐而乐。"文正公所言的"天下之乐"，不就是民之乐吗？

初来南郑的日子里，忙着适应环境，学习融入。安顿好紧要的办公起居之所，还有一大堆杂务需要去处理。个把月后，稍稍有了闲暇，才得以缓缓沉下心来，把这里的方位、地名、风物等一一熟识。

我的办公地点在西大街 24 号的区政府九楼，询问单位同事民乐园的所在，他走到窗前，向楼下西南方一指，原来园子尽在眼底，俯瞰可见概貌。

在晚秋阳光普照的中午，饭后，我步行去会一会民乐园。从北往南，试图寻找民乐园的标牌。遗憾的是，没有能找到。看见一位老翁，上前打听，他手臂一挥，用陕南话告诉我，说这里都是民乐园。原来，民乐园是一处没门没墙的开放之园。它就是这样敞开胸怀与人们融合在了一起。

从北往南恣意地徜徉，先是遇见一汪绿莹莹的水塘，周围栽着垂柳，高达十余米。间或还有几个大小不等的广场，还有一个百姓舞台，还有一片粗壮的古木林，再布上高低不等、颜色各异、神态不同的花草树木，石路、水泥路等宽窄不等铺设其间，园内地势起伏，错落有致。尽管是中午，游园的人却还不少，有三四桌的老人在打着扑克，有老人在树下木坐养神，似在静静回忆过去。园子的西侧有图书馆，有特色饭店，还有儿童游乐场。

远看一个不大的园子，身在其间，踏上曲径，二十分钟才南北走了个来回。想着以后不管是工作烦扰，还是稍作清闲，总归有了这样一个宜人的散心去处，不禁心旷神怡，差不多飘飘然了。

冬夜，我在楼上办公室读书读报读文件，七点钟的时候，颇具节奏感的音乐声渐起，感觉到人潮在向民乐园的方向涌动。此时的民乐园像个巨大的磁场，吸引着人们朝这里涌来。我伸一伸懒腰，也禁不住起身往民乐园走去。

这里成了人的海洋。灯光下，人影婆娑，虽看不清面容，但看得清身姿。最北的广场跳着现代交际舞，往南的广场是广场舞，再往南打的是太极拳，跳的是民族舞，不同年龄、不同性别的人和着不同的音乐，互不干扰，各跳各的，都很投入，仿佛一天的精力在这个时候得到最好的释放。也有一些老人和小孩，如我一般，只是蜷在屋里久了，出来踱踱步、散散心。

这是冬天的民乐园。尽管气温寒冷，但景色并不萧瑟凋敝，许是人们的运动热情给它增添了生机和活力。远处在民乐园公厕的东边，在图书馆外墙上，有高音喇叭播送着南郑新闻。一位声音柔美的女播音员每天会准时播送着南郑每天发生的新鲜事。

听南郑懂历史的友人讲，民乐园原来是某个地主家的后花园。现如今，地主早已作古，民乐园已然成为南郑人民的身心放松之所。在民乐园南边南郑大道的南侧，民乐居楼群耸立，从山上移民下来的贫困群众已经入住不少，想来他们也已经适应了这里崭新的生活环境了吧。

过年期间，我回了老家。但民乐园的记忆还在眼前，挥之不去。这样一个场所，可以让百姓在其间尽享慢的生活，也算是南郑人的福祉之一了。

春节过后，春的气息一天浓似一天。我在春天的早晨走进民乐园。满眼的草儿绿了，满地满树的花儿开了，红的、白的、紫的，叫得出名的，叫不出名的，一朵朵争奇斗艳，迎着春阳应和着春时，努力地把春的信息用生命绽放的形式给世界看。最柔媚的要算是柳树了，它的芽儿像是眼睛，像是星星，密织在柳条上，一条条，一束束，垂在水面上照镜子。有小孩子不睡懒觉了，早早地来到民乐园，男孩子像牛犊一样追逐奔跑，女孩子笑盈盈地在台桌上编着花环。大家的眼里都流露出对春天的喜爱。

在这个四季分明的纬度上，南郑的四季让人憧憬，我想，民乐园的盛夏和初秋是什么模样呢？一定还会有别样的景致别样的美。我想写一首小诗，题目就叫《民乐园的四季》。但我现在只想让民乐园的春天慢点走，再慢点走。让我学学顽皮的小了，躺在民乐园的草地上晒太阳，看蓝天，数风筝，甚至可以做个美美的梦。

二〇一九年九月

黎坪初恋

到了汉中，黎坪是要去的。

这不是哪一个人的断言，也不是哪个商家的广告语，是多位居住汉中和到过汉中的友人在我耳边的啧啧叮咛。

当代学者费秉勋在《行走黎坪》一文末尾写道：“老年悠闲，近年去过许多地方，但对黎坪总是不能忘怀。”我在游过黎坪之后，对老先生的话深以为然。

那天，时值霜降时节的末端，恰逢黎坪的红叶节。我们从南郑县城出发，向西南方向前行。一路上，满眼山峰层叠，峰回路转，我们的车似摇篮一般，在晃晃悠悠中欣赏着漫山美景，既新奇，又刺激。我们望见了云海，看见了红叶林……仿佛置身没有边框的水墨画，忍不住一次次下车，端起手机，拍下一张张美图，想着带回去分享给亲朋。陪同前往的汉中朋友说，我们还只是在黎坪景区的边缘地带，绝妙的景色还在里头呢。

对于这样的说辞，不要轻易理解为是一种炫耀，或者是蛊惑，我感受到的是汉中人的自豪和率真。常言道，谁不说俺家乡好，谁不希望自己的家乡更加美！

我们在黎坪古镇吃过午饭，便直奔景区入口处乘坐观光车进入景区。对初游黎坪的人来说，跟着导游走，那是明智的。因为山路曲折，拐弯太多，对事务缠身的我们来说，迷路是要不得的。

在神鹰岭，我们看到了貌似神鹰的山头，空中真有鹰状大鸟在盘旋俯冲，扬威着自己的天资，可以自由地俯瞰黎坪，而我们人类只能徒步在山间。

鹿跳峡，水面开阔，我们想象着名称的由来，想必有成群的鹿族在此栖息生活吧？

继续往前，我们就到了剑峡，两岸峭壁，一水穿流，恰似一把碧绿通透的宝剑。相传河水西流至此被山石阻断，大有危害群众之势。大禹拔出宝剑劈开巨石，河水得以畅流，宝剑化为峡谷，故而得名“剑峡”。

止不住地往大山深处走，美景连着美景，我的眼睛愉悦不已。天镜石、玉女峰、玉坠潭、玉带河、玉镯潭、小壶口瀑布、枫林瀑布、七星潭……更妙的是山路边挺拔着品种各异的花草树木，树脖子上都戴着名牌，有闻所未闻的猫儿刺、猫儿屎、红果树……满耳不绝的流水声，水是那样清澈，真的是一块块硕大的流动着的玉啊，时而湍急，时而舒缓，哗哗啦啦，潺潺淙淙，身临此境，心跳似乎都停止了，想来“物我皆忘”说的就是此等感受吧。

神奇的中华龙山是不容错过的。这是2008年汶川大地震的自然伟力带给黎坪的神奇。巨大无比的岩石，夹杂着丰富的海底生物化石，令人称奇的是，各种形态的红褐色的巨石上，龙鳞花纹有序排列，仿佛是画家用如椽巨笔描绘出来的。远望龙山，更觉有龙鳞闪闪、龙爪翻转、龙身腾跃……一群群大小蟠龙在蓄势飞动，撼人心魄。据地质学家研究，这种地貌是四亿五千万年前奥陶纪地质运动形成的。据此目前世界罕见的奇观，现在已经是国家级地质公园。

就这么走下去啊走下去，我的脚，我的眼，我的整个身心都醉了。当海底石城、天书崖、枫林桥等壮景秀色扑入你的眼帘，你在赞美大自然鬼斧神工的同时，你可还会想到什么呢？

漫步到了翡翠瀑布，还有静心潭和黑龙潭，又是一片水的世界。我们的心像潭水一般澄清透明，真想捧起来嘬上几口。

这一路走下来，对长年在平原生活的人来说，实在是一次极好的锻炼。汉中朋友说，这才是景区的五分之一，要想看全貌，非得住几个晚上不可。还有五分之四的神奇还在开发之中呢。对于这样的显摆，我们是深信不疑的。但还是委婉地谢绝，留有念想，下次再来，一定还会幸遇不一样的美。

我们还看到了中国最美村庄瓦石溪村，走访了姓彭的贫困村民。从他黝黑的肤色和质朴的谈吐中，我想到了黎坪的早期开发者们。20 世纪 60 年代，一群黎坪的知识青年自发组织起来，喊着“向荒山要粮”的口号，带着英雄的豪情在黎坪的广阔天地里大有作为，为黎坪的垦殖开发作出了历史性的贡献。

我说我爱上了黎坪，其实我爱的是自己的眼，自己的肺，自己身心的一切，因为黎坪给我一种自由和放松，而一位名叫安汉的先生，却是真爱黎坪的人。他青年时代留法学习农垦专业，1940 年任黎坪垦区管理局局长，抗战时期收容三万多战区难民，垦荒六万亩，建房四百间，创办学校、图书室、医务所、邮政所等，但终被当时的黑恶势力杀害。抚今追昔，我们的黎坪开发建设到了一个新的历史时期，今天的我们一定会更有智慧，将绿水青山建设成金山银山，将黎坪百姓的小康之路铺设得更加宽广。

我想：黎坪是适合画家来的，在这里写生，定是再好不过的静修之所了；黎坪是适合摄友来的，这里有着四季不同的景，永远也拍不够；黎坪是适合新人结对而来的，在这里可以拍出新婚燕尔的如胶似漆，拍出对美好新生活的无限向往，定格值得终身回味的瞬间记忆；黎坪是适合所有现代人来的，在这里让自己的心趋向宁静淡泊，稍作休息，适当调整，可以再起雄心，再启征程。

离开黎坪好久了，大山的美景仍历历在目。但我记忆犹新的是一条西流河，也叫八道河，它汇集了八条支流再一路向西，汇入嘉陵江。这不是西流河的标新立异，恰是顺应山势，包容并蓄，谦卑地往低处流出了成串的风景，带给世人无限的哲思和遐想。

在黎坪，我停留了大半日，记录下随感，表达对她的初恋。

二〇一九年十一月

翻汉山

2017 年 10 月，我来到汉中，在汉山脚下的南郑区周家坪工作。在此一年多的光景里，曾三五次到达山顶大顶寨，在那里呼吸清新空气，眺望天汉大地，领略了秦岭巴山的逶迤。可每次都是友人用车载着上去的，倒是省了脚力和时间，但总感觉怅然若失。

今年春节后来南郑，与来南郑人民医院支医的老乡缪君相约，趁着春早宜人，以步为尺，量一量大汉山。

早晨七点，老家海滨早已是日出放光。这里是汉中盆地，天才麻麻亮，因为太阳公公还在费劲地翻越秦岭巴山。天汉大地上的人们在安享着静谧的黎明。

我们背着双肩包上了路，在古巷里寻了一家老字号面皮店，分吃了一碗汉中面皮，各喝了碗花生稀饭，下肚了一笼小包子，便兴致勃勃地朝着汉山方向进发。

从古巷向南，我们走上了南郑大道。人行道上晨练的人渐多，似乎都是奔向汉山。向往大山，莫不是每个人心中不能自持的念想？向东行了一小段，再从南郑大道右转至汉山大道，大道有了向上的坡度，路的两边矗立着设计精美的汉桂灯，灯座上浮刻着“千年古县”字样。路边的田野里，油菜花开了一些。走在这样的宽阔、古朴的大道上，嗅着菜花香味，人的精神不禁抖擞起来。

不管是同向而行，还是相向快走，人们总面含笑意，似乎在为同是早起人而互相激赏。难怪有人说，主动拥抱黎明的人，都是积极向上的人。我想，能主动奔向汉山的人，也一定都是胸有丘壑的主。一路上，男女老少，个个露出幸福和友善的模样，再怎么抑郁的心事都会抛到九霄云外了。大家身心俱轻，用自己的腿脚攀登新一天的新高度。

在大道边，我们巧遇了支农专家周、张二君。他们手拎着水和面包，颈挂数码相机，一副有备而来的模样。四个人的会合，让大家的兴致更浓了。他们说，本没有登顶的决心，遇着我们，那就一定要翻一翻大汉山。

不一会儿，我们就来到了祈福之门，六只祈福之手，形成了左侧天一、右侧地一、中间泰一的格局，大小三双手勾勒出一个大汉山的“山”字。再往上走，就是开阔无比的大汉山广场，广场的尽头是汉王刘邦的巨型雕塑，只见他双手祈天，神情庄重，宽大的袍襟随风飘逸，他的背后正是雄浑沉毅的大汉山，在他的腿部后方则是百福百寿浮雕墙，漫步大汉山下这样的广场上，顿觉作为人的渺小。

我们走过汉阙灯布置的广场，通过步道登上汉王背后的山路。一路上，鸟语啾啾，花香扑鼻，宽敞的步道让我们如履平地，登临山顶的信心倍增。

我们遇着了一对小姐妹，应该是小学生，她们手搀着手，叽叽喳喳，问她们哪里去？笑答，“到山上去耍”。再问去不去山顶？她们笑着说，今天不去，下次跟爸妈一起去。真是勇敢达礼的幺妹，喜欢登山，面对陌生客，活泼而不失礼。

远见一位微胖的青年，戴着耳机，穿着单衣，小跑着上山，许是健身的同时不忘耳读天下之事。上前试探着询问，上山需要多长时间，他笑着说，因人而异，三四个小时吧！

三个小时的登山运动对平原客来说，真是个不大不小的挑战。要在平时步行个十里八里，往往也有点吃不消，何况这次我们需要登山运动三四个小时。在一个坡面颇大的护坡面前，仰望硕石悬空，周君大发感慨，断定这里就是曾经滑坡的地方。这话让我们感觉登山有着探险历险的刺激。

我们看到久无人居的泥墙老屋，断垣残壁似乎在诉说着一个古老的故事。主人已经搬下山了，住进了移民安置房，唯有老屋还在。如果可以保护起来，那也是游客感兴趣的景致。我们继续向前向上，一块块深翻的梯田，土壤是灰褐色的，用不了几天这里将安放上幼苗，绿色就会满坡了。我们边走边聊，不知不觉，已经走到了“五福临门”景点，位于含山路与半山环线的交叉口，海拔 820 米。

几顶帐篷已经掀开了角，建筑工人已经开工了，他们有的在铲黄沙，有的拉着簸箕车，有的在调试搅拌机……大型挖掘机像头野牛一般，铆足劲轰隆隆地吼着，似乎在向汉山发出开发建设的呐喊。再往前，遇见了一群中老年妇女，她们娴熟地挥舞着洋镐，一点也不逊色于男人。她们的身边安放着竹子苗，想来她们将在这里培植一片竹林。继续前行，遇见一对老夫妻，男的用切割机切着石片，女的瘸着腿打下手，他们是在贴瓷砖，这是在为景区做细工活呢。

我们走着，看着，想着，来到了团山。团山的中部安放着一颗硕大的夜明珠。白天在阳光下就是个通明的水晶球。入夜了，在周末的时候，这颗重达 90 吨的夜明珠就成了汉山音乐灯光秀的主角。再往上几百步就到了金石谷。醒目的标志牌告诉我们，登上山顶还有 11520 米，如果从登山步道走可省掉 3000 多米。大家一致选择走步道。

步道坡度舒缓，平整宽阔，落叶很多，去年的陈叶，已经开始腐化，许是故意保留着的吧。一路静谧，少有人走，鸟鸣不断，行走其间，让人的心海泛起怀古幽情。我们像一群山娃，快乐而执着地走着。一路上，有三五座亭子，亭子不大，也没有铭牌，但都设计精巧，木板上也都非常干净，无须擦拭就可安坐。亭子之间的距离设计得非常合理，在你累得不行的时候，就会有一座亭子进入你的视野，旁边还有卫生间，古朴自然，真是颇具人性化的设计！路上，缪君不知哪里就地取材寻着一根木棍，成了他的手杖。我们四个气喘吁吁地攀爬着。一旦遇见山上来人，我们会忍不住问“到顶还有多久”。

在快到山顶的时候，“土蜜哥·秦巴崖蜜”的红色标牌异常醒目，下面还留着手机号码，再细看你才会发现就在标牌的下面悬挂着几十个蜂桶。我们不得不佩服这位土蜜哥的用心创业，让我们知道大汉山里还有丰富的蜜源！

已经看到山顶了，与我们迎面走下一对白发苍苍的长者。两位长者互相搀扶着，后面跟着儿女，在我大为惊愕之时，一问才知，二老是坐子女的车到了山顶，这是往山下小走一段，可以舒活舒活筋骨。老人边走边说：“天暖了，登一登大汉山才美。”内心真佩服这二老，真是活到老，登汉山也要登到顶的汉中人啊！

我们四人先后登顶，缪君打开手机，海拔软件提醒他，目前已经是 1469 米。时间已经到了中午一点。山顶的空气很清爽。山顶的人也聚集了很多。汉中市电视转播塔在山顶直插云霄，为全汉中市传输着世界的信息，谁都会为高山架高塔的设计而鼓掌！

我们绕着山顶在祈福广场漫步，满眼的新绿，满鼻的清香，满耳的欢声笑语。稍远处，棉絮般的云朵，就在我们身边了，此时再看祈福之门，显得很小很小呢。我们还望见了南湖，一潭绿莹莹的水，翡翠一般。你再细看看，你会看到山间点缀着一家家民宿宅子，听说有几十家农家乐分布在汉山不同的部位，给游客提供大快朵颐的土菜享受。

用自己的腿登上汉山，看到的风景是不一样的。我们会更加体味到山顶的无限风光！遥想古褒国子民登山祭祀，汉中王刘邦在某良辰吉日策马扬鞭到山顶祈福呢！

山高人为峰，当人走上了山巅，与山融而为一，就成了“仙”。在山顶的栏杆上，我看见了两只小蜜蜂，其中一只后腿上沾满了花粉，许是采蜜累了，想歇一会儿，也许是想在山顶俯瞰春景。汉山景区的菜花开了，漫山遍野，层层叠叠，蜜肯定是多得莫法，但也忙坏了蜜蜂和赶蜂人。

汉中人都知道，位于周家坪南侧的大汉山，是米仓山在汉中境内的主峰。汉中油菜花的最佳观赏点也就在汉山，等天再暖和些，那漫山遍野、高低不同的黄色一定会闪亮友人的眼。

我们四人一起在山顶合影留念。然后喝了些水，分食着面包，我们开始往山下走。在走大路，还是小路的问题上，大家又是惊人的一致，不走回头路，另辟蹊径，走出不一样的风景。

我们走在宽阔的柏油马路上，一辆辆现代汽车和摩托电瓶小车，从我们身边呼啸而过；我们一步一步地走，感到一种近乎成就感的惬意——我们用自己的腿登上了大汉山。

下山的感觉，轻松如飞，我们后倾着身子，把控着身体的重心，控制着速度。有时候我们感觉有一段泥路，会更加兴奋，踩上天然的软泥路，那才叫舒服呢！还是几十年前才有泥路走的呢！泥路坑坑洼洼，山石时隐时现，民宅在路边错落，有人家会跳出狗来狂吠，有的养着鸡鸭鹅。屋子旁边，柴火齐整成堆，随用随取，看得出主人的勤劳干练。

我们来到一个土房子跟前，开阔的场院里堆满了一捆捆树苗。一位老奶奶晒着太阳，两位男女干部模样的人，男的在清点树苗，女的在记账。一聊才知，我们已经走到了青树镇的汉山村。男的是村主任，姓王，女的是会计，他们正在利用休息天给贫困户发李子树苗，说是一种市场畅销的青皮脆李。树苗刚到，已经通知贫困户来免费领取，签订种植收购合同。果子由公司收购，这个村子明年就成了李子村了。我们农业专家忍不住跟他们攀谈起来。

王主任热情地告诉我们，再往前已经没有大路了，需折返小路往金石谷走。我们似乎听懂他的指点，跟他挥手告别。但我们还是在山路里迷了路，我们又询问了一户刚吃饭的人家，他们手上沾着湿泥，显然是刚歇手，没来得及洗，就端起了碗。他们乐呵呵地看着我们四位陌生来客，操着方言友善地为我们指点。

我们循着老乡指点的方向，小心翼翼地走过好长一段不见尽头的山间泥路，因为是下坡，石头凹凸不平，很容易打滑，我们彼此提醒着，“慢点啊慢点”，不要扭了脚脖子。终于，汽车的声响近了，远远地终于看见了柏油路，这时天空飘来一团乌云，感觉有了星星点点的小雨。有人提议到民房边避雨，有人说雨不会大，还是继续往前走。在我们走上大路的时候，云已经乌黑了，雨越下越大了，我们谁也没有为没带伞而懊恼，想着汉山甘霖的浇灌，我们今年会像汉山草木一样茁壮成长。

云层已经压到头顶，雨滴打得脸面生疼。无奈，我们在路边摇手拦车，一辆银色轿车在我们身边刹住，女司机放下车窗热情地招呼我们上车。在坐上车的刹那间，一股暖流把我们围绕。车主一直送我们到了周家坪新华巷，此刻已是骄阳似火，我们再三道谢，挥手作别南郑好人。

回味翻越汉山之旅，自以为爬过不少的名山，却从没有哪次对山产生过这样亲切的感觉：大汉山真是一座亲民的山，似和蔼可亲的父辈之人；我们的内心感到一丝自豪，不仅是因为徒步翻越了海拔一千五百米的大汉山，也让我们再次亲见了南郑乡亲的勤劳淳朴——无论男女老少，都不辞劳苦地在大汉山上起早翻土，栽种希望，为建设美丽汉山，创造幸福汉山默默耕耘，执着守望。

我们相约，趁着在汉中工作的日子里，每月都来做一回山娃，跟汉山来一次肌肤之亲，锻炼我们的身体，净化我们的心灵，砥砺自己在这里干些实实在在的利民之事，也不枉在南郑挂职历练的不长不短的两年岁月。

二〇一九年三月

霜降初游红寺湖

霜降时节，我们来到汉中南郑，这是第一次到达这片满是神奇的土地、绿色的土地和红色的土地。

有人喜欢登山，有人喜欢看水，各有各的情怀。在南郑友人介绍南郑时，一一列举了南郑的家珍，不胜枚举。当红寺湖这个名号出现时，大家不禁产生了兴趣。

祖国的大好河山，我们是要去走走看看的，是要在心里掂量掂量的。唯有如此，我们在读万卷书后，才可以在胸中堆积丘壑。

在地理教材上，我们或许对五大淡水湖和最大的咸水湖素有耳闻。

河流让我们想到奔腾激荡，大海让我们想到汹涌磅礴，湖泊呢？在我看来，湖泊是大地的明眸，总是仰望着上天，逢迎着玉露，守候着日月光华。但凡称为湖的所在，总会让我的心灵趋向宁静，如湖水般澄清明澈。

在南郑西南，距离汉中 25 公里，就是红寺湖的方位。我们乘车前往，秋雨霏霏，凉意渐起，路上满眼的翠绿葱茏，民居在秋光里静穆，仿佛告诉新客这里是一片历史久远的土地，这里曾是红色的家园。

友人自豪地说，红寺湖景区是国家南水北调中线工程水源涵养地南郑核心区，是陕西省的十大自然景观区，是国家水利风景区。

第一站：川陕革命根据地纪念馆。雨中的纪念馆更显得庄重、肃穆，我们默默地走进展厅。在讲解员的引导下，我们的思绪回到了那烽火连天的革命岁月。

一个个年轻的面容，一张张革命的场景，一段段精练的文字……我们可以遥想当年的峥嵘岁月，可以追思革命者的无私为民的情怀。为一个个胜利而欢欣，也为一个个教训而沉思。参观的时间不长，但留在心中的感奋是满满的。纪念馆的意义不仅是为了记录过去，更是为了唤醒初心，感召未来。期待更多的人们多多走进纪念馆，要知道美好的生活是来之不易的，列强宰割的记忆需要常忆常新——珍惜现在，创造未来！

走出纪念馆的那一刻，我想真得趁着在这里工作两年的时间，好好补习一下这里的革命史，下次再来会有新的更深的感受。此时，我的心里产生了疑问，红寺湖与红四军是不是历史的巧合呢？

车子驶进了一个停车场。我们来到拦湖大坝。黑色的橡胶大坝稳稳地拦住了浩渺的湖水，我们在赞叹大自然超凡伟力的同时，也不得不钦佩人类的巧夺天工。敬畏自然，顺应自然，创造自然，人类正是这条路上永不停歇地向前，社会才不断地发展进步。

开船的师傅来了，我们上了船，发动，解绳，发动机的声音打破了寂静。坐下，站起，走动，瞻望，摄影摄像，啧啧称赞，这是我们在美景面前的自然流露。

雨还在下，湖面上偶有小船从湖汊里游出，还有鱼箱，想是养着不少的鱼呢。因为到了秋天的最后一个时节，气温微凉，雾气四起，远处的山峰烟雾缭绕，水中的岛屿也是略施粉黛，显得妩媚朦胧。我们的船在湖面上惬意地通行，仿佛今天的红寺湖专候我们的到来。

夜开始着色了。烟雨朦胧的红寺湖渐渐变了，更加的迷蒙，更加的婉约，我们一行人都闭口不言，静静地观赏，像是融入了此水此景。就是轰隆隆的马达声也听不见了。我想象着岛上可有唱歌抚琴的少女，在此水墨画中定可以奏上一曲即兴的湖曲，应和着荡漾的碧波。我想象着，在风和景明的春上，偕同一家老小，在湖面上做短暂的欢愉，那是何等的天伦之乐。我想象着在中秋佳节，独自在明月沐浴下登船游湖，那又会体验怎样的乡愁。

心中有情，自然眼中有景。所谓情人眼里出西施，说的也是这样的道理吧？

回到旅店，看到介绍红寺湖的传说，原来是得名于明代，南郑一位中梁山人洪智，他劝说太平天王朱至渌逃避张献忠的追杀，到汉江南岸米仓山下的乌龟山下落脚，建寺庙，祈平安。但终被张部所杀，但人们还是记得建庙时是洪智出面出资，于是口口相传是“洪氏庙”，后渐渐转称“红寺庙”。尽管庙宇已经沉入湖中看不到了，但留下的名号活在人间，你不得不说中梁山人是位智者了。

这就是我初游红寺湖的遐思。

二〇一九年十月

重走南郑红军路

在陕西南郑，米仓山横亘东西，地势北低南高，地貌属秦巴陕南山地，由北向南依次为平原区、低山丘陵区和中山区，汉江绕东北部向东汇入长江，境内最高峰叫作铁船山，在碑坝镇与四川省南江县交界处，海拔 2468 米。

我们到汉中南郑工作才十来天，想着山上还没积冰雪，趁早把全区二十多个镇跑上一遍，就赶着时间先往高处走。第一次去碑坝，是 2017 年 11 月 15 日。

那天清晨，我们从县城出发，途经大河坎、牟家坝、小南海等镇，翻过天池梁，晌午时分进入了海拔 1200 多米的碑坝。一路上，山峰比肩耸立，沟壑携手纵横，时值深秋初冬，层林微染，红绿相间，山居民宅点缀其间，好一幅山区深秋画卷。

坐在车里，看见一个接一个标有“红军路”三个字的绿色路牌肃立路边，极像是崎岖山路上忠诚守卫的小战士。

“红军路！红军路！是不是当年红军走过的路?”我不禁喊了起来。司机小肖接茬道：“就是就是啊！1932 年，徐向前率领的红四方面军在南郑碑坝周边地区以及川陕交界处创立了革命根据地……”听着听着，我的思绪飞到了八十多年前，眼前出现了红军战士在山路上负重前行的场景。不知怎的，我的晕车症状缓解了很多。我们在碑坝住了一晚，次日去了大山更深处的福成镇。

那次调研，我第一次走进大山深处，第一次吃到吊锅饭，第一次夜里散步碑坝河畔听哗哗流水声，第一次体验到山区干部群众生活上的艰辛，工作上的不易，但他们的脸上一直洋溢着笑容，言谈中对山区的发展显得信心满满。

2018 年，我们多次前往碑坝。车子行驶在红军路上，拓路面、夯路基、架新桥的施工现场陆续可见。随行的同志常常会谝起著名的“红色交通线”，聊起至今还广为流传的关于武志平同志的传奇故事。1933 年，陕南地下党组织派人开辟了贯穿南郑南北的“红色交通线”，即从今天的汉台区幺儿拐经大河坎镇、牟家坝镇、马仙坝、小南海镇青石关、米仓道，最后到四川省通江县。这条交通线的开通，为川陕革命苏区不知输送了多少紧缺物资，也不知转移了多少革命同志……1935 年红军长征经过这里，仅碑坝一个镇就有 2000 多儿女追随红军北上抗日，这条路俨然成了红军保障物资供给的生命线和传播革命思想的播种路。

2019 年夏，因为脱贫攻坚的形势需要，我更加频繁地行走在红军路上。眼见着红军路的新一轮升级改造接近扫尾阶段，过往行人纷纷慨叹：山区群众有福了。我在碑坝住了十来个晚上，其间多次拜访发掘红色革命历史和米仓山民间文化，出版《川陕边红区漫记》《米仓山风情》等书的作者、地方党史研究专家张青云同志。他告诉我：这条红军路，古名米仓道，因其沿着汉水支流廉水谷道与嘉陵江支流巴江谷道，再到四川巴中地区，翻越米仓山而得名；新中国成立后，国家大力发展公路交通，这条古老而神秘的山路，由国家投资，陕西省交通厅测量施工，分阶段进行了改线延伸，形成了全长 155. 6 公里的汉朱公路，成为南郑与四川省联系的主要通道之一；1998 年，小南海镇青石关路段进行了路基拓宽，修建后行车更加舒缓。2008 年，这条昔日的米仓道、“红色交通线”和汉朱公路获批更名为“红军路”。他还诉说了一个“血溅西河崖”悲壮故事：红军主力西进时，留下了少量红军指战员与当地苏维埃干部组建了巴山游击队，转战川陕、巴山南北，同国民党军队和地方反动民团、土匪浴血奋战五年多，直到1940年王娃、山王爷、马夫等最后9名队员在敌人重重包围下，视死如归，毅然跳下碑坝的西河崖，全部壮烈牺牲。

当我一次次走进碑坝，我就一次次被今天的碑坝儿女感动了。2016年评选的感动南郑60位榜样人物中，仅碑坝镇就有12位。他们中有最美基层干部、优秀共产党员胡万春和他的妻子田良丰，有自掏腰包百余万为民修路的许永红，有奉献山区医疗事业的朱以涛、唐安东、张崇忠，有心系群众安危奋战抗洪一线的优秀村主任赵钦帼，有扎根山区默默耕耘教坛的王绍东，有永不言弃的亚洲青运会冠军王伟，有致富带头人刘碧贵、周海，还有40多年坚持植树1500余亩40余万株的袁弟义，等等，他们的精神感召着山区儿女努力开拓，再创佳绩。我还欣喜地看到：以赖阳安为首的碑坝林场人，数十年如一日，践行“绿水青山就是金山银山”的生态理念，植树造林添新绿，固守屏障护青山，招商引资6亿元，把含羞的龙头山打造成陕南川北的精品景区，为生态文明建设和全域旅游发展再立新功；以张强、刘镇平、赵侠等校长为代表的碑坝教育人，他们用坚守与奉献、敬业与专业为山区教育的持续优质发展作出了努力；还有1298名区镇村三级帮扶干部坚守在碑坝、福成脱贫攻坚的一线，为精准扶贫脱贫贡献智慧，挥洒汗水。

从2017年底到今天，我在这条红军路上走了八九个来回，每一次都切身感受到：红军路一年一个样，三年大变样，正焕发出勃勃生机。山区群众个个交口称赞：昔日背二哥日夜攀爬的山间小路已经一去不复返了，现如今的红军路也日新月异，越来越好走了，进出更方便了。高山香椿芽、土蜂蜜、猕猴桃、野生核桃和小板栗等农特产品源源不断地奔向西安、成都、北京、上海、江苏……慕名前来观光体验的人逐年递增。

八十多年后的今天，有幸作为国家东西部战略的实施者和苏陕协作的联络员，重走南郑红军路，感奋今天的南郑儿女，在我们党的领导下，党员干部将红军路走成了不忘初心的奋斗路，广大群众把红军路走成了脱贫摘帽的致富路和追赶超越的发展路。祈愿更多山里山外的人，汇聚到这条古朴而又新潮的红军路上来，饱览秦巴山水，遐思汉中古今，共创美好未来！

二〇一九年十月

后　记

编辑老师告诉我，一本书是可以有后记，也可以不写的，因为作者想说的一切尽在正文中。

出这本书之前，我的心海里有两个小人在打架，一个说“出”，一个说“不出”，他们说得都有道理，让我难以决断。最终，我听从了说“出”的小人的建议。尽管耗去一定的人力物力，但对自己这二十多年来的执念算是个小结；尽管自己满意的作品占比不大，但总归是记录了自己的蹒跚学步。

在这本书之前，我就偷偷自编了几本小集，用复印纸双面打印线装，取名为《陈建耕耘录》《孙陈建散文选集》《江海河的浪花》等，闲暇时在书房里翻阅，倒也可以气淡神定、激赏自我。随着对文字的执迷加深，2016 年参与发起成立县域第一家致力于提升公众阅读力的公益阅读推广组织——宾城点灯人读书会，总结提炼出“共读共写分享众享”的阅读推广理念，2019 年加入江苏省作协，感觉不留点痕迹就难以继续前行，好比一条田园犬在路的拐角都要撒尿留下气味一般。在身边亲友的鼓励之下，终于还是决定为出版业作出微薄的贡献，也算是爱读之人的反哺之举吧。

在决定是否正式出版的犹豫期，我内心还是希望这本书能得到社会的认可；但过了犹豫期，突然就看开了，一本书出来之后，尽管署上著者名姓，一旦公开见了光，就任由阳光、雨露和空气的氤氲，就不再完全属于作者的了。

我的文字发表起步于20世纪90年代初的中等师范学校求学阶段，那几篇稚嫩文字的发表对当年的我而言，是何等的欢欣鼓舞，至今记忆犹新。我毕业后的九十周年校庆文集收录了我的两篇小文；时隔二十多年，真正意义上的母校已经消失，合并后的母校校庆一百二十周年编辑出版《师范的样子》，收录了我的一篇千字文。这半个甲子的珍贵时光，我先后历经小学、中学、政协机关、征收办、西部秦巴片区贫困县发改委、深度贫困镇等岗位历练，如今从事县域宣传思想文化工作。有人说，人生就是阅历，就是体验，就是遇见。收入这本文集的小东西，就是在这近三十年时光里，在工作之余涂鸦而就的，在编辑、回看这些短篇的时候，感觉是在做梦，往事历历在目。在这条爬格子的路上，我爬得并不轻松，所幸先后得到了《海门报》《如东日报》《南通日报》《江海晚报》《江苏教育报》《江苏教育》《班主任之友》《中学语文教学》《扬子晚报》《新华日报》《北京文学》《儿童文学》《少年文艺》《儿童文学选刊》《散文百家》《散文选刊》《汉中日报》《衮雪》《莫愁》《阅读时代》《意林》等报刊编辑老师的抬爱，他们像老师对待小学生一样，给我指点迷津，让我获益匪浅，他们是我创作的导师，一次次肯定是我写作的阳光和水源，弥足珍贵，终身回味。特别是李汉荣老师，他是著名散文家、诗人，在我的创作生涯中，给了我很大的帮助，在此致以深深的谢意。

也许是我工作经历的缘故，也许是我对“写什么”缺少专业的掘深，我的文字太过琐碎，如果全部编在一本里头，那给人的感觉真的是一碗杂碎汤，色香味皆不尽如人意，很难下咽。鉴于此，我从二百多篇中，围绕“家园”这个主题选出百篇，经过出版社专业编辑老师的精心编排，审定成十个小辑，便于读者作主题阅读或选择性浏览。随着二校、三校的顺利完成，我倒是越看越满意，超出了我的预期。

此时，我想告诉诸位，经过此番出书的体验，我对书籍有了不一样的看待：不会轻易拿起，不会随意放下，不会信口发声，而是热眼期待，三读三思，尽心汲取营养，获取力量，放出光芒。

最后想说，我的码字实践告诉大家，只要厚起脸皮不怕丑，人人都可成为写手创作自己的作品。写什么呢？就从家园里的凡人俗事开笔，记录下自己的遐思杂念，如此而已。阅读与写作，我相信可以实现一个人的自尊和自由。

期待我这本小书的出版，会跟其他出书的朋友一样，激发更多的朋友对文字的兴趣和信心。希望这本小集子，能引发您对家园的守望，可以是回眸、正视或者展望。

二〇二三年一月于如东县掘港街道余荡村